どうした……？
撃たないの……か？
撃たないと……
いつ魔族化するか……
分からんぞ……？
イケニエのヒツジ
~THE SACRIFICE 1st. HALF~

JN285295

STRAIT
JACKET

「——ふふっ。ごめんなさい。
貴方達のやり取りが面白くって」
恐らく育ちが良いのだろう。
幼い仕草にもどこか余裕のようなものが感じられた。

ストレイト・ジャケット 7

イケニエのヒツジ

~THE SACRIFICE 1st. HALF~

1195

榊 一郎

富士見ファンタジア文庫

88-30

口絵・本文イラスト　藤城　陽

目次

Strait Jacket

1 （乱暴《らんぼう》な狂人《きょうじん》、囚人《しゅうじん》などに着せる）拘束服《こうそくふく》

2 成長（発展《はってん》）を妨《さまた》げるもの

序章　企みは静かに進み

TAKURAMIHA SHIZUKANI SUSUMI

月光の澄《す》み渡《わた》る透明《とうめい》な夜空の下――時計塔《とう》は孤独《こどく》に屹立《きつりつ》していた。見渡す限《かぎ》りにおいてその高さに匹敵《ひってき》するものは無く、追随《ついずい》せんとそそり立つものも見当たらない。高々と天を指すその姿《すがた》に比《くら》べれば、周囲に広がる街並《まちな》みはまるで大地にへばりついた染《し》みの如《ごと》く平坦《へいたん》なものに見えた。

――かあん……

トリスタン市のほぼ中央に時計塔は位置している。

全高はおよそ八十八メルトル。大まかな形状《けいじょう》は角柱の上に四角錐《かくすい》形をした頂上部《ちょうじょうぶ》が載《の》った形――いわゆる尖塔《せんとう》で、頂上部付近に巨大《きょだい》な時計の文字盤《ばん》と、時報《じほう》用の鐘《かね》を収《おさ》めた鐘楼《しょうろう》が設《もう》けられていた。

高さにおいても古さにおいてもそれはトリスタン市の中で群《ぐん》を抜《ぬ》く建築物《けんちく》である。
故《ゆえ》にこの街に住む者ならば、大なり小なりその恩恵《おんけい》に与《あずか》っていた。単に時間を知らせるだけのものではなく、決して見失われる事の無いその偉容《いよう》は、この街を歩く際《さい》に己《おのれ》の位置を確認《かくにん》する為《ため》の定点標《ランドマーク》としても活用されている。

——かあん……

市の資料室《しりょう》に残る記録に拠《よ》れば、この時計塔が建てられたのはおよそ三百年前だという。細部は当然に何度も補修《ほしゅう》され、二度の大改装《だいかいそう》をも経《へ》ているが——切石を積み上げて造《つく》られた頑強《がんきょう》な基本構造《きほんこうぞう》は、三世紀に及《およ》ぶ歳月《さいげつ》の経過《けいか》にも揺《ゆ》らぐ事無く耐《た》え続けてきた。〈イエルネフェルト事変〉——アルマデウスの歴史上、最も被害《ひがい》が大きかったとされる約三十年前の大惨事《だいさんじ》を経ても、偶然《ぐうぜん》の結果かあるいは何らかの必然なのか、それは崩《くず》れも傾《かたむ》きもせず堂々とそこに建っている。恐《おそ》らくはこれからも数十年、あるいは数百年、そこに在《あ》り続ける事だろう。

だが——

――かあん……

それは……断絶《だんぜつ》の光景であった。

他を睥睨《へいげい》して建つその姿は何処《どこ》か寒々しく――そして孤独な印象を纏《まと》わり付かせている。

既《すで》に時計塔が造られた当時の建物は何一つこのトリスタン市には残っていない。建築様式は変遷《へんせん》し、建築技術《ぎじゅつ》は進化し、建築材料は変化し、そこに住まう人々の生活すらも変容した現代《げんだい》のトリスタン市において、それは他《ほか》に類を見ない異物《いぶつ》でしかない。

ただそれのみで完結し独立した存在《そんざい》。

己を擁《よう》する景観の中に溶《と》け込《こ》まず、周りの建物とも順《まつろ》わず、そして歳月にさえも屈《くっ》せず――他との繋《つな》がりに乏《とぼ》しいその在り様は、現実の巨大さにもかかわらず、荒野《こうや》に立てられた小さな墓標《ぼひょう》を想《おも》わせた。


――かあん……


時計塔の鐘が鳴る。

十時の刻限《こくげん》を告げる十回の鐘を最後に、翌朝《よくあさ》まで時計塔は沈黙《ちんもく》する。管理人もこの時刻には鍵《かぎ》を掛《か》けて退出《たいしゅつ》し、無人となった時計塔は時計の駆動音《くどう》のみを鼓動《こどう》の様に刻《きざ》みながら、束《つか》の間の眠《ねむ》りに入るのだ。

かつては人力によって衝《つ》かれていた鐘は現在、大時計の機構と連動した自動装置によって鳴らされている。鐘衝き役の管理人が息を切らして登り降《お》りしていた階段《かいだん》は、今は整備《せいび》の時以外には利用されなくなっており、そこへ通じる扉《とびら》も安全の為にと普段《ふだん》は施錠《せじょう》されていた。大時計の機械室よりも数メルトル下――展望《てんぼう》台は一般《いっぱん》人用に開放《かいほう》されているが、当然、この展望台に至《いた》る階段も十時で閉鎖《へいさ》される。特に先日、投身自殺未遂《みすい》があってからは厳重《げんじゅう》に施錠される様になった。

――かあん……

鐘の音が長い残響《ざんきょう》の尾《お》を引きながら、乾《かわ》いた夜空にゆっくりと染み渡ってゆく。

家路の途上《とじょう》に在る者は、この十時の時報を耳にすると半ば無意識《むいしき》にその脚《あし》を速めるのだという。無論《むろん》、単に十時という時刻が彼等《かれら》を急き立《せ》てている事もあろうが――それ以上に、昏《くら》い夜空に響《ひび》く鐘の音は、まるで葬儀《そうぎ》のそれを想わせて何処か不吉《ふきつ》な想像《そうぞう》を喚起《かんき》するからだという説があった。

「………」

眼下《がんか》に広がる街を眺《なが》めながら――彼は静かに笑った。

鐘楼には他に人影《ひとかげ》は見当たらない。

誰《だれ》に憚《はばか》る訳《わけ》でも無く、ましてや誰に示《しめ》す訳でも無く、ただ見る者も無い微笑《びしょう》を暗闇《くらやみ》に揮《き》発《はっ》させながら、彼は独《ひと》りそこに立っていた。

トリスタン市内においてこれ以上の見晴らしの良さを望める場所はあるまい。

だが叩《たた》き付けてくるかの様な強風に身を晒《さら》しながら、命懸《が》けで――となれば、わざわざこんな処《ところ》にまで昇《のぼ》ってくるのは余程《よほど》の物好きか、さもなくば自殺志《し》願者《がんしゃ》だけであろう。下の展望台と異《こと》なり、此処《ここ》には落下防止《ぼうし》の柵《さく》さえも無い。風に押《お》されて一歩脚を踏《ふ》み外せば、八十八メルトル下の石畳《いしだたみ》にまともな死体も残らぬ速度で叩き付けられる事になる。

しかし――


――かあん……

天空よりこぼれ落ちる星の煌《きら》めきと、大地より立ち上る街の灯《あかり》の輝《かがや》きと――相反する方向から投げ掛けられる微《かす》かな光が、貴《き》公子《こうし》然とした彼の容貌《ようぼう》に淡《あわ》く複雑《ふくざつ》な陰影《いんえい》を描《えが》き込んでいる。

そこに怯《おび》えの表情《ひょうじょう》を見出《みいだ》す事は出来ない。緊張《きんちょう》すらも無い。

時計塔《とう》最上階の外縁《そとべり》――数センチメルトル先には致命《ちめい》的な虚空《こくう》が広がっているという場所に在《あ》りながら、彼はただ微笑を浮《う》かべて悠然《ゆうぜん》と佇《たたず》むのみだ。

彼は怯えない。彼は怖《おそ》れない。

常人《じょうじん》ならば死すら覚悟《かくご》せねばならない状況《じょうきょう》も彼にとっては何ら脅威《きょうい》たり得ない。


――かあん……


彼の名はロミリオ――ロミリオ・ポロ・プロフェットという。

爵位《しゃくい》を添《そ》えてプロフェット男爵《だんしゃく》と名乗る事も多いが、然《さ》したる意味は無い。現在のアルマデウス帝国《ていこく》の貴族名鑑《めいかん》を隅々《すみずみ》まで調べても、プロフェット男爵家という名前は見つける事が出来ないからだ。

この国では貴族制度《せいど》が形骸《けいがい》化して既に久《ひさ》しいが、それでも――いや、それだからこそ、貴族達は自分達の血脈を庶民《しょみん》のそれと峻別《しゅんべつ》する為《ため》に、毎年わざわざ手間隙《てまひま》を掛けて貴族名鑑を更新《こうしん》している。〈イエルネフェルト事変〉のお陰《かげ》で多くの公的記録も失われ、この国では戸籍《こせき》制度すら、今なお不完全ではあるのだが——存在価値《そんざいかち》云々《うんぬん》はさておき、注ぎ込まれる労力と執念《しゅうねん》から考えれば、貴族名鑑の正確《せいかく》さは信用に値すると言えた。

年齢不詳《ねんれいふしょう》。出身不詳。係累《けいるい》不詳。

その正体を識《し》る者は俗世《ぞくせい》には無く——ただ一部の者達に〈影法師《シルエット》〉の通り名とその実績《じっせき》が囁《ささや》かれるのみ。まさしく実体無き影の如《ごと》くに。

それが彼——ロミリオ・ポロ・プロフェット男爵である。

——かあん……。

「……嗚呼《ああ》」

微笑を浮かべたまま——眼下に広がる世界を見下ろして彼は短く嘆息《たんそく》した。

深く遠い闇の底で大小無数の灯火《ともしび》が輝いている。

夜の暗黒に抗《あらが》うそれらの光芒《こうぼう》は、いずれもそこに住まう人々の営《いとな》みの証《あかし》だった。それぞれの光の下で更《さら》に数多くの人間達が、喜び、怒《おこ》り、泣き、笑い、様々な出来事を積み重ねながら今日も暮《く》らしている。

改めてそうと意識した上でこの遥《はる》かな高みから見下ろせば——眼下に広がるその夜景に

多くの者は感動を覚えるだろう。

天に星々。地に人々。

いずれも闇の中に在りながら……いや在るからこそ、それらが健気《けなげ》に煌めく様は美しく、切なく、そして何よりも暖《あたた》かい。

だが――


――かあん……


「……何という猥雑《わいざつ》さか……」

ロミリオは感慨《かんがい》の滲《にじ》む口調でそう呟《つぶや》いた。

深い闇の底で無数の人間共が蠢《うごめ》いている。

無意味にその生を紡《つむ》ぎながら無秩序《むちつじょ》にのさばっている。信じ難《がた》い程《ほど》に脆弱《ぜいじゃく》でありながら、同じく信じ難い程に旺盛《おうせい》な繁殖《はんしょく》力で、性懲《しょうこ》りもなく地にはびこってゆく。舞台《ぶたい》の幕《まく》は三十年以上も前に降《お》りている筈《はず》なのに――それを気付く様子も無く、あるいは気付かぬふりをして、まるでそれが当然の権利《けんり》であるかの様に、我《わ》が物顔で地に満ちて行く。

万物《ばんぶつ》の霊長《れいちょう》。進化の頂点《ちょうてん》。

その言葉の何と傲慢《ごうまん》な事か。

ひどく不安定で——自我《じが》の殻《から》の曖昧《あいまい》な、互《たが》いに存在を意識《いしき》しなければ自らの在り方さえ満足に定義《ていぎ》出来ない様な者達が名乗るには、それは不遜《ふそん》に過《す》ぎた言葉であったろう。

彼等《かれら》は己《おのれ》の形を識る為にさえ己以外の存在を必要とする。個体《こたい》では自己《じこ》完結さえも出来ず、ただ存在するという事さえも満足には出来ない。そのくせ——一定密度《みつど》を超《こ》えると互いに殺し合いを始める。始末に負えない。

どこまでも醜悪《しゅうあく》でひたすらに愚鈍《ぐどん》だ。

——かあん……

だが……ロミリオはそんな彼等を憎《にく》みはしない。

彼等には彼等の存在意義というものがある。

真なる霊長の生まれ出づる苗床《なえどこ》として彼等は十分に役割《やくわり》を果たしてきた。

一の宝玉《ほうぎょく》を得んとすれば千の屑石《くずいし》を捨《す》てねばならない。だが捨てられる幾千《いくせん》の屑石が無意味かと問われればロミリオは首を振《ふ》るだろう。偶然《ぐうぜん》と必然——確率《かくりつ》が支配《しはい》するこの世界において、一つの成功例は膨大《ぼうだい》な数の失敗例の中にこそ誕生《たんじょう》するものだからである。無数の脱落者《だつらくしゃ》の築《きず》いた屍《しかばね》の山こそが、選ばれし者を成功者の園へと押し上げるのだ。

無論《むろん》……多くの人間達は自らが『過程《かてい》』である事など知りもしないだろう。

その傲慢さ故《ゆえ》に彼等は、自分達の更《さら》に『次』がある事など想像《そうぞう》もしない。そして自分達が『究極』を生み出す為の捨て石であるなどとは、考えもしない。

そうして自分達の役割も理解《りかい》せぬままに遠慮《えんりょ》無く殖《ふ》え続け、地に充《み》ち満ちている。

だから……代わりに教えてやる必要がある。

出番の済《す》んだ有象無象の端役《はやく》達は舞台の袖《そで》にて待つ主役に出番を譲《ゆず》り——早々に舞台から立ち去らねばならないという事を。人間が主役を張《は》れた世界はもう終わったのだという事を。

その為には……


——かあん……

十と一回目の——鳴る筈《はず》の無い鐘《かね》の音が響《ひび》く。
「——これはこれは」
ふと——彼は笑《え》みを深めて言った。

「〈龍《ロン》〉の御《ご》老体」

……いつからそこに居《い》たのか。

ロミリオの背後《はいご》――他《ほか》に人の姿《すがた》など無かった筈の鐘楼《しょうろう》に飄然《ひょうぜん》と立つ影《かげ》が在《あ》った。

風を受けて怪鳥《かいちょう》の翼《つばさ》の如《ごと》く翻《ひるがえ》る黒いインバネス・コートが、小柄《こがら》な筈のその姿を必要以上に巨《おお》きく見せている。右手には杖《つえ》を携《たずさ》えているものの、立ち姿にはそれに縋《すが》らねばならぬ様な弱々しさは微塵《みじん》も無かった。

頭には山高帽《ぼう》。首には白いアスコット・タイ。更に左目に填《は》め込まれた単眼鏡《モノクル》には銀細工の鎖《くさり》が揺《ゆ》れている。全体的に見れば、少々古めかしい趣味《しゅみ》ではあるが洒落《しゃれ》者の装《よそお》いではあった。

単に何者か――と問われれば『老人』の一語を以《もっ》てその容貌《ようぼう》を示《しめ》す事は出来る。

だがその言葉のみでこの人物を表すには足りない。全く足りない。

髭《ひげ》は白く頬《ほお》には皺《しわ》が幾筋《いくすじ》も刻《きざ》まれてはいる。決して若《わか》くはない。だが老いという言葉から連想される『衰《おとろ》え』がこの人物には見えない。単なる姿形を越《こ》えた領域《りょういき》でこの人物には何か強烈《きょうれつ》に漲《みなぎ》っているものがあった。

「例の青年の『昇華《しょうか》』の時以来ですか――我等《われら》にとっては久しいという程《ほど》の無沙汰《ぶさた》でもありますまいが」

「——何を考えている？」

老人は炯々《けいけい》とした光を秘めるその瞳《ひとみ》でロミリオを睨《にら》み据《す》えていた。

やはりその眼《め》は、枯《か》れ果てた年寄《としよ》りのものではない。決して吊《つ》り上がってもいなければ、血走っている訳《わけ》でもないが——そこには見る者を容赦《ようしゃ》なく威圧《いあつ》する気迫《きはく》が満ちていた。

しかし——

「答えろ——プロフェット男爵《だんしゃく》」

「あまりお怒《いか》りになると型崩れしてしまいますよ」

視線《しせん》を眼下《がんか》の街並《まちな》みに据えたまま、振り返りもせずロミリオは言った。

哀《あわ》れな紛《まが》いもの。

ロミリオにとって老人はただそれだけの存在《そんざい》だった。道化《どうけ》と言っても良いだろう。手の届《とど》かぬ夢《ゆめ》を羨《うらや》んで未練たらしく足掻《あが》くだけの敗残者に過ぎなかった。

そもそも此《こ》の世には、如何《いか》なる労力や犠牲《ぎせい》を支払《しはら》おうとも、それだけでは決して埋《う》める事の出来ない差——資質《ししつ》や才能《さいのう》といったものが厳然《げんぜん》として存在する。そしてそれらに恵《めぐ》まれた者にしか到達《とうたつ》し得ぬ境地《きょうち》というものがある。

努力を重ねるのは美徳《びとく》ではあろう。

だが実らぬと分かっている努力を延々《えんえん》と積み上げる行為《こうい》は滑稽《こっけい》としか言い様が無い。

どうしてそんな簡単《かんたん》な事がこの老人には分からないのか――とロミリオは気の毒に思う。あるいは分かったとしてもそれを認《みと》める事が出来ないだけなのかもしれないが。なまじロミリオ達に近い処《ところ》にまで手を掛《か》けているだけに諦《あきら》める事が出来ないのだろうか？

「……オッフェルトリウムは何処《どこ》に居る？」

老人が質問《しつもん》を変えて再度《さいど》尋《たず》ねてくる。

「さて――」

淡《あわ》い笑みを浮《う》かべたままロミリオは言った。

「我等が盟主《めいしゅ》のおわす場所は、私としても常《つね》に把握《はあく》している訳ではありませんので」

「やはり問うだけ無駄《むだ》か」

老人は切り捨《す》てるかの様な口調で言った。

「ならば最早《もはや》、交わすべき言葉も無い。ただ貴様《きさま》を狩《か》り滅《ほろ》ぼすのみだ」

「これはまた異《い》な事を。俗世《ぞくせい》に交《まじ》わらぬのが御老体、貴方《あなた》達の戒律《かいりつ》ではなかったですかな？　余計《よけい》な真似《まね》なぞせず山奥《やまおく》にでもこもって無駄な精進《しょうじん》をなさるがよろしい」

くっくっく――と楽しげに彼は笑う。

じろりと単眼鏡《モノクル》の奥から鋭《するど》い視線をロミリオに突《つ》き刺《さ》しながら老人は言った。

「走狗《そうく》めが生意気な口をきくな。我等が俗世との関《かか》わりを絶《た》ったのは無用の混乱《こんらん》を世界にもたらさぬ為《ため》だ。貴様等の様な痴《し》れ者《もの》共が多少の遊びをしている程度《ていど》の事は見過《みす》ごしてきたが——昨今の貴様等の行動は目に余《あま》る」

〈龍〉と呼《よ》ばれた老人は口調を更《さら》に鋭くして言った。

「最後に今一度問うぞ——一体貴様等は何を考えている⁉」

「もうおわかりでしょう？　我々は単に神が途中《とちゅう》で投げ出してしまった作業を引き継《つ》いでいるに過ぎません」

「詭弁《きべん》を弄《ろう》するな。信仰《しんこう》も持たぬ者が神の代行者などと……おこがましい。貴様等はただ単に歪《ゆが》んだ選民意識《いしき》に溺《おぼ》れる狂信者《きょうしんしゃ》に過ぎん」

「何時《いつ》の時代も真実を遵守《じゅんしゅ》する者は狂信者と呼ばれるのですよ」

彼は笑いながらようやく老人の方を振《ふ》り返った。

渺々《びょうびょう》と風の吹《ふ》き荒《あ》れる時計塔のテラスの上、身に纏《まと》った黒いインバネスの裾《すそ》をばたばたと激《はげ》しく翻《ひるがえ》しながらも——老人は全く揺らぐ事なく立っている。全身から放散される強烈な殺気が、まるで肉眼《にくがん》でも見えるかの様だった。

その右手には杖《つえ》。

いや——違《ちが》う。

それは杖の形をした武器《ぶき》だ。

星灯《あか》りを反射《はんしゃ》しながら杖の根本が分割《ぶんかつ》され……するりと音も無く白刃《はくじん》が覗《のぞ》く。

「無駄な事を」

呟《つぶや》いて――ロミリオは仕掛けた。

音も光も無く、瞬間《しゅんかん》的に発生した空間の歪みが老人を捕捉《ほそく》する。

その威力はまさしく必殺――否《いな》『必滅《ひつめつ》』だ。岩であろうと鋼《はがね》であろうと対象空間の中に在《あ》る物質はその強度に拘《かかわ》らず粉砕《ふんさい》されるのみ。物質的な遮蔽《しゃへい》でこの攻撃《こうげき》を防《ふせ》ぐ事は絶対《ぜったい》に出来ない。遮蔽物ごと破壊《はかい》されるからだ。

涼《すず》やかな破壊音。

粉々に砕《くだ》け散った仕込み杖の白刃が虚空《こくう》に煌《きら》めいた。

だが――

「……ふむ？」

老人の死体が無い。

血の一滴《いってき》、肉の一片《いっぺん》すら残さずにその姿《すがた》は消滅していた。

それとほぼ同時に――ロミリオを半円状《じょう》に囲む様にして空間が揺《ゆ》らめき、そこから十体の人影《ひとかげ》が忽然《こつぜん》と出現《しゅつげん》する。支《ささ》えるものも無いまま平然と空中に浮《う》かぶそれらは、黒いインバネス・コートを翻す老人の姿をしていた。

幻像《げんぞう》？　――否。

虚像《きょぞう》？　――否。

いずれもが実体でありいずれもが本体だ。本物の『分身』。人間という『枠《わく》』に囚《とら》われる事の無くなった者達にとっては、さして驚《おどろ》くべき業《わざ》でもない。

ロミリオは苦笑《くしょう》を浮かべて言った。

「数が増《ふ》えたからといってどうなるものでもありますまい？　貴方達の業はそもそも戦いに向いていない。だからこそ仕込み杖なぞ――」

そこまで言って彼は言葉を切った。

ばさりと十人の老人が揃《そろ》ってインバネスの裾を大きく払《はら》う。

次の瞬間――彼等の手が一斉《いっせい》にその懐《ふところ》から引き抜《ぬ》いたのは、どう考えてもコートの下になど隠《かく》しておける筈《はず》の無い長大な鋼の塊《かたまり》であった。

それは剣《けん》であり――剣でない。

ただ単純《たんじゅん》に剣という言葉のみではその武器を表現しきれない。全長は二メルトルを超《こ》え、しかし剣身はその六割《わり》程度しか無い。握《にぎ》りに相当する部分には巨大《きょだい》な機械装置《そうち》の塊が付属《ふぞく》しており――その輪郭《りんかく》はまるで銃身《じゅうしん》部分だけを刃《は》に換《か》えた機関銃の様にも見えた。

その銀色の剣身には微細《びさい》な紋様《もんよう》がびっしりと刻《きざ》まれている。

知識《ちしき》のある者ならば、それらの紋様が魔法《まほう》工学において多用される呪文《じゆもん》書式と酷似《こくじ》している事に気付いたろう。そして更《さら》に詳《くわ》しい者ならば同時にそれが現存《げんぞん》する如何《いか》なる呪文書式とも異《こと》なる事にも気付いたに違いない。

「おや——」

十本の奇剣《きけん》を突きつけられたまま彼は笑った。

「魔剣〈パルティータ〉——なるほど。戦闘能力《せんとうのうりょく》では劣《おと》る貴方が珍《めずら》しく出てきたかと思えば、その骨董《こっとう》品を持ち出した訳ですか」

老人は答えない。

代わりに応《おう》じたのは十の斬撃《ざんげき》だった。

まさしく問答無用——十本の剣はそれぞれ異なる角度から異なる速さで彼の頭部を破壊する。口腔《こうこう》に侵入《しんにゆう》した切っ先はうなじを突き破《やぶ》って頭部を貫通《かんつう》し、こめかみから滑《すべ》り込んできた刃は紙一重《かみひとえ》で頬《ほお》から食い込む一撃とすれ違い、彼の頭部を分断《ぶんだん》する。顎《あご》の下からの斬撃は彼の顔面を切り離《はな》して頭頂《とうちよう》に抜《ぬ》け、正面から振り下ろされた一撃は脳天《のうてん》を真っ二つに引き裂《さ》いた。

いずれもが紛《まぎ》れもなく必殺。

同時に十回は死ねるだろう——人間であったならば。

しかも……

「——疾《ジャイ》！」

老人の叫《さけ》びと共に剣が鈍《にぶ》い光を帯びる。

駄目《だめ》押《お》しとばかりに、人ならぬ者さえもを完全消滅《しょうめつ》させるべく剣身から強烈《きょうれつ》な力が迸《ほとばし》る。

——轟《ごう》ッ！

次の瞬間、空間そのものが吼《ほ》えるかの様な音と共に、ロミリオの身体《からだ》は千を超《こ》える肉片へと破砕されていた。

それは純然《じゅんぜん》たる破壊そのものだった。

何かを壊《こわ》すのではなく『破壊された未来』に向けて関係事象を全《すべ》て統合制御《とうごうせいぎょ》する力。

一度この流れの中に囚われてしまえば絶対に抗《あらが》う事は出来ない。結果が先に決定されているのだ——如何に足掻《あが》こうと現実はその結果に向けて流れ込むのみ。

限定的《げんてい》ながら時間さえもを制御する必殺の殲滅《せんめつ》兵器。

故《ゆえ》にこそこの剣は『魔剣』と呼ばれている。

「…………」

九人分の老人の姿《すがた》が消滅し——空中でただ一人の老人へと収束《しゅうそく》する。

「……手応《てごた》えはあった」

自らに確認《かくにん》するかの如《ごと》く老人が呟《つぶや》く。

夜空に紅《あか》い霧《きり》となって飛散する大量の血液《けつえき》と肉片《にくへん》。

どの様な生物とて身体全体を此処《ここ》まで細切れにされては存命する術《すべ》は無い。

無い——筈《はず》だった。

だが。

「これはきましたな」

「む——!?」

ばさりとインバネスを翻《ひるがえ》して振《ふ》り返った先——やはり何も支えるものなど無い筈の空中に、奇怪《きかい》なものが出現していた。

「貴様《きさま》——」

「ダニエル君の経験《けいけん》から予備脳《よびのう》の存在は予想しておられたんでしょうけどね。残念でした。こちらも貴方《あなた》の襲撃《しゅうげき》位は予想しておりましたよ」

一体何処《どこ》で喋《しゃべ》っているのか。

それは何処からともなく迸《ほとばし》り——空中にて寄《よ》り集まる『紐《ひも》』の群《む》れであった。

材質《ざいしつ》は分からない。ただ見た限《かぎ》りでは『紐』としか表現しようのない白く細いものが、何十本何百本と虚空《こくう》にて絡《から》み合い、瞬《また》く間に一つの物体を編《あ》み上げていく。

脚《あし》を。腹《はら》を。胸《むね》を。腕《うで》を。そして——顔を。

「馬鹿《ばか》な——」

「貴方が破壊《はかい》したのは私の一部に過《す》ぎませんよ」

未《ま》だ頰から下の部分しか修復《しゅうふく》されていない顔でにやりとロミリオは笑って見せた。

「——!!」

意味を悟《さと》ったのだろうが——もう遅《おそ》い。

時計塔を構成《こうせい》する煉瓦《れんが》の隙間《すきま》から更に数十本の『紐』が迸ると、老人の身体に絡み付いたのである。

無論《むろん》それは単なる紐ではない。有り得ない。

その証拠《しょうこ》に——紐はまるで意志《いし》あるものの様に、それぞれに異なる自主的な動きを見せながら、更に老人の身体に十重《とえ》二十重《はたえ》と巻《ま》き付き、その身体に食い込んでいく。反射《はんしゃ》的に老人は魔剣を振りつつ回避《かいひ》しようとするものの、周囲の空間を埋《う》め尽《つ》くしながら迫《せま》る大量の『紐』からは逃《のが》れられる筈も無く、斬《き》り飛ばそうにもあまりにその数は多く——瞬く間に老人は魔剣ごと全身を縛《しば》られて身動きを封《ふう》じられていた。

「貴様ッ……!」

「これが貴方達と我々《われわれ》の差ですよ」

そう告げるロミリオの顔が見る間に復元されていく。

鼻が出来上がり、眼《め》が出来上がり、額《ひたい》が出来上がり――

「無理矢理《むりやり》に『昇《のぼ》った』者と――元より『資格《しかく》』を有する者と。私は貴方の様な、常《つね》に自らを意識《いしき》しなければ自分の形すら保《たも》てない様な不良品とは違《ちが》う」

「…………」

老人は応《こた》えない。

それはロミリオの言葉に溢《あふ》れる傲慢《ごうまん》さにただ呆《あき》れているのか――あるいは事実として彼の言葉を認《みと》め、反論の言葉を見つけられないでいるのか。

「とはいえ」

己《おのれ》の顔に指を這《は》わせて細かく形を整えながらロミリオは言った。

「正直に告白してしまえば――さすがの私も貴方の捕縛《ほばく》と消去を同時に行うのは大変なのです。ですから此処《ここ》は予《あらかじ》め用意しておいた助っ人に頼《たの》むとしましょうか」

「――！」

時計塔の鐘楼《しょうろう》に湧《わ》き出る新たな人影《ひとかげ》。

雪の様に白い拘束装甲《こうそくそうこう》と黒いコートの鮮《あざ》やかな対比《コントラスト》。直線と曲線、鋼鉄《こうてつ》と樹脂《じゅし》、剛柔併《ごうじゅうあわ》せ持つ線によって輪郭《りんかく》を構成《こうせい》され、数世紀前の鎧騎士《よろいきし》を彷彿《ほうふつ》とさせるその姿は、まるで時計塔の中に迷《まよ》い出た幽霊《ゆうれい》の様にも見えた。

「…………」

仮面《かめん》の奥《おく》で片側《かたがわ》だけの瞳《ひとみ》が陰々滅々《いんいんめつめつ》とした光をたたえて老人を見据《みす》えている。

新たな人影は手に携《たずさ》えた長大な機械を構《かま》えた。

機関銃の様な火炎放射器《かえんほうしゃき》の様な——その凶悪《きょうあく》な程《ほど》にいかつい機械。俗《ぞく》に『魔法使いの杖《スタッフ》』と呼称《こしょう》されるそれは、何処か老人の手にした魔剣《まけん》〈パルティータ〉に似《に》ていた。もっともスタッフは遥《はる》かに〈パルティータ〉よりも無骨《ぶこつ》で、魔剣に備《そな》わるある種の優美《ゆうび》さが、こちらには欠片《かけら》も無いのだが。

スタッフの先端《せんたん》が老人を照準《しょうじゅん》する。

「狩《か》られるのは貴方の方です。〈龍〉の御《ご》老体」

彼は楽しげに言った。

「ぬ——」

老人が声を漏《も》らす。

よく見れば……老人を拘束する『紐』は数秒毎《ごと》に数本ずつ弾《はじ》け飛んでいる。恐《おそ》らくは老人の力がロミリオの拘束に抗《こう》しているのだろう。

だが一本解《ほど》ければ二本が、二本解ければ三本が老人の身体に絡み付き、その自由を奪《うば》い続ける。余力《よりよく》という意味に関しては確《たし》かに老人とロミリオには絶対的《ぜったい》な差があった。

「どうにも目障《めざわ》りです、貴方達は」

ロミリオが告げる傍《かたわ》らで白い拘束装甲の『助っ人』がスタッフを操作《そうさ》。

「…………ベルータ……エイム……クイファ……クイファ……」

仮面の奥から呟《つぶや》く様な声が滑《すべ》り出て――老人に向けられたその機械装置の先端《せんたん》に、ゆっくりと回転する赤い光の円が出現《しゅつげん》する。円の内側には複雑《ふくざつ》な模様《もよう》が描《か》き込まれ、それらは呼吸《こきゅう》するかの様にその輝度《きど》を緩《ゆる》く上下させていた。

魔法陣《じん》。それは漏れ落ちる魔力が見せる魔力回路の影だ。膨大《ぼうだい》な魔力を収束《しゅうそく》した際《さい》にのみ発生する現象であり――選択《せんたく》された呪文《じゅもん》が攻撃《こうげき》魔法である場合には、圧倒《あっとう》的な破壊《はかい》力の証明と言えた。

「紛《まが》い物の分際で真種たる我々を狩ろうとは片腹痛《かたはらいた》い。だから――」

にこりと爽《さわ》やかな笑《え》みを浮《う》かべるロミリオ。

彼は優美な仕草で一礼し――

「――とっとと死にやがれ、クソジジイ」

轟然《ごうぜん》たる爆音《ばくおん》が時計塔の上に響《ひび》き渡《わた》った。

第一章　闇の中に怪異は生まれ

YAMINONAKANI KAIIHA UMARE

石畳《いしだたみ》の上に長々と二つの影が落ちていた。

待ちて佇《たたず》むものと。通りすがるものと。

街灯《がいとう》の支柱脇《しちゅうわき》に立っていた少女が、街路を歩いてきた中年男に微笑《ほほえ》み掛《か》ける。ふと視線《しせん》が合ったかの様なさりげなさで——言葉も無く、仕草も無く、ただ静かに。つい緩《ゆる》んだ男の足取りに、何かを見出《みいだ》した様子で少女は笑みを深め——そして囁《ささや》く様に言った。

「ね……遊んでいってよ」

刻々《こくこく》と深さを増《ま》す夜の——その片隅《かたすみ》。

昼間の喧噪《けんそう》が幻《まぼろし》かと思える程に、硬《かた》く乾《かわ》いた静寂《せいじゃく》が街路には満ちている。

既《すで》に街を睥睨《へいげい》する時計塔《とう》は一日の務《つと》めを終えて沈黙《ちんもく》し、盤《ばん》の上の針《はり》は真夜中としか呼《よ》び様の無い時刻を指している。陽《ひ》の温《ぬく》もりを断《た》たれた大気は緩やかに冷え続け、冷気の侵入《しんにゅう》を阻《はば》まんと建物の扉《とびら》や窓《まど》はその殆《ほとん》どが閉《と》ざされていた。

だが──街に覆《おお》い被《かぶ》さる闇《やみ》は薄《うす》い。

点々と街路沿《ぞ》いに並《なら》ぶガス灯の光と、頭上から妙《みょう》に白々と降《ふ》り注ぐ月の光が、緩やかに夜の漆黒《しっこく》を溶《と》かし続けている。無論《むろん》、街のあちらこちらに濃厚《のうこう》な闇の切れ端《はし》は数多く残っているが──表の街路に限《かぎ》って言えば、既に純粋《じゅんすい》な闇は何処《どこ》にも無く、手持ちの灯《あか》りは無くても足下《あしもと》に不安を感じる事は無い。

斑模様《まだらもよう》に入り交じる光と闇。

双方《そうほう》は曖昧《あいまい》に溶け合いその境界《きょうかい》すら明確《めいかく》ではない。

ごく平凡《へいぼん》な……現代の街の夜景である。

昨日も今日も恐《おそ》らくは明日も変化は無い。細かな差異《さい》はあっても概《おおむ》ね同じだ。夜が来れば繰《く》り返される風景──そこに登場し夜の一部を成す者達の姿《すがた》もまた、細かな違《ちが》いはあれど概ね同じではあった。

同じ様な者達が集まり。同じ様な会話を交《か》わし。同じ様な行為《こうい》に耽《ふけ》る。

そこに緊張《きんちょう》は無い。恐怖《きょうふ》も無い。

かつて人々がその到来《とうらい》を怖《おそ》れた『夜』という時間は……脅威《きょうい》に充《み》ち満ちていた『闇』という概念《がいねん》すらもが、文明の灯火《ともしび》の下で既に日常《にちじょう》の一部として組み込まれていた。酒場。娼《しょう》館《かん》。賭博場《とばくじょう》。撞球場《ビリヤードじょう》。一見、眠《ねむ》りに沈《しず》んでいるかの様な街角にも、注意して見れば深夜営《えい》業《ぎょう》の看板《かんばん》を掲《かか》げる店は幾《いく》らでも見つける事が出来る。

今や恐怖は過去《かこ》へと駆逐《くちく》され、繰り返しの末に生まれた気怠《けだる》い愉悦《ゆえつ》ばかりが、人工の光と共に夜を満たしている。

「——二枚《まい》でいいよ」

そんな言葉につられて男は街娼《がいしょう》の手を取った。

派手《はで》めの化粧《けしょう》と衣装《いしょう》で色々と誤魔化《ごまか》してはいる様だが……男の眼《め》の前の娼婦は未《ま》だ十代の少女だろう。恐らくは十六か七か。口調や仕草の端々に未だ幼《おさな》さが残っている。

自分の娘《むすめ》と同じ様な年齢《ねんれい》だが男は気にしなかった。

若《わか》い娘を買うのはこれが初めてではないし……自分一人が聖人《せいじん》君子ぶってみても何も変わらない。男が買わねば別の誰《だれ》かが買うだけの事だ。また売れなければ少女の方も困《こま》るだろう。そもそも懐《ふところじじょう》事情に余裕《よゆう》があれば街娼などという仕事を選びはすまい。

結局の処《ところ》は需要《じゅよう》と供給《きょうきゅう》。

ただそれだけの事だ。

〈イエルネフェルト事変〉より延々《えんえん》と低迷《ていめい》が続く経済状態《けいざいじょうたい》と、漠然《ばくぜん》たる政治《せいじ》への不安は、アルマデウス全土でこうした幼い娼婦達を大量に生み出している。政府内外の自称《じしょう》『良識《りょうしき》派《は》』達はこの現状《げんじょう》に対して嘆《なげ》き、抜本《ばっぽん》的対策《たいさく》を求めて感情的《ヒステリック》に喚《わめ》き散らしてはいるが——

具体的な対策案も出ないまま、形式的に現状を憂《うれ》うやり取りだけが、ある種の慣例《かんれい》行事と化している。

「あ……でも縛《しば》ったりとかするのは無しね。どうしてもって言う場合は追加で一枚」

既に——そう告げる少女の表情や口調に後ろめたさは微塵《みじん》も無い。

彼女にとってはそれがもう『普通《ふつう》』なのだろう。大抵《たいてい》の場合に後ろめたさとは異端《いたん》の自覚である。同じ立場の者が増《ふ》えれば罪悪《ざいあく》感や抵抗《ていこう》感など簡単《かんたん》に薄《うす》れてしまうのが人間という生き物だ。

売る側も。買う側も。

基本《きほん》的には同じ事である。

そういう訳《わけ》で——不作為《ふさくい》の善人《ぜんにん》になるよりも、手軽な快楽《かいらく》と引き替《か》えに少女の経済活動に貢献《こうけん》する事を男は選んだのだった。これもまた別に珍《めずら》しい事ではない。恐らくトリスタンどころかアルマデウス全土で今この瞬間《しゅんかん》にも何十、何百、あるいは何千何万と展開《てんかい》されている同種の情景の一つに過《す》ぎない。

「こっち……」

少女が男の手を引いて歩き出す。

この辺りの街娼は表通りで客を捕《つか》まえ、馴染《なじ》みの宿に連れ込んで春を売るのが基本である。恐らく通りを一本か二本隔《へだ》てた辺り、歩いて数分の処に、物分かりの良い安ホテルでも在《あ》るのだろう——黙《だま》って十ドルク紙幣を五枚も置けば、客の顔も素性も確《たし》かめずに部屋の鍵《かぎ》を差し出してくる様な。

「この辺に来たのは最近かい？」

連れだって歩きつつ男は少女の横顔を眺《なが》めながら尋《たず》ねる。

あまり見ない顔ではあった。

家路の途中《とちゆう》にちらほらと立っている街娼達を冷やかして歩くのは彼の趣味《しゆみ》の一つでもあるが——記憶《きおく》に無い。彼女等《かのじよら》にも一応《いちおう》の縄張《なわば》りが決まっている様なので、そうそう顔ぶれが変わる事は無いのだ。仕事帰りに毎日眺めていれば——そして何度か客になっていれば自然と街娼達の顔は一通り覚えてしまう。

「まあね——前は帝都《ていと》の方に居《い》たんだけど。あっちは色々面倒《めんどう》で」

少女は気楽に笑いながら言った。

何の商売を始めるにしても——それが違法《いほう》であれ合法であれ——旧《ふる》い街というのは色々と面倒事がついて回る。

特に帝都ロンバーグは永《なが》い歴史の中で警察機構《けいさつきこう》と犯罪組織《はんざいそしき》の間に一定の馴《な》れ合いの様な関係が出来上がっている。この為《ため》、売春をしているだけで即座《そくざ》に摘発《てきはつ》を喰《く》らう様な事はまず無いのだが——その代わり警察も組織も何かと名目を付けては新参者から上納金《じようのう》を搾《しぼ》り取るのが慣習《かんしゆう》として確立《かくりつ》してしまっているのだ。当然、物価《ぶつか》そのものも高いので、何の後ろ盾《だて》も無い少女娼婦には暮らしにくい街なのだろう。

とはいえ——

「こっちはこっちで物騒《ぶつそう》だがな」

「魔族事件《メレヴエレントじけん》？　まあそれは何処《どこ》でも似《に》たり寄《よ》ったりよ」

そう言う少女の口調は——やはり気楽だった。

このトリスタン市では加速度的に魔族事件が増えているのは事実だ。

だが帝都にも匹敵《ひつてき》するこの大都市の人口からすれば、やはりその被害者《ひがいしや》の割合《わりあい》は微々《びび》たるものではあった。年間の被害者が三百人を超《こ》えても、人口が三百万を超えていれば一万人に一人という計算になる。

この為、漠然たる不安は常《つね》に抱《いだ》きつつも、一般《いつぱん》市民は差し迫《せま》った危機《きき》感を覚えてはいない。連日報道《ほうどう》される凄惨《せいさん》な事件は、いざ、自分が被害者になるまでは人々にとって『他人事《ひとごと》』に過ぎないのだった。

また……実を言えば魔族事件が増加《ぞうか》しているのはトリスタンだけではない。

帝都や他の衛星《えいせい》都市も程度《ていど》差こそあれ似た様な状況《じようきよう》であるし——このアルマデウス帝国

のみならず、マノン共和国に代表される近隣諸国《きんりんしょこく》においても魔族事件の増加は治安関係者を悩《なや》ませる問題としてしばしば報道されている。

ましてて魔族事件は交通事故《じこ》の類《たぐい》と比《くら》べても、突出《とっしゅつ》する様な被害者数ではない。

ガソリン・エンジン式自動車は、蒸気式《じょうき》エンジンの車に比べて扱《あつか》いが楽な事もあり、ここ十年で急激《きゅうげき》にその台数を伸《の》ばした。そして結果としてトリスタン市における交通事故の死亡《しぼう》者は十年前の実に五倍、四百人に達しようとしている。

「物騒だって言うのなら今からでもお家《うち》に帰る？」

少し挑発《ちょうはつ》的な口調で少女娼婦《しょうふ》は言い——上目遣《づか》いに男を見つめる。

男は苦笑《くしょう》を浮《う》かべた。

客の気分を盛《も》り上げる為の『技《わざ》』の一つなのだろう。

少しやり方を間違《まちが》えば客の機嫌《きげん》を損《そこ》ねかねないが——歳《とし》の離《はな》れた相手にはよく効《き》く方法に違いない。わざわざ自分の子供《こども》の様な歳《とし》の娼婦を買いたがる客は、こういう何処か背伸《せの》びした様なやり方に男心を刺激《しげき》される者が多いし、実際《じっさい》、男はそういう類の嗜好《しこう》であった。

「まさか。お子様じゃあるまいし」

「そうね。お子様じゃあるまいし」

少女は未《いま》だ幼さを引きずるその貌《かお》に大人顔負けの淫蕩《いんとう》な笑《え》みを浮かべて言った。

その不均衡《アンバランス》さがまた男の情欲《じょうよく》を刺激する。

「…………」

男はふと細い路地の入り口で立ち止まり——少女の手を引いた。

建物の壁《かべ》と壁に挟《はさ》まれた狭隘《きょうあい》な空間には、闇《やみ》がわだかまっており、数メルトルも奥《おく》に入れば殆《ほとん》ど通りからの視線《しせん》は通らなくなる。

「寒いよ……」

男の望んでいる事を察したのだろう。暗がりに視線を向けながらわずかに顔をしかめて少女が言う。さすがにこれは演技《えんぎ》ではあるまい。

しかし……だからこそ余計に男は興奮《こうふん》した。

「……三枚《まい》にするから」

「でも……」

「何だったらとりあえず口だけでもいい」

「…………」

少女娼婦はしばし考え……溜《た》め息をついた。

その様子を了承《りょうしょう》と判断《はんだん》して男は少女の手を引っ張《ぱ》って路地の暗がりへと入っていく。

既《すで》に少し入っていた酒と、興奮と、そして寒気で耳を紅《あか》く染《そ》めながら、男は建物と建物の間を進み、表通りからの光が届《とど》かない辺りで立ち止まった。

途端《とたん》に……闇の濃度《のうど》が上がる。

街灯《がいとう》の光も此処《ここ》までは届かず、彼等の視界を確保《かくほ》してくれるのは頭上から降《ふ》り注ぐ月と星の光だけだ。

だが触《ふ》れ合う様な距離《きより》ならば互《たが》いの表情位は見る事が出来る。ズボンのジッパーを降《お》ろしながら、男は既に興奮で屹立《きつりつ》している男根を自ら引きずり出した。

少女娼婦は束《つか》の間——躊躇《ためら》う様な表情を見せる。

さすがに路上での行為《こうい》には恥《は》じらいを覚える様な常識《じょうしき》と感性《かんせい》が未だ残っていたのか。それともそれすらも男を興奮させる為《ため》の手管《てくだ》であったのか。男には分からない。別にどちらでも構《かま》わなかった。

だが……次の瞬間《しゅんかん》。

「——……?」

少女の眼《め》が一瞬見開かれ——そして怪訝《けげん》そうに細められた。

「ほれ……早く」

焦《じ》れた男が促《うなが》すも、少女は凍《こお》り付いた様に動かない。

彼女の視線が自分の股間《こかん》の男性器ではなくその向こう側に注がれている事に気付いて、

男も背後《はいご》を振《ふ》り返った。

「な…………？」

距離にすれば十メルトルといった処《ところ》か。

更《さら》に濃《こ》い闇のわだかまる路地の――奥。

そこに一つの影《かげ》がわだかまっていた。

その辺りは大半が本物の漆黒《しっこく》に塗《ぬ》り潰《つぶ》されていて、影はその中に半ば溶《と》け込《こ》む様にして存在《そんざい》している。もしそれが完全に静止していれば風景の一部にしか――建物の狭間《はざま》に横たわる闇の一部にしか見えなかったろう。

だが――

「なんだ……？」

「…………」

羽虫の唸《うな》りの様な低い音が漂《ただよ》ってくる。

いや。それは音ではない。

声だ。低く小さな声がぶつぶつと何事かを呟《つぶや》き続けている。不明瞭《ふめいりよう》な発音の為にその内《ない》容《よう》までは分からないが――単なる機械や羽虫の立てる音と異《こと》なり、そこには何か有意言語を唱える際《さい》特有の、ざらつきとうねりがあった。

まるで――痛切《つうせつ》なる鎮魂《ちんこん》の詩を口ずさむかの如《ごと》く。

「…………」

延々《えんえん》と闇《やみ》に漂う唸り声に――更《さら》に異音《いおん》が入り混《ま》じる。

硬《かた》く鋭《するど》い金属《きんぞく》の響《ひび》き。

かり。かり。ちき。かり。ぎち。ちち。かち。かち。

歯車が回り、発条《ばね》が弾《はじ》け、金具が噛《か》み合う独特《どくとく》の――機械装置《そうち》が駆動《くどう》する際特有の連鎖《れんさ》的な金属音が影の方から聞こえてくる。

一体この影は何なのか。

男と少女が訝《いぶか》しげな表情を浮《う》かべたその瞬間――

「…………」

ぬっ……と影が立ち上がった。

大きな闇色の塊《かたまり》として地面の上にわだかまっていたそれは、低い唸りと断続《だんぞく》的な金属音の群《む》れを纏《まと》いながらゆっくりと形を変え、二人の前でその身の丈《たけ》を伸《の》ばしていく。

「な……な……？」

詳細《しょうさい》は闇に沈《しず》んだままで分からない。その形状《けいじょう》ですらも何処《どこ》までが本体で何処までが影なのかが判然《はんぜん》としない。

元より影というものは実体の姿形《すがたかたち》をそのまま綺麗《きれい》に複写《ふくしゃ》するものではない。光源《こうげん》の角度や距離によっても影の輪郭《りんかく》は歪《ゆが》む。闇の中なら尚更《なおさら》だ。ただ近くを通り掛《か》かっただけの野《の》良犬《らいぬ》の姿や影が怪物《かいぶつ》のそれの様に見える事も珍《めずら》しくない。

しかし……

「おい……なんだ……？」

形は不明瞭《ふめいりょう》でもその大きさは分かる。

今やその影は路地を塞《ふさ》がんばかりの体軀《たいく》を示《しめ》していた。

「なんだよ……これは……？」

金属音と共に『それ』は動く。

路地の奥《おく》に充《み》ちる濃密《のうみつ》な闇の中から——二人の方へと。

犬ではない。猫《ねこ》でもない。人間ですらないだろう——その影の上端《じょうたん》は二メルトルを大きく超《こ》えた位置に存在《そんざい》している。それも単に突起物《とっきぶつ》の類が伸びてその高さに達している訳ではない。頭部がその位置に在《あ》るのだ。

そう——『それ』には頭部があった。次に腕《うで》らしきものも見えた。『それ』は二人に近付くにつれて闇より分離《ぶんり》し、異様な姿を彼等の眼《め》に晒《さら》しつつあった。

部分的に見ればそれは人間の形状をしていただろう。

頭部があった。胴体《どうたい》があった。両腕があった。腕は二本。頭は一つ。関節の数も同じで指はきちんと五本生えている。両肩《りょうかた》はあまりに広く胸板《むないた》も鳩《はと》のそれの様に大きく盛《も》り上がっているが——それでもその姿は人体の基本構成《きほんこうせい》に反していない。

その上半身だけは。

「……おい……なんなんだよ……」

真正面から見ていたせいで最初は分からなかった。

だがその異形《いぎょう》が近付いてくるにつれて、その脚《あし》が二本でない事に二人は気付いた。更に言えば腰《こし》の後ろからほぼ直角に折れ曲がった胴体が続いているのも判別出来た。その第二の胴体の後端にもう一対《いっつい》の脚が備《そな》わっているのだ。更にその後ろ脚の向こうには尻尾《しっぽ》らしきものも揺《ゆ》れているのが見えた。

上半身は直立する人間のものでありながら……下半身は四つ足の獣《けもの》のものなのだ。

既存《きそん》のものに最も近い姿形を求めるならば、それは異国の神話や伝承《でんしょう》の中に登場すると言われる半人半馬《ケンタウロス》であろう。馬の首の代わりに人間の胴体をそのまま継《つ》いだ想像《そうぞう》上の存在。馬としての四つ足を備えながら更に一対——両腕を備える異形。

だが……その姿は異形でありながら奇妙《きみょう》な優美《ゆうび》さがあった。

その輪郭には統一《とういつ》感がある。異なる生物をただ無理矢理《むりやり》に継ぎ接《は》ぎした不自然さは殆《ほと》ど見受けられず、全体的な均衡《バランス》が保《たも》たれているのである。むしろその形状は、本当に神話や伝承の世界から抜《ぬ》け出てきたかの様な生々しい躍動感《やくどう》すら備えていた。

とはいえ――

「なんなの……⁉」

少女が悲鳴じみた声を上げる。

彼女の右手は既《すで》に携《たずさ》えていたハンドバッグの中に入っている。恐《おそ》らくは護身《ごしん》用の拳銃《けんじゅう》でも持っているのだろう。この不景気で物騒《ぶっそう》な御《ご》時世――街角に立つ少女達にとってそれは必需品《ひつじゅひん》であった。

「なんなのよ……！」

美術館《びじゅっかん》や本の挿絵《さしえ》の中ならばいざ知らず――真夜中の路地でこの様なものに出会えば誰《だれ》しも身構《みがま》える。それは人々の日常《にちじょう》にとっては明らかに異物であった。

「…………ま……」

男の脳裏《のうり》に先《ま》ず浮かんだのは『魔族』の一語だった。

人間でありながら人間を辞《や》めた者達。

魔法《まほう》という過《す》ぎた力によって、精神《せいしん》と肉体の双方《そうほう》を侵食《しんしょく》され変異《へんい》した怪物。先にも彼等自身が語っていた様に――このトリスタン市において人間の魔族化、即《すなわ》ち魔族事件《じけん》は急増《きゅうぞう》の傾向《けいこう》にある。大抵《たいてい》は昼間に集中しているのだが、こうした夜半に魔族事件が起こる事も有り得ない事ではない。

しかし……『それ』は魔族ではなかった。

「…………」

『それ』は金属音《きんぞく》と低い唸《うな》りを纏《まと》いつつ更に近付いてくる。

魔族は生物学を嘲笑《ちようしよう》するかの様に出鱈目《でたらめ》な異形を採《と》る事が多いが、それでも生物としての特徴《とくちよう》は色濃《こ》く残す。何処まで奇怪《きかい》でもあくまで魔族は生身の存在《そんざい》であった。

だが二人に迫《せま》る『それ』は生物ではない。

『それ』の表面は皮でも殻《から》でもなく——鋼鉄《こうてつ》の質感《しつかん》を備えていた。

印象として最も近いのは『鎧《よろい》』であろう。随所《ずいしよ》に人間を象《かたど》ったと思《おぼ》しき構造《こうぞう》を持ちながらも、明らかに人間とは違《ちが》う、生物とさえ異なる、直線的で単純《たんじゆん》な面構成《こうせい》によって存在する人工物。鋼鉄の皮膚《ひふ》を持ち、ただ関節を曲げる——それだけの事にも、細かな歯車と蝶番《ちようつがい》を幾《いく》つも幾つも必要とする精密《せいみつ》機械の様な『硬質《こうしつ》さ』がそこにはあった。

つまり——これは。

「モールド……？」

男が呟《つぶや》く。

そう。男の知識《ちしき》内で『それ』に最も近いものは、現代《げんだい》の魔法《まほう》使い達が魔法行使の際《さい》に着用する特殊《とくしゅ》作業用拘束装甲《こうそくそうこう》服であった。

「いや……しかし……」

一般《いっぱん》的によく知られているモールドは救命魔法士や戦術魔法士《タクティカル・ソーサリスト》、あるいは大半の医《い》療《りょう》魔法士の着る純然《じゅんぜん》たる人型のものだ。これらは報道《ほうどう》写真等で一般人の目にその外見が晒《さら》される機会も少なくないからである。

だが実を言えばモールドは必ずしも人型である必要は無い。

現場での機動性や運動性、あるいは建物内での小回りについて考慮《こうりょ》する必要の無い工業用モールドや研究用モールド、医療モールドの一部には、人型を大きく逸脱《いつだつ》しているものや、据《す》え付け型のものも存在する。それらは人型である事を放棄《ほうき》した代償《だいしょう》として高い魔法の安定度や増幅《ぞうふく》率、魔法効果《こうか》の精密設定《せってい》といった事が可能《かのう》になっている。

所詮《しょせん》モールドは道具であり最もその用途《ようと》に適《てき》した形態《けいたい》を採《と》る。機能的に問題が無いのならば人型に拘泥《こうでい》する必要は何処にも無い。

その意味では眼の前の異形の様なモールドが在《あ》ってもおかしくはないだろう。

だが――

「……魔法士《ソーサリスト》……なのか……？」

男の口調に不安げな響《ひび》きが滲《にじ》む。

何かが違う。その事に男も気付いていた。何が違うのかと問われれば男には明言出来なかっただろうが。もしモールド・エンジニアやそれに類する魔法工学関連の専門家《せんもんか》であればその違和《いわ》感の正体を指摘《してき》出来たかもしれないが、男の持つ魔法士やモールドに対する知識はあくまで素人《しろうと》の域《いき》を出ていなかった。

代わりに——

「嘘《うそ》……そんな……」

少女が呆然《ぼうぜん》と呟く。

未《ま》だ幼《おさな》さを残す口元が——唐突《とうとつ》な単語を一つ紡《つむ》ぎ出した。

「……〈黒騎士《くろきし》〉……？」

言われてみれば確《たし》かにその輪郭《りんかく》は——四つ足の馬体の上に人体が屹立《きつりつ》する姿は、戦馬に乗った騎士に通じるものがあった。頭部に備《そな》わる羽根飾《かざ》りの様な部品はその最たるものだろう。その色も黒に近い灰暗色《かいあんしょく》である。単語そのものはむしろ野暮《やぼ》ったい響きすらあったが、この異形《いぎょう》を示《しめ》すには相応《ふさわ》しいものと言えた。

だが……

「……本当に……そんな……〈黒騎士〉……」

少女の声は動揺《どうよう》のあまりに言葉の断片《だんぺん》を漏《も》らすばかりだ。

まるで単なる伝説と信じていた存在を目《ま》の当たりにしたかの様な、色濃い驚愕《きょうがく》と畏怖《いふ》がブッ切れの言葉の間にたっぷりと含《ふく》まれていた。

「こ——こんな処《ところ》で……こんな時間に、その、何やってんだ、あんた」

男の問いはある意味で——仕事帰りの『こんな時間』に自分の娘程《むすめほど》の年齢《ねんれい》の街娼《がいしょう》を買い、こんな路地に連れ込《こ》んで性行為《せいこうい》に及《およ》ぶという彼自身の事は棚《たな》上げするとして——至極《しごく》、全うなものだったろう。

そもそもモールドを着けた魔法士《ソーサリスト》を路地裏《うら》で見掛《みか》ける事そのものが異常なのだ。

魔法士の仕事は昼間が多い。

そしてその仕事の多くは屋内で行われる。

産業系《けい》の魔法士は当然、工場や研究所の業務《ぎょうむ》時間に合わせて施設《しせつ》内で仕事をするし、医療系の魔法士も、緊急《きんきゅう》を要する場合でない限《かぎ》りは病院の開業時間に合わせて病院内で魔法を行使する。魔法とはそもそも高い効果の裏側に非常《ひじょう》な危険《きけん》を孕《はら》んでいるので、万全《ばんぜん》の態《たい》勢《せい》で行使するのが望ましいからだ。

無論《むろん》、緊急系の魔法士——即《すなわ》ち救命魔法士や戦術魔法士《タクティカル・ソーサリスト》は例外だが、彼等にした処で意味もなくモールドを着けたまま徘徊《はいかい》している筈《はず》が無い。彼等の出番は大抵《たいてい》が通常の警《けい》察《さつ》官や消防士《しょうぼうし》らの対処《たいしょ》出来ない様な、深刻《しんこく》な事件《じけん》や事故《じこ》が発生した場合だが——付近でそんな事態が進行している様子も無い。街は夜の静寂《せいじゃく》の中に沈《しず》んだままだ。

では一体この異形は何者か。

何の意味があってこんな時間のこんな場所に居《い》るのか。

「…………」

異形の影《かげ》は答えない。

代わりに右手をゆっくりと掲《かか》げる。ばしゃりと音を立てて『それ』の太い腕部《わんぶ》装甲《そうこう》が展開《てんかい》し——肘《ひじ》と手首から前後に長々と金属製《きんぞくせい》の何かが伸《の》びた。更《さら》には折り畳《たた》まれていた部分が展開し、結合し、結果としてそれは二メルトルを大きく超《こ》える長大な棒状《ぼうじょう》の部品として変形を終えた。

あるいはそれは『槍《やり》』であったのかもしれない。

鋭《するど》く尖《とが》った先端《せんたん》といい、二メルトル半に達しようかという全長といい、それは騎兵が雑《ぞう》兵《ひょう》を薙《な》ぎ払《はら》い、あるいは突《つ》き殺す際に使用する長槍に似《に》ていた。その異形を〈黒騎士〉と呼《よ》ぶのならばそれは相応しい得物《えもの》であったかもしれない。実際には手で握《にぎ》っているのではなく肘から先の部分に固定されているのだが——携《たずさ》える姿《すがた》はまさしく槍だ。

二人と『それ』の距離《きょり》は既《すで》に三メルトル。

『それ』がその気になれば槍の先端は一瞬《いっしゅん》で二人に届《とど》く距離ではあった。

故《ゆえ》に――

「――！」

応《おう》じたのは銃声であった。

愕然と振《ふ》り返る男のすぐ横で、娼婦《しょうふ》の少女はハンドバッグから取り出した小型の回転弾《リヴ》倉式拳銃《オルヴァ》を構《かま》えていた。粗悪《そあく》な安物の弾《たま》でも使っているのか――本来、現代銃《げんだいじゅう》の弾薬《だんやく》に使用される火薬は殆《ほとん》ど煙《けむり》の出ない無煙《むえん》火薬である――その銃口からは銃撃《じゅうげき》の名残《なごり》として灰色《はいいろ》の煙がゆらりとこぼれている。

「おい!?」

いきなりの銃撃に男が狼狽《うろた》えた様な声を漏らすが、少女は構わず撃鉄を親指で起こしていつでも次の弾が撃《う》てる様にと身構えている。

誰何《すいか》などしない。警告《けいこく》もしない。

この夜中に奇怪《きかい》な格好《かっこう》をして近付いてくる相手だ――どうせ尋常《じんじょう》ではないと判断《はんだん》しているのだろう。男も同意見ではあった。強盗《ごうとう》か。変態《へんたい》か。狂人《きょうじん》か。いずれにせよ撃たれたからといって警察に駆《か》け込んで裁判《さいばん》を起こす様な真っ当な人間ではない筈だった。

しかし……だからといっていきなり撃てば良いというものでもない。男と少女は未《ま》だ何をされた訳《わけ》でもないのだ。むしろ撃ってしまった事で相手を逆上《ぎやくじよう》させてしまった可能性《かのうせい》もある。

「…………」

『それ』の動きが止まっていた。

その金属製の表皮には小さな傷《きず》がまとまって幾《いく》つか付いている。

少女が撃った銃弾の成果——散弾の銃痕《じゆうこん》だ。

拳銃《けんじゆう》用の散弾は有効射程《しやてい》距離は苦笑《くしよう》を誘《さそ》う程《ほど》に短い上、威力《いりよく》も小さいが——元々は農場等で危険な毒蛇《どくへび》の類を駆除《くじよ》する為《ため》に造《つく》られたものだ——あくまで至近《しきん》距離での護身《ごしん》用に限れば、高い精度も細かな照準《しようじゆん》も必要ないので使い易《やす》い。相手が暴漢《ぼうかん》や辻強盗《つじごうとう》の類ならば適《てき》切《せつ》な選択《せんたく》と言えただろう。

だが……

「…………」

無言のまま異形《いぎよう》の影は再《ふたた》び前進を開始する。

「——！」

少女は躊躇《ためら》いも見せずに拳銃の引き金を引いた。

今度は二発。

轟音《ごうおん》と呼ぶには少々軽い銃声が路地に響《ひび》き、異形の影の表面に幾つもの火花が同時に咲《さ》いた。粒《つぶ》は砂利《じゃり》よりも更に小さいが、五十発以上の鉛弾《なまりだま》が音速を遥《はる》かに超《こ》える速度で叩《たた》き込まれているのである。

しかし……それだけだ。

『それ』の接近《せっきん》は止まらない。

散弾では――しかも小口径の弱装弾《そうだん》では貫通《かんつう》力が足りないのだ。しつこく言い寄《よ》ってくる変態や、娼婦《しょうふ》達の稼《かせ》ぎを狙《ねら》う強盗を蹴散《けち》らすには必要充分《じゅうぶん》の威力《いりょく》でも、装甲《そうこう》に覆《おお》われた目標に対して効果《こうか》を及ぼすには、拳銃用散弾は全く不向きだった。

「………………」

口を閉《と》じたまま喉《のど》の奥《おく》で笑うかの様な、ひどくくぐもった声が響く。

それが異形の影の発するものなのだと気付くのに男と少女は一瞬の間を要した。

気付いた後は――全身が総毛《そうけ》立った。

「くっ――」

少女は銃を構えながら後退《こうたい》する。

この異形の鎧《よろい》――の様な何か――の中に入っているのが何者なのかは分からない。だが明らかに普通《ふつう》ではなかった。声を聞いただけでそれが分かる。正気であるかどうかさえ疑《うたが》わしい。何にしても近付かないに越《こ》した事は無い。

男も同感ではあった。

「あ……待っ……」

一緒《いっしょ》に逃《に》げようとして……しかし男は束《つか》の間、躊躇《ちゅうちょ》した。

股間《こかん》の男性器を露出《ろしゅつ》したままである事に改めて思い至《いた》ったのだろう。この切迫《せっぱく》した状況《じょうきょう》下《か》で猥褻《わいせつ》も何もあったものではない筈《はず》だが……一般《いっぱん》人としての常識《じょうしき》と羞恥《しゅうち》心が彼の割《わ》り切りを阻害《そがい》していた。

結果、慌《あわ》てて自分の男根をズボンの中に押《お》し込んでから少女の後に続いた男は、時間にして三秒余《あま》り、距離にすれば三メルトル余り遅《おく》れる事となった。

たったの三秒。たったの三メルトル。

だがその僅《わず》かな差が少女と男の運命を分ける事となった。

ちきちきと細かな金属《きんぞく》音を立てながら『それ』が頭を巡《めぐ》らせて男の方を見た。見られた様に男は思い——ほんの一瞬だが恐怖《きょうふ》から男の動きが鈍《にぶ》る。

その瞬間。

「——なっ⁉」

短い破裂《はれつ》音。

同時に夜気を切り裂《さ》きながら槍《やり》が――更《さら》に伸《の》びる。

正確《せいかく》には腕《うで》に固定されていた部分が動いて突《つ》き出されたのである。

「ちょっ――ああぐっ⁉」

槍の先端《せんたん》は男の右肩《みぎかた》を貫《つらぬ》いて停《と》まった。

少女に向けて助けを求める様に伸ばされた手は虚《むな》しく空を摑《つか》み、男は体勢《たいせい》を崩《くず》してその場に転倒《てんとう》する。無論《むろん》、じたばたと地面の上で踠《もが》きながら男は自分の肩に突き刺《さ》さった槍の先端を抜《ぬ》こうとするのだが……命中と同時に槍の先端部分が変形して釣《つ》り針《ばり》の如《ごと》き『かえし』を展開《てんかい》している為《ため》、抜く事が出来ない。

「ぐあ……あ……あああっ⁉」

「おい――何だ？　どうした？」

そんな声と共に路地の入り口に二つの影《かげ》が湧《わ》いた。

何処《どこ》かおっかなびっくりといった様子で中年男がこちらを眺《なが》めている。その傍《かたわ》らにはやはり驚《おどろ》きの表情《ひょうじょう》を浮《う》かべた若《わか》い娘《むすめ》が、中年男に腕を絡《から》めて立っていた。恐《おそ》らくは近くを通り掛《か》かった娼婦《しょうふ》とその客だろう。銃声を聞きつけて何事かと覗《のぞ》きに来たのだ。

「た……助けっ……助けてくれっ……！」

男は無事な左肩から彼等《かれら》へと腕を伸ばして懇願《こんがん》する。

何が何だか分からない。どうして自分がこんな目に遭《あ》うのか分からない。この異形の影が何者なのかも分からない。何をしようとしているのかも分からない。何が目的なのかも分からない。分からない事だらけで何もかも理《り》解《かい》の範疇《はんちゅう》外だった。

ただ……この灰暗色《かいあんしょく》の異形が自分に好意的ではないのだという事は分かる。

そしてこのままでは肩の怪我《けが》だけでは済《す》まないだろうという事も、これから自分にとってもっと耐《た》え難《がた》く忌《い》まわしい出来事が起こるのだという事も、想像《そうぞう》がついた。

「た……頼《たの》む……助け……助けてくれぇ……っ！」

だが誰《だれ》も動こうとはしない。

路地の入り口で立ち尽くす二人は無論、銃《じゅう》を構《かま》えたままの少女娼婦ですらも、異様な状況を前にして身動きがとれなくなっている。今から何かが起こるのだという事を誰もが本《ほん》能《のう》的に予感していた。予感した上で——眼《め》が離《はな》せなくなっていた。

輪郭《りんかく》の見えない緊迫《きんぱく》感だけがじわりじわりと高まっていく。

そして……

「——イグジスト」

彼等の不吉《ふきつ》な予感はその言葉と共に現実《げんじつ》化した。

●
●
●

双輪《そうりん》の光芒《こうぼう》によって白く切り取られた街の風景が左右に流れていく。ヘッド・ライトに照らし出される街の佇《たたず》まいは、何処《どこ》かくすんだ様な——歳月《さいげつ》を経《へ》て退色《たいしょく》した写真を想《おも》わせる不自然な色合いを示《しめ》していた。まるで漂《ただよ》う空気までが灰色《はいいろ》に濁《にご》っているかの様である。ただでさえ高速走行時は視界《しかい》が狭《せま》いというのに……これでは距離《きより》感が狂《くる》って非常《ひじょう》に運転しにくい。

だが——

「…………ふぁ」

蒸気式《じょうきしき》トラックの運転席でハンドルを握《にぎ》る青年は小さく欠伸《あくび》を漏《も》らした。

やや面長《おもなが》の端整な顔には緊張《きんちょう》感の欠片《かけら》も無く、こんな夜中だというのに鼻先に引っかけたままのサングラスの上で、その黒い両眼が眠《ねむ》たげに何度も瞬《まばた》きを繰《く》り返している。

それでいて——青年の眼の前で揺《ゆ》れている速度計の針は時速七十キロメルトルの辺りを指しているのだ。街中では正気を疑われる様な速度であった。

現に角を曲がる度《たび》、タイヤが路面に食い付ききれず、滑《すべ》って甲高《かんだか》い悲鳴を上げる。ハンドル操作《そうさ》を一つ間違《まちが》うだけで、車は何処かに突っ込《こ》んで大変な事になるだろう。

同乗者としては己《おのれ》の身の安全について不安を覚えざるを得ない状況《じょうきょう》だ。

だが——

「…………」

助手席に座《すわ》っている少女の顔には何の表情も浮《う》かんでいない。

恐怖《きょうふ》も無い。焦燥《しょうそう》も無い。何処《どこ》か異国《いこく》の神像の如《ごと》く緩《ゆる》い無表情を湛《たた》えたまま、その血色の瞳《ひとみ》で淡々《たんたん》とした視線をフロントグラスの向こうに注いでいるだけだった。

「ふぁ……あ……」

もう一つ長い欠伸を漏らしてから青年は無造作《むぞうさ》にハンドルを切る。

曲がり角の数メルトル手前——殆《ほとん》ど減速《げんそく》らしい減速もせず、蒸気式トラックはタイヤから耳障《みみざわ》りな悲鳴を放ちつつ車体後部を横滑《よこすべ》りさせた。

まるで狙《ねら》い澄《す》ましたかの様に、曲がり角にさしかかった時点ではもう車体は九十度の方向転換《てんかん》を果たしている。そのまま更に回転しようとする車体の慣性《かんせい》を、素早《すばや》いブレーキとアクセルの操作で強引《ごういん》にねじ伏《ふ》せて、青年は再び蒸気式トラックを一直線に疾走《しっそう》させた。

交通道徳《どうとく》に五月蝿《うるさ》い人間が見れば真っ赤を通り越《こ》して真っ青になりそうな軽業《かるわざ》じみた運転をしながら……しかし青年自身は得意がるでも興奮《こうふん》するでもなく、眠そうな表情をしたままハンドルを握っている。同乗者の少女もまた表情を揺るがす事は無い。ただ方向転換の際《さい》に、遠心力に従《したが》って大きく体を傾《かたむ》けただけだ。

ただ……

「――レイオット」

しばらくして――ふと思い付いた様に助手席の少女が言った。

「あまり乱暴《らんぼう》な運転は機材に良くないのでは」

「そりゃそうなんだろうけどな」

レイオットと呼《よ》ばれた青年は物憂《ものう》げな口調で応《おう》じる。

「『大至急《だいしきゅう》』なんて電話口で喚《わめ》かれた以上、ある程度《ていど》は急いだ振《ふ》りでもしとかないと後がうるさいだろ――あの監督官《かんとくかん》様は」

レイオット・スタインバーグ。

それが青年の名前であった。

中途半端《ちゅうとはんぱ》に伸《の》ばしたぼさぼさの黒髪《くろかみ》や、小さな丸レンズのサングラス、おまけに何処か真剣味《しんけんみ》に欠けた表情と、見るからに胡散臭《うさんくさ》い雰囲気《ふんいき》がその容姿《ようし》には漂っている。よく見れば涼《すず》やかに整った顔立ちではあるのだが――物事を全《すべ》て斜《なな》めから見ているかの様な、物憂げでひねくれた態度《たいど》が、既《すで》に容姿の一部として定着している感があった。

実際――彼の素性《すじょう》は何から何まで胡散臭い。

年齢不詳《ねんれいふしよう》。本名不詳。出生地不詳。必要に迫《せま》られてそれらを彼が語るなり書くなりする場合もあるにはあるが、全て出鱈目《でたらめ》である。彼自身が知らないのだから仕方がない。

しかも職業《しよくぎよう》は——無資格《モグリ》の戦術魔法士《タクティカル・ソーサリスト》。

ただでさえ戦術魔法士には胡乱《うろん》な印象の奇人《きじん》変人が多いが、それが無資格ともなれば胡乱さは倍になる。一般《いつぱん》市民からすればこの青年は組織犯罪者《ギャング》の類と大差無い様にも見えるだろう。

「しかし……」

また一つ欠伸《あくび》を噛《か》み殺してレイオットは言った。

「最近は深夜の呼《よ》び出《だ》しが多いな」

レイオット・スタインバーグ——彼は元々あまり眠りの深い方ではない。

十代前半の頃《ころ》には、毎晩《まいばん》の様にうなされて飛び起きる事を繰り返していた為《ため》か、一定以上の深度にまで意識《いしき》が沈《しず》み込む事が無いのである。横になっていても微睡《まどろ》んでいるかの様な極めて浅い睡眠《すいみん》が延々《えんえん》と続いているだけなのだ。

だが眠りが浅いという事が——眠りを必要としないという意味では決してない。

ある種の動物と同じく、むしろ熟睡《じゆくすい》する事がない分だけ、睡眠の浅さを別の要素《ようそ》で補《おぎな》わねばならない。そしてそれがレイオットの場合は睡眠時間になる。この戦術魔法士は昼日中でもだらだらとソファで昼寝《ひるね》をしている事が多いが、これは夜型の生活になっているのではなく、単に必要とする睡眠時間そのものが長いのである。

「……ふぁ……」

当然——真夜中にいきなり電話で叩《たた》き起こされ、仕事現場《げんば》に呼びつけられた上、事実上の徹夜《てつや》を強《し》いられるとなれば、レイオットとて欠伸の一つや二つは出ざるを得ない。それも一か月の間に三度も四度もとなれば生活周期が崩《くず》れて睡眠不足に陥《おちい》るのも当然だった。

もっとも……

「…………」

ちらりと助手席に視《し》線《せん》を向けると——紅《あか》い眼《め》の少女が昼間と全く変わらぬ様子でそこに座《すわ》っている姿《すがた》を見る事が出来る。常《つね》にレイオットと共に行動する彼女も当然、生活周期が乱《みだ》れているので、睡眠不足になって当然なのだが……どういう理屈《りくつ》か、淡《あわ》い無表情が凝《こご》る顔には眠《むね》そうな様子は微《み》塵《じん》も窺《うかが》えなかった。

実を言えばレイオットはこの少女が普《ふ》通《つう》に眠っている処《ところ》を見た事が無い。気《き》絶《ぜつ》している状態を見た事はあるが……意識の無い彼女の姿を見たのは今のところそれだけだった。彼女の朝はレイオットより早く夜はレイオットより遅《おそ》い。勤《きん》勉《べん》と言えば勤勉な生活態度だが……一体いつ寝ているのかと首を傾《かし》げたくなる。

カペルテータ・フェルナンデス。

普通の人間には有り得ない深紅《しんく》の瞳《ひとみ》と髪《かみ》、そして額《ひたい》に眉毛《まゆげ》の代わりに宝珠《ほうじゅ》の様な球面を二つ備《そな》えたこの少女は、父親が人間ではない。正確《せいかく》に言えば人間を辞《や》めた父親によって強姦《ごう》《かん》された母親が産み落としたのがこの少女なのである。

先天性魔法中毒患者《ソーサリィ・アディクト》——俗称《ぞくしょう》『半魔族《ハーフ・ブルート》』。

生まれながらにして魔法の影響下《えいきようか》に在ったCSAの肉体は、外形的にであれ機能的にであれ、普通の人間とは異《こと》なっている場合が多い。

特に……魔法行使の際に発生する魔力の急激《きゅうげき》な偏差《へんさ》を肉体感覚として感知し得《う》るカペルテータは、その常人との差異が外面だけでなく、脳《のう》や神経細胞《しんけいさいぼう》の一部にも生じている可能《かのう》性《せい》は高い。

たとえ同じものを見ていたとしても、その紅い眼が——そしてそこに繋《つな》がる視神経がレイオットと同じ映像《えいぞう》を脳裏《のうり》に結んでいるとは限《かぎ》らない。脳内の構造《こうぞう》や思考形態そのものがレイオット達とは違《ちが》う可能性すらあった。

ならば睡眠欲《よく》の感覚や概念《がいねん》も、この少女に関しては一般人と違うのかもしれない。無論《むろん》、他人にはその感覚を共有する事が出来ない以上——それは推論《すいろん》の域《いき》を出ないのだが。

「まあ元々、事件《じけん》なんてのは時と場所を選んではくれないもんだが——」

呟《つぶや》く様に言いながら再《ふたた》びレイオットはハンドルを切る。

カペルテータは無言。

代わりに急激な方向転換《てんかん》を強《し》いられた車体が軋《きし》み、タイヤが悲鳴を上げる。

だがレイオットの言葉を無視している訳《わけ》ではない証拠《しょうこ》に、遠心力に引っ張《ぱ》られて身体《からだ》を傾けながら、CSAの少女はちらりと視線を彼の方に向けてきた。

「こう立て続けだと、さすがに少々辛《つら》くなってきたな」

「――辛いですか」

質問《しつもん》というよりは何かの確認《かくにん》をするかの様な声が問うてくる。

「完全な夜型生活にでもしてしまえば楽なのかもしれないけどな」

レイオットは溜《た》め息混《ま》じりに言った。

「……何か原因《げんいん》があるのかもしれません」

カペルテータが淡々《たんたん》とした口調で言った。

「原因……？　魔族《メレヴエレント》事件が深夜に頻発《ひんぱつ》する事のか？」

「はい。偶然《ぐうぜん》と考える事も出来ますが、原因があると考えた方が自然です」

「原因……原因ね」

呟くレイオット。

比較的珍《ひかくてきめずら》しい事ではあった——こんなに会話が続くのも。

カペルテータは元々口数が少ない。

放《ほう》っておけば丸一日喋《しゃべ》らないという事もざらだ。必要があれば口を開くが——逆《ぎゃく》に言えば喋る必要が無ければいつまでも黙《だま》っているのである。普通の感性の人間ならば彼女の無言と無表情《むひょうじょう》が醸《かも》し出す圧迫《あっぱく》感に数日で音《ね》を上げる事だろう。

だが生憎《あいにく》とレイオットは普通の感性の人間ではない。むしろカペルテータの無愛想《ぶあいそう》ぶりも大人しくて良いと思っている位だった。

そういう訳でこのCSAの少女とレイオットはとりあえず大きな問題も無く同居《どうきょ》を続けている。世間では何かと口さがない連中が二人の関係を『愛人』だの『愛玩動物《あいがんどうぶつ》』だのと好き勝手に噂《うわさ》しているが、現実の二人の様子を見れば彼等《かれら》とて下品な自説を撤回《てっかい》せざるを得ないだろう。

それはさておき——

「真夜中に〈黒本〉の朗読《ろうどく》会でもするのが流行《はや》ってるのかね」

「魔族化の原因は必ずしも〈黒本〉だけとは限らないと思います」

「そりゃそうだが——こんな時間に活動してる魔法士《ソーサリスト》なんざ、それこそ俺達《おれたち》みたいに緊急《きんきゅう》呼び出しを喰《く》らった戦術魔法士《タクティカル・ソーサリスト》か、救命魔法士位のもんだ。だが元々トリスタンにはそれぞれ十名も居《い》ないからな……こんな調子で魔族《メレヴエレント》化してたら、とっくにどっちもトリスタンから居なくなってるだろ」

脳裏にトリスタン市内の地図を描《えが》きながらレイオットはブレーキを踏《ふ》んで蒸気式《じょうき》トラックの速度を落とした。

事件現場《げんば》はもう目と鼻の先だ。

「さて……」

事件とは即《すなわ》ちケースSA――魔族事件の事である。

局地災害《さいがい》として処理《しょり》されるこの種の事件は、常《つね》に天災や事故《じこ》の類《たぐい》がそうである様に、本来は時と場所を選ばない類の出来事だ。そしてこの種の事件に際《さい》して魔族駆除《くじょ》の専門家《プロフエッショナル》として呼び出されるのがレイオットの様な、魔法戦技能者《まほうせんぎのうしゃ》――即ち戦術魔法士である。

もっともレイオットに関して言えばその肩書《かたが》きの上に『無資格《モグリ》の』という一語が付く事になるのだが。

「シモンズ監督官《かんとくかん》は何処《どこ》だ？」

現場の位置は電話で聞いてはいるが、馬鹿《ばか》正直にそこに車を乗り付ける訳にもいかない。

魔族事件の現場位置や規模《きぼ》は当然、魔族の移動《いどう》や成長と共に変化する。迂闊《うかつ》に現場に突《つ》っ込《こ》めば移動してきた魔族と鉢合《はちあ》わせ――などという事も有り得《う》る。

先《ま》ずは現場封鎖《ふうさ》中の警官《けいかん》隊か、レイオットの担当《たんとう》魔法監督官であるネリン・シモンズを見つけて状況報告《じょうきょうほうこく》を受けねばならないのだが――

「……レイオット」

「どうした？」

「…………」

何かを言いかけて――カペルテータはそのまま口をつぐんだ。

眉《まゆ》を顰《ひそ》めるレイオット。これもこの少女にしては珍しい事ではあった。表情は変わらず無表情のままだが、どうやらこのCSAの少女は何か戸惑《とまど》っているらしかった。過去に例《れい》が無い訳ではないが……

「途中《とちゅう》で黙《だま》られても気になるんだが」

「……はい。ですが何か……」

そこまで言ってまた口をつぐむ。

「調子が出ないか？」

「かもしれません」

素直《すなお》にカペルテータが認《みと》める。

「例の島の時以来か――珍しい事もあるもんだ」

レイオットは苦笑《くしょう》して更《さら》にハンドルを切った。

車の動きに合わせ大きな弧《こ》を描きながらヘッド・ライトが夜の闇《やみ》を切り取っていく。

その時——

「——っ⁉」

夜の闇に穿《うが》たれる白い双円《そうえん》。

その中に突如《とつじょ》として奇怪《きかい》なものが浮《う》かび上がった。

「——魔族《メレヴエレント》⁉」

思わず口走りながらも……それが間違《まちが》いである事を瞬間《しゅんかん》的にレイオットは悟《さと》っていた。

『それ』は確《たし》かに輪郭《りんかく》だけを見れば魔族に近かった。

人間の形を上半身に残しながらも下半身ではそれを明らかに逸脱《いつだつ》した形。

生物学を嘲笑《ちょうしょう》するかの様な異形《いぎょう》は魔族の特徴《とくちょう》ではある。その意味では馬の首を切り落とした処《ところ》に人間の上半身を継《つ》いだかの様なその形状は、いかにも魔族らしいと言えた。

だが——違う。魔族ではない。

『それ』の姿《すがた》は魔族にしてはあまりに均整《きんせい》がとれていた。

異形は異形だがそこにはある種の機能美めいたものまでが感じられるのだ。

しかもヘッド・ライトの光を浴びる『それ』の表面は金属《きんぞく》の質感《しっかん》を備《そな》えており、その輪郭は、明らかに人工物の——それも機械めいた形状を示《しめ》していた。幾《いく》つもの直線と曲線の断片《だんぺん》を繋《つな》ぎ合わせて構成《こうせい》されたその姿はむしろ魔族というよりも——

「モールド⁉」

灰暗色《かいあんしょく》の異形が横に——素早くライトの照射圏外《しょうしゃけんがい》に逃《に》げる。

無論《むろん》それは単に、迫《せま》り来る蒸気式トラックを避《さ》ける為《ため》の動作であったのだろう。だがレイオットの眼《め》には何故《なぜ》か、その異形の動きが単なる回避《かいひ》行動以外のものを含《ふく》んでいるかの様に——まるで目撃《もくげき》される事を怖《おそ》れて光を忌《い》むかの様に——映《うつ》った。

「——ちっ」

緩《ゆる》めたと言っても蒸気式トラックの速度は未《ま》だ時速三十五キロ——車体重量と相まって、人間に対してなら充分《じゅうぶん》に脅威《きょうい》となり得る速度である。はねてしまえば生身の人間だろうとモールドを装着《そうちゃく》した魔法士《ソーサリスト》だろうと無傷《むきず》では済《す》むまい。レイオットはブレーキ・ペダルを床《ゆか》まで踏《ふ》み降《お》ろし、ハンドルを切った。

タイヤとフレーム——路面を擦《こす》る軟樹脂《なんじゅし》の音と金属の軋《きし》む悲鳴じみた音を響《ひび》かせながらモールド・キャリアは一回転。だがそれだけでは慣性《かんせい》が収《おさ》まらず、蒸気式トラックの重い車体は更に数メルトル横滑《よこすべ》りして停車した。

路肩《ろかた》の建物に突っ込まなかったのは幸いである。

だが――

「……とと」

顔をしかめながらレイオットは傍《かたわ》らの少女を振《ふ》り返る。

「大丈夫《だいじょうぶ》か？」

「――はい」

何事も無かったかの様にカペルテータは頷《うなず》いた。

もっとも……痛《いた》かろうが苦しかろうがこの少女は『大丈夫か』と問われれば無表情のまま肯定《こうてい》するのだという事をレイオットは経験《けいけん》上知っている。それは健気《けなげ》というよりも、むしろ自分の身の安全だの健康だのを重視《じゅうし》していないだけの様に見えた。

それはさておき――

「何なんだ……一体？」

レイオットは運転席側の扉《とびら》を開いてモールド・キャリアの外に出た。

その右手は半ば無意識の内に愛用の回転弾倉式拳銃《リヴォルヴァ》――〈ハード・フレア〉を握《にぎ》っている。全弾《ぜんだん》――六発の四五口径マグナム弾が装填《そうてん》済みなのは重さで分かっていた。

別に今の異形が何をレイオット達にしてきた訳《わけ》でもない。

現状《げんじょう》では互《たが》いにただの通りすがりだ。

だが──疑《うたが》わしきにはまず武器《ぶき》を向ける、これは対魔族《メレヴエレント》戦経験の多い魔法士《ソーサリスト》としてはある意味当然の『癖《くせ》』だった。呼吸《こきゅう》するかの如《ごと》くに魔《ま》法《ほう》を扱《あつか》う怪物《かいぶつ》達はただ一声、時間にして一瞬《いっしゅん》の魔法で人間を消し飛ばす事さえ出来る。明確《めいかく》な敵対《てきたい》行動を相手が採《と》るのを待っていれば間に合わない事も多い。

無論──拳銃《けんじゅう》などではたとえ先制攻撃《せんせいこうげき》を仕《し》掛《か》けても役に立たない事が多いのだが。

「……？」

レイオットは眉《まゆ》を顰《ひそ》めて辺りを見回した。

灰暗色をした異形の姿は何処《どこ》にもない。

早々に現場を立ち去ったのであろう。

だが普通《ふつう》は自分を轢《ひ》きかけた相手に文句《もんく》の一つも言うものではないだろうか──中に尋《じん》常《じょう》な人間が入っていたのであれば。

まるで人目を避けるかの様に灰暗色の異形はその姿を消していた。

「いや……」

レイオットは呟《つぶや》く。

彼の視界から問題のモールドが外れていたのはせいぜいが数秒だ。

その間に問題の異形はこの場から立ち去った事になる。無論、それは決して不可能《ふかのう》な事ではないが……あの図体《ずうたい》を思えば極《きわ》めて難《むずか》しい行為《こうい》ではあろう。一瞬の事で距離《きより》感はあやふやであったが、その身長は二メルトルを超《こ》えていた筈《はず》だ。しかも馬状の胴体《どうたい》が継《つ》ぎ接《は》ぎされているとなれば、身を隠《かく》せる場所も限《かぎ》られてくる。

これは立ち去ったというより――

「……まさか」

辺りを見回すレイオットト。

「〈ディスガイズ〉を使ったのか？」

透明化《とうめいか》の魔法。

正確《せいかく》にはある種の力場を対象物の周りに構築《こうちく》し周囲の光線をねじ曲げる魔法である。魔法効果《こうか》の内容設定《ないようせってい》にもよるが――この魔法を使えば基本《きほん》的に対象物は肉眼《にくがん》で捉《とら》える事が出来なくなるのだ。

そもそも眼球は対象物に当たって反射した光を網膜《もうまく》に受け入れる事でその対象物を『視《み》』ている。だがこの魔法が発動している場合、光が対象物に触《ふ》れるのを避けて歪曲《わいきょく》する為、そもそもの反射が起こらず、網膜にその存在《そんざい》が映らない事になる。

結果的に周囲の人間の眼《め》からは対象物が消え去った様に見えるのだ。

だが……当然ながらこれは実際《じっさい》に対象物が消滅《しょうめつ》している訳ではない。単に透明化しただけの事だ。故《ゆえ》に手を伸《の》ばして触《ふ》れればそこに存在するのが分かるし、対象物が発する音までは消す事が出来ない。

それでも普通の人間の眼を誤魔化《ごまか》すには充分《じゅうぶん》ではあるが。

元々この〈ディスガイズ〉は軍用——〈イエルネフェルト事変〉以前に奇襲《きしゅう》戦や特殊邀《とくしゅよう》撃《げき》戦の為《ため》に記述《きじゅつ》開発されたものである。

ただし現代の戦術魔法士《タクティカル・ソーサリスト》達にこの魔法を使う者は少ない。拘束度数《デュラビット》の消費が大きい上に、相手が魔法士《ソーサリスト》や魔族《メレヴエレント》であった場合、視覚以外にも対象を探知《たんち》する方法を持っている事が多く——使っても意味があまり無いからだ。

僅《わず》かな時間、目眩《めくら》まし程度《ていど》の役には立つが、それならば閃光手榴弾《せんこうしゅりゅうだん》や、拘束度数消費一の基礎《きそ》級魔法の〈フラッシュ〉を使った方が確実であるし、その為に限られた拘束度数を三つも四つも消費する位なら、攻撃《こうげき》魔法を仕掛けた方が未《ま》だ効果《こうか》があるという事である。

「カペル。魔法の発動を感じたか？」

「——はい」

CSAの少女は頷《うなず》いた。

効率云々《こうりつうんぬん》はどうあれ〈ディスガイズ〉を使って姿《すがた》を消したのだとすれば——やはりあれはモールドを着た魔法士だったのだろう。

しかし……レイオットも魔法士の業界に関《かか》わって十五年以上になるが、あんな形状のモールドなど見た事も聞いた事も無い。そもそも馬の胴体部分はどうやって動かしているのか。動かせたとして何の意味があるのか。

不審《ふしん》というか意味不明な点があまりにも多い。

だが――

「……………まあいい」

レイオットは肩を竦《すく》めて呟《つぶや》いた。

人目を避《さ》けたという事からすれば――あの異形のモールドはレイオットと同じ無資格《モグリ》の魔法士だったのかもしれない。

以前に比《くら》べると国家資《し》格《かく》を持たずに魔《ま》法《ほう》を行使する者の数は確実に増《ふ》えている。

元々が強大な力である――幾《いく》つもの危《き》険《けん》や過《か》酷《こく》な状況《じょうきょう》を理《り》解《かい》した上でも、モグリの魔法士になる人間は必ず居《い》る。そして資格の無い状態《じょうたい》での魔法行使は摘発《てきはつ》の対象となる行為《こうい》である故、彼等は人目に付くのをとにかく嫌《いや》がる。

また同時に……そうしたモグリの魔法士達の使う密造《みつぞう》モールドの多くは、法律《ほうりつ》による構《こう》造制限《ぞうせいげん》がまず無い事、それに腕《うで》の良い整備士《せいびし》や製造《せいぞう》者が足りない事もあって、どうしても正規《せいき》の魔法士達が使うモールドよりも極端《きょくたん》でいびつな形状を採《と》る事が多い。不正規の代用部品ばかりを三流の技術者《ぎじゅつ》に与《あた》えれば、完成品が無意味に肥大化《ひだい》するのは当然の事だ。今観《み》た異形のモールドもその手の密造モールドである可能性はあった。

何にせよ――

「今は魔族《メレヴエレント》優先《ゆうせん》だな」

呟いてレイオットは蒸気《じょうき》式トラックの運転席に戻《もど》った。

●　●　●

回転灯《とう》の光が斑模様《まだらもよう》に染《そ》める路上の一郭《いっかく》で絶叫《ぜつきょう》が迸《ほとばし》った。

既《すで》に何度目の事か分からない。宥《なだ》める声にも半ば諦《あきら》めの響《ひび》きが混《ま》じっている。言葉が通じる通じないという以前に――絶叫の主には最早《もはや》、何も聞こえていないのだろう。

「ひあっ……あああああ……あああああああ――ッ！」

「もう大丈夫《だいじょうぶ》、大丈夫だから――」

「ああああっ！　ひあっ！　あっ！　あっ！　ああああああああっ!!」

大抵《たいてい》の場合――ケースSAの生き残りは救出された当初、恐慌《きょうこう》状態に在《あ》る。

時間が経《た》てば大半の者が落ち着きを取り戻すが、中には錯乱《さくらん》したまま完全に壊《こわ》れて『こちら側』に戻って来れなくなる者も居る。

回復《かいふく》した様に見えても精神的外傷《トラウマ》を負う者も多く、魔法管理局や警察《けいさつ》にはケースＳＡ専《せん》門《もん》の精神治療士《セラピスト》も配置されている。対話療法《りょうほう》では精神《せいしん》の均衡《バランス》を確保《かくほ》出来ずに睡眠《すいみん》薬や精神安定剤《ざい》に頼《たよ》る者も少なくない。

「落ち着いて、もう大丈夫、安心だから――」

「あああああっ！　ひあああああああ――ッ!!」

当然と言えば当然の話だ。

魔族《メレヴエレント》は人間の存在《そんざい》を――精神も肉体もまとめて根刮《ねこそ》ぎ破壊《はかい》する。

その存在そのものが社会の条理《じょうり》や常識《じょうしき》を壊《こわ》す。人間の依《よ》って立つ価値《かち》観を壊す。それまで地上の支配《しはい》者、万物《ばんぶつ》の霊長《れいちょう》として君臨《くんりん》していた人間が――己《おのれ》が如何《いか》に脆弱《ぜいじゃく》な存在なのかという事を実感として思い知らされる事になる。

それはまさしく純然《じゅんぜん》たる恐怖《きょうふ》だ。

同じく無力感をもたらす脅威《きょうい》でも台風や洪水《こうずい》の類と魔族は根本的に違《ちが》う。

狂《くる》ってはいるが、そこには意志がある。かつては人間であった存在が、明確な己の意志の下《もと》に人間の生命と尊厳《そんげん》を蹂躙《じゅうりん》する。それは台風や洪水の様な単なる『事実』ではない。

それは作為《さくい》であり行為である。

魔族事件《じけん》の被害《ひがい》者《しゃ》はただ『死ぬ』のではなく『殺される』のだ。

同じ様でいて……しかしこの差は大きい。

「ひあっ……あああ……ああああああ――ッ！」

「とにかく止血を！　アルギン酸塩被覆材《アルゴケア》持ってきて！」

『死ぬ』事は哀《かな》しいが『殺される』事は恐《おそ》ろしい。

然《さ》したる意味もなく殺されるのなら尚更《なおさら》だ。

たとえ迎《むか》える結果としての死は同じであっても、他者の意志によって自分の存在そのものを勝手に全面否定《ひてい》される恐怖は、事故や病気による死よりも遥《はる》かに高圧《こうあつ》の心理的圧迫《ストレス》となって犠牲《ぎせい》者の上にのしかかってくる。

「あああああああ――ッ!!」

少女が担架《たんか》の上で絶叫している。

その左の腕《うで》の肘《ひじ》から先が――無い。

怪我《けが》が怪我なので救急隊員達はまず彼女に、止血処置《しょち》を施《ほどこ》そうとしているのだが……どうも上手《うま》くいかない様だった。極度の興奮状態《こうふんじょうたい》の為《ため》か、彼女は重傷《じゅうしょう》であるにもかかわらず、陸揚《あ》げされた魚の様に激《はげ》しく身を捩《よじ》って暴《あば》れ続けているからだ。アドレナリンの大量放出で痛《いた》みが麻痺《まひ》してしまっているのかもしれない。

鎮静剤《ちんせいざい》を打って大人しくさせようにも……とても注射《ちゅうしゃ》が出来る状態ではない。余《あま》りに暴れる力が強く、救急隊員達が三人掛《が》かりで押《お》さえても押さえきれないのである。無理に針《はり》を突《つ》き刺せばそこから折れてしまいそうだった。

「吸入器《きゆうにゆうき》を！」

「はい……！」

慌《あわ》ただしく少女の処置を進める救急隊員達。

止血や鎮静は、救命魔法士や医療魔法士が居《い》れば魔法の一つで手を触《ふ》れる事も無く簡単《かんたん》に済《す》む話なのだが——生憎《あいにく》と今回は手配する事が出来なかった。もっとも……手配出来る事の方が少ないのが現状《げんじよう》であるのだが。

「………………」

彼等《かれら》を傍《かたわ》らで眺《なが》めながら——労務省《ろうむしよう》魔法管理局の二級魔法監督官《かんとくかん》ネリン・シモンズは何《ど》処《こ》か少女めいた丸みの残る顔をしかめた。

その表情《ひようじよう》は少女の怪我や恐怖に対する同情の意味もあるが——同時に現在、事件唯一《ゆいいつ》の生存者である処のこの少女が、とても事情聴取《ちようしゆ》を受けられる状態ではない事への落胆《らくたん》もあった。

ケースSA——俗《ぞく》に言う魔族《メレヴエレント》事件において、事件の目撃《もくげき》者や生存者の証言《しようげん》は魔族攻《こう》略《りやく》の重要な手掛かりになる。

魔族はその形態から行動、能力まで個体《こたい》差が激しい。その為に、対魔族《メレヴエレント》戦術に関しては大雑把《おおざっぱ》な基本対処法《きほんたいしょほう》以外は現場で微調整《びちょうせい》を行う事になる。電撃を発する個体も居れば衝撃波《しょうげきは》を発する個体も居る。多彩《たさい》な魔法を幾《いく》つも使ってくる魔族も居れば、ただ肉弾《にくだん》戦しか能がない——その代わりに無限再生可能《むげんさいせいかのう》な不死身の肉体と建設《けんせつ》機械並《なみ》の途方もない膂力《りょりょく》を備《そな》えていたりするが——魔族も居る。殺戮《さつりく》そのものに熱中する場合もあるし、殺害そのものよりも犠牲者の眼《め》を抉《えぐ》る事に執着《しゅうちゃく》する様な場合もある。

何にせよ……魔法の能力として決定的に劣《おと》る人間側が魔族と対する場合、その行動の隙《すき》を突く事は重要となる。真正面から魔族と魔法を撃《う》ち合えば、数に制限《せいげん》のある人間の方が不利なのは間違いが無いからだ。

効率《こうりつ》的に戦闘《せんとう》に特化した魔法の呪文《じゅもん》書式。効率的に経験《けいけん》を積んだ魔法士《ソーサリスト》。そして対象の行動分析《ぶんせき》から生じる効率的な戦術。これがあるのと無いのとでは魔法士の生存率や、事件解決に要する時間に——つまりそれは犠牲者の数と比例する数字でもある——大きな差が出る。そしてその為には魔族に関する事前情報《じょうほう》が必須《ひっす》なのだった。

精神にも身体《からだ》にも傷《きず》を負った者に負担《ふたん》を強《し》いる行為である事は百も承知《しょうち》だが、それでも今後出るであろう犠牲者の数を一人でも減らす為に——その中には、現在《げんざい》この現場に急行中である筈《はず》の戦術魔法士《タクテイカル・ソーサリスト》レイオット・スタインバーグも可能性として含《ふく》まれている

——ネリンとしては生存者《せいぞん》からの証言をとりたかったのである。

無論《むろん》、証言を得ても結果が変わらない場合は多々あろう。だが事が人の生き死にだけにネリンは可能な手は全《すべ》て打っておきたかったのだ。ケースSAの現場に際《さい》して彼女が出来る事などその程度《ていど》しか無いのだから。

ただ……

「……いやああ……あああ……に……なる……は……いやあ……ああ……こな……いで……こない……でえええええ……」

叫《さけ》び続けてひび割《わ》れた声と、口元に宛《あ》てがわれる吸入器のせいで、少女の叫びには所々聴《き》き取りにくい部分がある。ようやく麻酔《ますい》が効《き》き始めたのか、喉《のど》がすり切れんばかりに続いていた叫びも途切《とぎ》れがちになってきた。

だが——

「…………？」

ネリンは眉《まゆ》を顰《ひそ》めて担架の上の少女に近付いた。

彼女が途切れ途切れに口走る内容《ないよう》が気になったのだ。

『いや』だと少女は言った様に聞こえた。『なるのは』『いや』だと。

何に……？

今少女は『魔族《メレヴェレント》に』と言わなかったか？

「……魔族に……なる……？」

それは一体どういう事か。

魔族は『不用意な魔法《まほう》の行使によりその反動としての呪素《じゅそ》に冒《おか》された人間』がなるものだ。逆《ぎゃく》に言えば魔法を使わない限《かぎ》り魔族になる事は無い。呪素は魔法を行使しない限り発生しないからだ。

少なくとも魔法を自ら使わない人間が魔族化した事例は無い。

かつてはＣＳＡ――魔族に乱暴《らんぼう》された女性が産み落とす異形《いぎょう》の子供《こども》達は、『人間より魔族に近いので放《ほう》っておいてもいつか魔族化する』などという噂《うわさ》が流れた事もあったが、事実上、これも実例の無い憶測《おくそく》に過《す》ぎない。未《いま》だ迷信《めいしん》が幅《はば》を利《き》かせる片田舎《かたいなか》はともかく、情報の流通が早い都会では既《すで》にもう失笑《しっしょう》の対象となる様な話《ネタ》だ。

では――

「……どういう意味？」

単なる錯乱《さくらん》の末の言葉だと考える事も出来る。何ら根拠《こんきょ》の無い譫言《うわごと》の類であると。

また少女が密造《みつぞう》された魔法の解説書《かいせつしょ》〈黒本〉を手にしていて、普段《ふだん》から魔法というものに接《せっ》していたという可能性《かのうせい》もある。その結果として『魔族化する』という半ば無意識《むいしき》の恐《きょう》怖《ふ》がその心の奥底《おくそこ》に根付き、ケースSAに際してそれが表面化した——と。

仮説《かせつ》は幾《いく》らでも立てられる。

だが……

(……まさかね)

ネリンが最も単純《たんじゅん》な可能性の一つを胸《むね》の内で否定《ひてい》したその時——聴《き》き慣《な》れた蒸気式《じょうきしき》エンジンの駆動《くどう》音が彼女の耳に届《とど》いた。

「——来た！」

振《ふ》り返ってみれば、灰色《はいいろ》の蒸気式トラックが現場《げんば》封鎖《ふうさ》をしている警察車輛《けいさつしゃりょう》の間を縫《ぬ》う様にして入ってくる姿《すがた》が見えた。到着《とうちゃく》を待ちわびた戦術魔法士《タクテイカル・ソーサリスト》——レイオット・スタインバーグの特殊拘束装甲服搬送車輛《モールド・キャリア》である。

警官達に労務省魔法監督官《かんとくかん》の身分証《しょう》を改めて示《しめ》して道を空けて貰《もら》いながら、ネリンは蒸気式トラックに駆《か》け寄《よ》った。

「スタインバーグさん」

「——毎度」

欠伸《あくび》混《ま》じりにそう言いながら、一人の青年が降《お》りてくる。

ぼさぼさで適当《てきとう》に伸《の》ばした感じの黒髪《くろかみ》。ややずり落ち気味で鼻先に引っかかるサングラス。そして何処《どこ》か皮肉げな表情《ひょうじょう》が染《し》み付いた口元。ネリンに言わせれば胡散臭《うさんくさ》さの集大成の様な格好《かっこう》だが、戦術魔法士《タクティカル・ソーサリスト》としての実力──特に対魔族戦《メレヴェレント》においてはトリスタン市内どころかアルマデウス帝国《ていこく》でも屈指《くっし》と言われている人物であった。

「真夜中にすいません。カペちゃんも」

レイオットにそう言い──助手席から降りてきたCSAの少女にもそう言うネリン。

「…………」

だが血の如《ごと》く紅《あか》い髪と瞳《ひとみ》を備《そな》えた半異形少女は、目深《まぶか》に被《かぶ》ったフードの奥で小さく頷《うなず》いただけで、無言のままモールド・キャリアの後部貨物室へと歩いていった。

黙《だま》っているのは怒《おこ》っているのでも面倒臭《めんどうくさ》がっているのでもなく、現場で目立たない様にする為《ため》だという事をネリンは承知している。半魔族《ハーフ・ブルート》である彼女の存在に、神経質《しんけいしつ》に反応《はんのう》する者も少なくないからだ──特にこの様な魔族事件の現場では。

「で──魔族は？」

レイオットが単刀直入にただそれだけを尋《たず》ねてくる。

回りくどい挨拶《あいさつ》や前置きの類は一切《いっさい》無い。ケースSAの現場において戦術魔法士と魔法監督官の間に余計《よけい》なやり取りは無用どころか有害ですらある。

戦術魔法士の仕事の常《つね》として──仕事に取りかかるのが早ければ早いだけ仕事としては

楽になるし、人的物的を問わず被害《ひがい》も少なく抑《おさ》えられるからだ。

そもそも魔族という存在《そんざい》は時間経過《けいか》と共に自らを最適化《さいてきか》し、より強力な魔法生物へと進化していく。それ故《ゆえ》に魔族は魔族化したての時が最も殺し易《やす》く、時間が経《た》てば経つ程《ほど》にその駆除《くじょ》の難易《なんい》度は上昇《じょうしょう》してゆく。男爵《バロネージ》級から子爵《ヴァイスコント》級、伯爵《カウント》級と等級が上昇する度《たび》にその魔力は倍加し、伯爵級以上の中級魔族は下級魔族とは明らかに次元の異《こと》なる強さを示す。

当然そうなれば被害者の数も跳《は》ね上がる事になる。

また……魔族は呼吸《こきゅう》するかの様に当然の所作として人間を殺す。

殺人への逡巡《しゅんじゅん》も躊躇《ちゅうちょ》も彼等には無縁《むえん》だ。その圧倒《あっとう》的な魔法の力によって、卵《たまご》の殻《から》を割《わ》るかの様に至極《しごく》あっさりと、大量に、人間を殺しまくる。駆除が十分遅《おく》れるだけで何十人——いや百人を超《こ》える人間が殺されてしまう場合も有り得《う》るのだ。

「魔力計の計測値《けいそくち》や周辺状況《じょうきょう》から、現時点では下級——子爵級である事は間違いない様です。現在、アルバーエ通りの八番から十五番地辺りを移動《いどう》中と思われます。付近の住民の退避《たいひ》は、警察によって一応《いちおう》進行中ですが」

「魔族の動きが早くて間に合ってない——と」

「……はい。真夜中ですし……」

唇《くちびる》を噛《か》むネリン。

恐《おそ》らく今こうしている瞬間も犠牲者《ぎせい》が出ている可能性が高い。

通常装備《つうじょうそうび》しか持たない警官隊には、自由気儘《きまま》に徘徊《はいかい》する魔 族《メレヴエレント》を足止めする方法は無い。

間断《かんだん》無く銃撃《じゅうげき》を仕掛《しか》ける事でその動きをある程度《ていど》制限《せいげん》する事は可能だが——それには大量の弾薬《だんやく》が必要となる上に、警官隊そのものが潰滅《かいめつ》させられる可能性も高い。

故《ゆえ》に昨今の警官隊は基本方針《ほうしん》として魔族との戦闘《せんとう》は行わず、現場封鎖《ふうさ》や付近住民の避難《ひなん》に尽力《じんりょく》する事になっている。魔族への直接対処は基本的に戦術魔法士《タクティカル・ソーサリスト》か、専門《せんもん》の特殊狙撃《そげき》隊ＳＳＳに任《まか》せているのだ。

そんな警官隊を臆病《おくびょう》だの役立たずだのと罵《ののし》る者も『有識者《ゆうしきしゃ》』を自称《じしょう》する市民の中には居《い》るが——結果的にはその方が市民にも警官にも被害者の総数《そうすう》が少ないのは統計上明らかであった。英雄《えいゆう》的行動が必ずしもより多くの人命を救うとは限《かぎ》らないのである。

「了解《りょうかい》——行ってくる」

そう言い残し、まるで買い物にでも出掛けるかの様な気安さでレイオットはモールド・キャリアの後部に向けて歩いていく。

寸秒《すんびょう》を争う事態《じたい》である事をまるで分かっていないかの様な態度であるが……これは責《せ》められるべき筋合《すじあ》いのものでもない。焦《あせ》れば良いという訳《わけ》ではないからだ。無意味に慌《あわ》てて準備《じゅんび》をしても危険《きけん》が増《ま》すだけの話であるし——レイオットの場合はモールドを着けるまでの短い時間に大まかな作戦を練っているのだという事をネリンは知っている。

そも本物の玄人《プロ》とは如何《いか》なる場合も散歩に出掛けるかの様な平常心で現場《げんば》に臨《のぞ》める人間の事だ。彼等にとっては現場すらも日常の一部であると同時に、日常すらも現場の一部である。繰《く》り返される行為《こうい》であるが故にそこには無駄《むだ》が無い。

だが——

「あ——そうだ。シモンズ監督官《かんとくかん》」

珍《めずら》しく——足を止めレイオットはネリンを振《ふ》り返った。

「はい？」

「俺《おれ》の他《ほか》に、既《すで》に魔法士《ソーサリスト》が現場に投入されてるのか？　戦術魔法士《タクティカル・ソーサリスト》か救命魔法士か——」

「…………？」

首を傾《かし》げるネリン。

彼女は念の為にと問いの意味を脳裏《のうり》で二度程確《ほどたし》かめてから首を振った。

「いいえ。というか——他に投入出来る戦術魔法士が居れば、スタインバーグさんに声が掛かる筈《はず》が無いじゃないですか」

「……そりゃそうだわな」

レイオット・スタインバーグは超《ちょう》一流の実力を持つと言われながらも、実際《じっさい》には無資格の戦術魔法士《タクティカル・ソーサリスト》である。要するにモグリだ。

本来——正しかるべき魔法の行使を監督《かんとく》する立場である処《ところ》のネリンとしては、彼を摘発《てきはつ》し糾弾《きゅうだん》せねばならない立場に在《あ》る。

だが、魔族事件《メレヴエレントじけん》が頻発《ひんぱつ》する昨今、実戦経験《けいけん》を積んだ腕《うで》の良い戦術魔法士は、事件の発生速度に比《くら》べて全く足りない。そういう訳《わけ》で魔法管理局は仕方なくレイオットの無資格には眼を瞑《つむ》って『緊急避難《きんきゅうひなん》』の名目で彼を現場に投入しているのである。

逆《ぎゃく》に言えば、彼以外に投入出来る戦術魔法士が居るのなら、彼を呼《よ》び出す筈がない。

今回はトリスタン市内で登録済《ず》みの正規《せいき》の戦術魔法士が、連絡《れんらく》がつかないか、強制《きょうせい》待機期間に入っているので、仕方なくネリンは彼に連絡を取ったのである。

「……何かあったんですか？」

「あ——……」

曖昧《あいまい》な表情《ひょうじょう》で頬《ほお》を掻《か》くレイオット。

「いや——まあ後で話すよ」

曖昧に肩《かた》を竦《すく》め——レイオットはモールド・キャリアの中に入っていった。

●　●　●

この言葉が迷信《めいしん》や御伽噺《おとぎばなし》の領域《りょういき》から現実の世界へとその存在《そんざい》の場を移《うつ》してきたのは北暦《れき》一八九九年の事である。

魔法《ソーサリイ》。

〈聖《せい》シューマン〉——ホルスト教の聖人の一人の名を冠《かん》された教会においてジョージ・グレコ教授《きょうじゅ》を筆頭とする研究班《はん》が行った公開実験。敢《あ》えて招待《しょうたい》された、グレコ教授に否定《ひてい》的な立場の研究者達を含め、何十人何百人の人間が、肉眼《にくがん》で、あるいはカメラのレンズ越しに見守る中、グレコ教授とその助手達は確定《かくてい》した『技術《ぎじゅつ》』としての魔法《まほう》を行使してのけた。

これが後に〈聖シューマンの実験〉と呼ばれる史上初の——公式魔法行使記録である。

無論《むろん》その場では否定的な意見も大量に出た。半数以上の参加者は魔法の存在そのものを認《みと》めずグレコ教授を詐欺師《さぎし》扱《あつか》いする始末だった。

曰《いわ》く『手品や奇術《きじゅつ》』だの。

曰く『集団催眠《しゅうだんさいみん》』だの。

その多くは感情的なものを多分に含んでいたが、逆に言えばそれだけ数多くの人間が感情的にならざるを得ない程の衝撃《しょうげき》を、その公開実験は見守る者達に与《あた》えたのである。

そして――それらの批判的《ひはん》意見はそう時を要さずして全《すべ》て撤回《てっかい》される事になる。

グレコ教授達が公開した技術を実際に検証《けんしょう》し、結果を出し始めた者達が出てきたからだ。

そして……魔法は爆発《ばくはつ》的な普及《ふきゅう》を開始した。

如何《いか》に信じ難《がた》い技術であろうとも、現実に使えるとなれば使わずにはおれないのが人間という生き物である。それまでは夢《ゆめ》だの幻《まぼろし》だのと魔法の存在を苦笑《くしょう》と共に語っていた者達でさえもが、掌《てのひら》を返したかの様に熱心に魔法の利便性を説き始めた。

ありとあらゆる分野に魔法は進出し、既存《きぞん》の技術の全てを駆逐《くちく》せんとするかの様な勢いであった。既存の技術の保存《ほぞん》を『伝統《でんとう》』の名の下に主張《しゅちょう》する者達や、前例が無い程の急激《きゅうげき》さで社会にその勢力《せいりょく》を広げていく魔法技術をして、安全性の検証が不十分な事を理由に難《なん》色《しょく》を示《しめ》す者達はいたが……それでも魔法技術の広がる速度は緩《ゆる》まなかった。あまりにもその技術は人類にとって都合が良かったからである。

良すぎたと言っても良いだろう。

その都合の良さの陰《かげ》には……当然の如《ごと》く支払《しはら》われるべき代償《ツケ》が潜《ひそ》んでいた。

それが魔法史上未曾《みぞ》有《う》の大惨事《だいさんじ》――〈イエルネフェルト事変〉である。

それまではっきりとした研究結果の出ていなかった未《み》確認《かくにん》の要素《ようそ》――『呪素《じゅそ》』は国家規《き》模《ぼ》で行われてきた大量の魔法行使によって莫大《ばくだい》な量を生成され、人知れず世界そのものを汚染《おせん》していた。

そしてそれはある日——一斉《いっせい》に許容限界《きょようげんかい》を超《こ》えたのだ。

アルマデウス全土で大量の魔族《メレヴエレント》が発生したのである。

どうして急にそんな事態《じたい》になったのかは分からない。普通に考えればぽつりぽつりと魔族化する魔法士《ソーサリスト》が出だす筈だが——偶然《ぐんぜん》なのかそれとも何らかの理由があるのか、既《すで》にアルマデウス全土で十万人を超えると言われていた魔法士達はほぼ全員が一斉に魔族と化したのである。

ホルスト教の信者達は『そもそも魔法自体が悪魔の罠《わな》であったのだ』と主張するが理由の説明としては実際的ではない。

何にしても……それまでは殆《ほとん》どその存在を確認《かくにん》されておらず、魔法と同じく伝説や迷信の世界に封《ふう》じ込《こ》められていた筈の怪物《かいぶつ》達が、一斉に現実の領域へとあふれ出してきたのである。

強制的な『殺菌《さっきん》』——即《すなわ》ち燃料《ねんりょう》気化爆弾《ばくだん》等による絨毯爆撃《じゅうたんばくげき》によって何とか大量発生した魔族は全て駆逐されたが、その何倍もの国民が魔族と、そして何より爆撃の犠牲《ぎせい》となって死んでいった。街はあちこちが破壊《はかい》され、路肩《ろかた》には死体が溢《あふ》れ、通貨は紙屑《かみくず》同然に価値《かち》が暴落《ぼうらく》し、物資《ぶっしつ》にせよ文化にせよ生命にせよ……様々なものが大量に喪《うしな》われた。

その後、アルマデウス帝国《ていこく》が国家としての体裁《ていさい》を維持《いじ》して体制を持ち直せたのは奇跡《きせき》に近い。どさくさ紛《まぎ》れに他国に侵略《しんりゃく》・併合《へいごう》されなかったのは、他国も程度《ていど》の差こそあれ同様の状況《じょうきょう》で、侵略行為《こうい》に割《さ》く軍事力など残っていなかったからだ。当時先進諸国《しょこく》といえば魔《ま》法《ほう》技術の発展《はってん》に力を入れていた国家と相場が決まっており——魔法が普及していなかったのはそもそもの国力不足の国が殆どであった。

だが。

それだけの目に遭《あ》いながらも人間は魔法を使う事を止《や》めなかった。

止めることが出来なかったと言った方が正しいだろう。

皮肉な話であるが——それこそ魔法でも使わなければ徹底《てってい》的な程に破壊された諸々《もろもろ》のものを修復《しゅうふく》する事が出来なかったからである。先進諸国が軒並《のきな》み疲弊《ひへい》していた当時、他国からの援助《えんじょ》を期待する事も出来ず、国内の各種産業も壊滅《かいめつ》的な打撃を被《こうむ》っていた為《ため》に、他《ほか》に選択肢《せんたくし》が無かったのだ。

極《きわ》めて初期には、人身御供《ひとみごくう》の様に誰《だれ》かに魔法を使わせ、魔族《メレヴエレント》化を始めた直後、周りに居《い》た全員が銃《じゅう》や刃物《はもの》で殺すという行為も行われていたという。まだ魔族になりきっていない状態の魔法使いならば普通の武器《ぶき》で殺す事も出来るからだ。実の処《ところ》、対魔族戦における魔族の死亡条件《しぼうじょうけん》——『脳《のう》の五割《わり》以上を破壊する事』はこの時の経験《けいけん》を基《もと》に確立されたとも言われていた。

しかしこれらの狂気《きょうき》じみた行為はすぐに廃《すた》れていった。

〈イエルネフェルト事変〉以前より魔法に対する危険性《きけんせい》を唱えていた一部の魔法工学研究者達が、魔族化を抑制《よくせい》する特殊拘束服《とくしゅこうそく》——即ち人間の精神《せいしん》と肉体の鋳型《いがた》たる『モールド』の実用化に成功したからだ。

こうして……人々はそれが極めて危険な技術《ぎじゅつ》であると知りながらも再《ふたた》び魔法を使い始め、これを職業《しょくぎょう》とする者達が出てきた。

だが〈イエルネフェルト事変〉以後、魔法を使えば人間は例外無く魔族化してしまう様になっていた。そしてどれだけ注意を払《はら》い手段《しゅだん》を講《こう》じても人間の行為には事故《じこ》の類が必ず付きまとう。モールドも魔法使い達に絶対《ぜったい》の安全を約束するものでは無かった。

故《ゆえ》に……

魔族化し局地災害《さいがい》として一切《いっさい》の権利《けんり》を剝奪《はくだつ》された人間のなれの果てを、迅速《じんそく》に『処分《しょぶん》』する者が求められる様になったのは当然の成り行きと言えた。

だが魔族は絶対的な防御領域《ぼうぎょりょういき》たる『魔力圏《ドメイン》』をその身に纏《まと》う。

銃弾《じゅうだん》や刃物では魔族を狩《か》る事は出来ない。それらの通常《つうじょう》物理的な攻撃《こうげき》手段は全《すべ》て魔族の魔力圏が無効化《むこうか》してしまう。かといって魔族が一体発生する度《たび》に辺り一帯を爆撃する訳《わけ》に

も　いかない。

魔力圏《ドメイン》の防御を突破《とっぱ》して魔族本体を確実《かくじつ》に破壊《はかい》するには、魔力圏の拒絶反応《きょぜつはんのう》が出にくい同種の力を——即《すなわ》ち魔法を以《もっ》て対するしかない。

そうして生まれてきたのが戦術魔法士《タクテイカル・ソーサリスト》である。

魔法を使った人間のなれの果てを同じく魔法を使って抹殺《まっさつ》する。

広義《こうぎ》ではモールドを使う魔法士全般《ソーサリストぜんぱん》を——狭義《きょうぎ》ではこの魔法士専用《せんよう》の殺し屋達を、人々は畏怖《いふ》と嫌悪《けんお》を込めて『ストレイト・ジャケット』と呼《よ》んだ。

●　●　●

ゆらゆらと街灯《がいとう》の下を動く影《かげ》が在《あ》った。

ガス灯《とう》の光を反射《はんしゃ》してその白い表面はてらてらと濡《ぬ》れた様に光っている。実際に何らかの粘液《ねんえき》で濡れているのかもしれない。妙《みょう》に艶々《つやつや》した表皮をそれはしていた。あるいは毛穴《けあな》や微細《びさい》な皺《しわ》さえその表面には存在《そんざい》しないのかもしれない。

『それ』はやけに単純《たんじゅん》な形をしていた。

一言で言ってしまえば単なる円筒《えんとう》だ。

直径およそ一メルトル。全長およそ二メルトル。色や質感《しつかん》を別にして大まかな形状《けいじょう》のみの話をするならば――最も見た目の印象が近いのは石油貯蓄《ちょちく》用のドラム缶《かん》であろう。

それが転がっている。

ごろごろごろごろと石畳《いしだたみ》の路面の上を――若干傾斜《じゃっかんけいしゃ》のついた路面を重力に逆《さか》らいひとりでに上へ上へと転がっている。緩《ゆる》やかな坂を自ら転がり上る白いドラム缶。路面の傾斜が小さいので一見するとあまり違和《いわ》感は無いが、実際《じっさい》にはとんでもなく異様《いよう》な光景であった。

しかも……

「まわってまわってまわってまわる～」

それは歌っていた。

円筒の両端《りょうはし》――そこに顔の様なものがあった。

顔ではない。あくまでその様なものでしかない。眼《め》も鼻も口も備《そな》わってはいるが配置がまるで出鱈目《でたらめ》だ。顔の構成要素《こうせいようそ》を部品単位で適当《てきとう》にぶちまけた結果の様に見える。しかもそんなものが両側に――平面部にそれぞれ一組ずつ、合計二組存在しているのである。

何か取り決めでもあるのか……右側の顔モドキが歌っている間は左側の顔モドキは口を閉《と》じて沈黙《ちんもく》している。だが右側の顔モドキが歌うのを止めると左側が間髪《かんはつ》入れずに歌い始めるのである。

「まわってまわってまわる～」

確《たし》かに回っている。

回りながら人の姿《すがた》の絶《た》えた夜の街をその奇《き》怪《かい》な生物は進んでいる。

生真面目《きまじめ》な生物学者が居《い》れば頭をかきむしっただろう。如何《いか》なる生物的必然がこの様な意味不明の形状を求めるのか。子供《こども》の落書きの方が未《ま》だ脈絡《みゃくらく》があっただろう。

「まわるるるるる〜？」

ひたすら単調な繰《く》り返しを続けていた歌の調子が——ふと変わる。

白いドラム缶は不意にその動きを変えて、通りに並《なら》ぶ建物の一つに近付いていく。

何を以てその行動が変化しているのかは誰にも分からない。どうして転がっているのか。どうして転がるのを止めたのか。どうしてその建物を選んだのか。恐《おそ》らくこの怪物自身も理解《りかい》していないだろう。いちいち行動に筋道《すじみち》だった理由が必要なのは人間だけだ。そしてこの白いドラム缶はとっくに人間である事を辞《や》めていた。

「まわってまわって〜まわれゴマ〜」

歌いながら怪物が近付くと勝手に——まるで歓迎《かんげい》するかの様にその建物の正面玄関《げんかん》が扉《とびら》を開く。怪物はそのまま建物の中に入ろうとして……

「まわ〜わ〜わ〜？」

……つっかえた。

当たり前である。

「まわわわ〜？」

玄関口はそもそも普通《ふつう》の人間が出入り出来る程度《ていど》の幅《はば》しかない。少なくともドラム缶を転がしながら出入りする物好きの為《ため》に設計《せっけい》されている訳ではなかろう。

「こまるこまるこまるこまるこまるこまるこまるこまる」

「こまってこまってこまってこまる〜」

歌っている様子が妙《みょう》に楽しげなのであまり困《こま》っている様には聞こえないが——まあ困っているらしい。怪物はごつんごつんと何度か転がって入り口につっかえていたが、やがてふとその動きを止めた。

「まわる！」

宣言《せんげん》と同時に——回転。

ただし縦《たて》にである。

いきなり何の予備《よび》動作も無く——というか何というか——白い肉のドラム缶はその場で跳《は》ねて直立した。直立して……そしてその場で再《ふた》び通常の横回転。

「まわる〜」

「むあうわるぅ〜」

さすがに底面になっている方の顔モドキが発する声は少々くぐもって聞こえた。

「まわる～まわる～おれ～た～ち～」

どういう理屈《りくつ》なのか……回転しながら怪物は建物の中に入っていく。底面になった顔モドキの方が床《ゆか》とこすれてすり切れそうだが、怪物自身としては別に不都合は無いらしい。

何か用途《ようと》不明の奇妙な装置《そうち》の様に、ぐるぐると回転しながら玄関をくぐり抜《ぬ》け、直立したまま怪物は奥の部屋へと廊下《ろうか》を進んでいく。玄関の扉と同じく、その進路上に在《あ》るものは勝手に左右に動いて道を空け、怪物はやはり奇妙な歌を歌いながら今度はつっかえる事も躓《つまず》く事も無く、奥の部屋へと到達《とうたつ》した。

やはり扉がひとりでに開く。

どうやらこの建物は民家であるらしく、部屋の中にはごくごく平凡《へいぼん》な――小さめの室内にこぢんまりとソファと暖炉《だんろ》と飾り酒棚《キャビネット》の並《なら》んだ、アルマデウス帝国《ていこく》における典型的な中流家庭の佇《たたず》まいがあった。

そして――

「ま～わ～わ～」

「むぅわわわ～」

「…………」

部屋の真ん中にずるずると這《は》いずる中年の男性《だんせい》が一人。

この家の住人であろう。眠《ねむ》っていて警察《けいさつ》の避難《ひなん》命令を聞き逃《のが》したのか、寝間着《ねまき》姿のまま、ずるずると尻《しり》で床を擦《こす》って後方に下がろうとしている。

だがさして広くない部屋の中では大して意味のある行動でもない。立って逃《に》げた方が早いだろうに——腰《こし》が抜けているのか男はただただ自分の尻で無意味な床の拭《ふ》き掃除《そうじ》を続行していた。

「まわってる？」

怪物《かいぶつ》がふと思い付いたかの様な口調でそう尋《たず》ねた。

男は当初——それが質問《しつもん》なのだと理解出来なかったのだろう。ただただ一ミリメルトルでも怪物から遠ざかろうとして這いずり続けている。

「まわってるかーい？」

更《さら》に魔族《メレヴエレント》が尋ねる。

「………………」

引きつった笑顔《えがお》を浮《う》かべながら男は更に這いずって——背中《せなか》が壁《かべ》に当たった処《ところ》で停《と》まった。恐怖《きょうふ》と混乱《こんらん》でどんな顔をして良いのかも分からないのだろう。寝起きでいきなりこんなものと対面すれば誰だって錯乱《さくらん》する。

「まわってる？　まわってる？」

「……え……あ……あ……」

「ねえねえまわってる？　ねえまわってる？」

男の表情《ひょうじょう》がくしゃりと歪《ゆが》む。

どう対応《たいおう》して良いのか分からないのだ。無視《むし》すれば魔族《メレヴエレント》が逆上《ぎゃくじょう》するかもしれない。だが迂闊《うかつ》な答えを返しても魔族が激怒《げきど》するかもしれない。あるいは何を言っても魔族には聞こえていないかもしれないし——案外、罵倒《ばとう》してやった方が喜ぶのかもしれない。

「まわってるぅ？」

「……いえ……あの……その……」

「まわる～」

その場でまた激《はげ》しく怪物は回転を始めた。

「まわってまわってまわってまわってまわってまわってまわって！」

「いつもよりたくさんまわって！」

「たくさんまわって！」

異音《いおん》が——響《ひび》く。

同時に室内全体が歪んだ。

「えっ――!?」

男は呆然《ぼうぜん》と瞬《まばた》きをする。

自分の眼《め》がおかしくなったのかと想《おも》ったのだ。何しろ――部屋の佇まいそのものが大きく歪んでいくのである。それは瞬《またた》く間に限界《げんかい》に達し、歪みを誤魔化《ごまか》しきれなくなった壁が、床が、天井《てんじょう》が、亀裂《きれつ》を走らせながら崩壊《ほうかい》を始める。

その中心に居《い》るのは――言うまでもなく白いドラム缶《かん》だ。

そう。怪物が自らの回転で部屋を丸ごと巻《ま》き取ろうとしているのである。

「あ……あああ……ああああああっ!?」

何もかもが部屋の中心で回転している怪物の方へと吸《す》い寄《よ》せられていく。砕《くだ》けた酒瓶《さかびん》が、裂《さ》けたソファが、破《やぶ》れたカーテンが、壁や、床さえもが怪物の発生させる渦《うず》に捕《と》らわれてその中心へと引きずられていくのだ。

恐らくはある種の力場が作用しているのだろう。ひょっとしたら――空間そのものが怪物の回転に巻き取られているのかもしれない。

無論《むろん》、男も例外ではなかった。

「ひいっ……ひいいいいいいっ!?」

あたふたと両手両足を動かして逃げようとするものの、部屋全体が怪物に向かって絞《しぼ》り込《こ》まれているのである。蹴《け》った床が、掴《つか》んだ壁が、片端《かたはし》から崩《くず》れて怪物の方へ引っ張《ぱ》られていく為《ため》に、必死に逃げても男は遠ざかるどころか、抵抗《ていこう》も虚《むな》しくじりじりと怪物の方へと近付いていく。

怪物の処にまで到達《とうたつ》すればどうなるかは一目瞭然《りょうぜん》だった。引き寄せられた諸々《もろもろ》の物体は、怪物の回転に触《ふ》れると木《こ》っ端《ぱ》微《み》塵《じん》に粉砕《ふんさい》されていく。今や魔族《メレヴエレント》は巨大《きょだい》な粉挽き機《ミル》となって触れるものを全《すべ》てその回転で破壊《はかい》していた。

「まわるーまわるーおれーたーちー！」

「まわれーるものはそのまーまーにー！」

「いつかーまわりーすぎーたーらー！」

「きみにーうちまわされるーだーろー！」

高々と歌う怪物。

既《すで》に——というか元よりその歌は意味不明だ。

「ああああああ——!!」

悲鳴を上げる男の身体《からだ》が更《さら》に魔族の方へと引きずられ——

「今でも充分《じゅうぶん》回り過《す》ぎだよ」

場にそぐわぬひどく気怠《けだる》い調子の声が漂《ただよ》ってきた。

「――イグジスト」

唱えられる撃発《げきはつ》音声。

次の瞬間《しゅんかん》――

――轟《ごう》ッ!!

爆発《ばくはつ》的な打撃音と共に魔族の身体が吹《ふ》っ飛ぶ。

既に半ば以上破壊されていた壁をその巨体と回転で更にぶち破り、怪物はその向こう側――戸外へと転がっていった。

「とりあえずその辺で回ってろ」

言って部屋に――正しくはその残骸《ざんがい》に入ってきたのは黒い異形《いぎょう》であった。

だが同じく異形と一語で表しても、その印象は怪物のそれと全く異《こと》なる。

明らかに人工物を連想させる直線と曲線の整然たる組み合せは、純然《じゅんぜん》とした威圧《いあつ》感に満ちている。生理的嫌悪《けんお》感や拒否《きょひ》感を伴《ともな》うものではなく……ただただ圧倒《あっとう》的な攻撃性《こうげきせい》と防御《ぼうぎょ》性を備《そな》えたものの持つ威力が、そのまま姿形《すがたかたち》に顕《あらわ》れたが故《ゆえ》の、ひどく直接的《ストレイト》な形状《けいじょう》であった。

「あんた……!」

男の表情に喜色が混《ま》じる。

「喜ぶのは未《ま》だ早い」

モールドに身を包んだ戦術魔法士《タクティカル・ソーサリスト》――レイオットはスタッフを構《かま》えたまま言った。

「立てるんならさっさと逃げろ。魔族《メレヴェレント》は未《ま》だ死んでない。しかもどうやら中級に変異してる――あんたを守ってる余裕《よゆう》はさすがに無いぞ」

「あ……ああ………！」

何度も何度もがくがくと頷《うなず》き――男は四つん這《ば》いで玄関《げんかん》の方に向けて這っていった。腰《こし》が抜《ぬ》けたままで立てないのだろう。

「さて――」

男が充分に離《はな》れたのを見届《みとど》けてから、レイオットは慎重《しんちょう》な足取りで破砕孔《はさいこう》から戸外へと出る。その間――スタッフは構えたままだ。注意深い者ならばスタッフの先端《せんたん》にちりちりと小さな赤い光が灯《とも》っているのに気付いただろう。

レイオットは最初の一撃を現在《げんざい》も行使中なのである。

そして――

「まわる……るるるるる…………るるる……」

怪物――魔族は建物裏手《うらて》の地面にめり込んだまま止まっていた。

回転していない。回転しようとしてはいる様だが、その白い巨体《きょたい》は壊《こわ》れて何かに引っかかった機械の様に、がくんがくんと右へ左へ小さく震《ふる》えるだけだった。

しかも……めり込む魔族を中心として地面に刻《きざ》まれた放射状《ほうしゃじょう》の亀裂《きれつ》が、ゆっくりとその線を増《ふ》やしていく。

吹っ飛ばされただけではない。眼《め》に見えない圧倒的な力で尚《なお》も魔族は地に押《お》し付けられているのである。回転しなければその本来の力を発揮《はっき》出来ないのか、魔族は為《な》す術《すべ》もなく地面にめり込み続けていた。

基礎《きそ》級魔《ま》法《ほう》の一つ——〈トランプル〉。

本来は工業用プレス機の代わりに高圧で対象物を押し潰《つぶ》す魔法である。だが、トラックすらも押し潰して一抱《かか》え程《ほど》の大きさに固めてしまうその途方《とほう》もない圧力は、こうして攻撃《こうげき》に転用する事も出来る。

だが——

「まままままままままま——」

魔族を押さえ付けていた力場平面がたわんだ。

直径二メルトル程の、赤黒く光る丸い平面が魔族の上に瞬《また》く様にして出現する。魔族の魔法とレイオットの魔法が拮抗《きっこう》し、本来は不可視《ふかし》である筈《はず》の力場平面が眼に見える状態《じょうたい》となって虚空《こくう》に映《うつ》り込んでいるのだ。

いや――拮抗したのはわずかに数秒。

鋼鉄《こうてつ》すら押し潰す筈のその平面が次第《しだい》に次第にその形を歪《ゆが》めてゆく――

「……がんばるな」

「まわるるるるるるるる」

「まあ落ち着けよ。回ってばかりが人生じゃない」

レイオットは右手でスタッフを保持《ほじ》したまま左手を背中《せなか》に回し、固定金具《ハードポイント》に吊《つ》られていた対魔族《メレヴェレント》用ライフル――〈リバース・ペット〉を外した。

〈トランプル〉の効果《こうか》を継続維持《けいぞくいじ》している以上は次の魔法を撃《う》つ事は出来ない。だが魔法以外の――例えば魔力圏《ドメイン》の反応よりも早く魔族本体に到達し得《う》る超高速弾《だん》による攻撃は可《か》能《のう》だ。もっとも恒常魔力圏《コンスタント・ドメイン》保持用の詠唱《えいしょう》用副顔《ふくがん》――〈謡うもの《シンガー》〉を備える中級魔族に対してはどれだけ効果があるのか疑問《ぎもん》だが。

狙撃銃並《そげきじゅうなみ》に長い銃身が旋回《せんかい》し魔族を照準《しょうじゅん》する。

〈リバース・ペット〉では殺しきれないまでも、銃撃しながら出来た隙《すき》を使って次の魔法を呪文詠唱《じゅもんえいしょう》する事は可能――それがレイオットの考えであった。

しかし――次の瞬間《しゅんかん》。

「まわーるッ!!」

魔族の咆吼《ほうこう》。

同時に限界《げんかい》を超《こ》えた〈トランプル〉の効果が消滅《しょうめつ》した。

「――!」

爆発的《ばくはつ》に広がった魔族の防御《ぼうぎょ》用魔力障壁《しょうへき》が荒《あ》れ狂《くる》い、付近のものを詳細《しょうさい》構わず破壊する。

既《すで》に崩壊寸前《ほうかいすんぜん》だった建物は、支柱《しちゅう》の何本かをへし折られて傾《かたむ》き始め、辺りに生えていた樹木《じゅもく》の数本も根本からへし折れた。その威力はレイオットの構えていた〈リバース・ペット〉にも及び――銃身がへしゃげた対魔族用ライフルはレイオットの手から吹《ふ》っ飛んでいった。

「ぐあっ――」

咄嗟《とっさ》に飛び退《の》いたレイオットでさえも発生した衝撃波《しょうげきは》によって、隣家《りんか》の壁に叩《たた》き付けられる。一瞬身をかわすのが遅《おく》れていたら――あるいはあと一メルトル魔族に近付いていれば、壊滅《かいめつ》的に折れ曲がっていたのは〈リバース・ペット〉の銃身ではなくレイオットの背《せ》骨《ぼね》であったろう。

「こいつは……効《き》いたか……」

立ち上がろうとしても立てない。どうやら骨は折れていない様だが、全身に浸透《しんとう》した衝撃のせいか、あちこちの筋肉《きんにく》が彼の言う事を聞かない状態になっていた。

まずい。

地面に転がったままの戦術魔法士《タクティカル・ソーサリスト》など、魔族《メレヴエレント》にとっては野兎《のうさぎ》よりも容易《たやす》く狩《か》れる獲物《えもの》に過《す》ぎない。魔法を一発撃ち込めばそれで終わりだ。

「まわるまわるまわるじゆう」

「まわるまわるまわるけんり」

魔族は——先程《さきほど》と変わらぬ位置に居《い》た。

「まわるためのまわる」

「まわまわまわわわわ」

ごろりと魔族が転がる。

様子を見る様にまず一回転。

そして——次の瞬間には魔族は猛烈《もうれつ》な勢《いきお》いで、路面舗装車《ロードローラー》の如《ごと》くありとあらゆるものを押し潰しながらレイオットに向かって突進《とっしん》してきた。

「——！」

レイオットは立ち上がる事に拘泥《こうでい》せず、身を捻《よじ》って転がる。

彼が一瞬前まで占《し》めていた場所を魔族の白い巨体が舗装《ほそう》しつつ通り過《す》ぎ、止まりきれなかったのか——その先に在《あ》った隣家《りんか》の壁にめり込んで止まった。

嫌《いや》な音を立てながら隣家が揺《ゆ》らぐ。

魔族はめり込んだ壁から己《おのれ》の身体《からだ》を引き抜《ぬ》くと――地面に転がったままのレイオットに言った。

「まわる？」

「はいはい。回ってるよ」

面倒臭《めんどうくさ》そうにレイオットは言った。

「まわる――!! なかま――!!」

「だったら手加減《てかげん》してくれ」

呟《つぶや》きながら――突っ込んできた魔族を更《さら》に転がって回避《かいひ》。

さすがに痺《しび》れがとれてきた様で、レイオットは回転の勢いのまま身を起こし、スタッフを構《かま》える。

だが――

「――！」

レイオットは愕然《がくぜん》と呻《うめ》き声を漏《も》らした。

スタッフの先端が折れ曲がっている。先の一撃《いちげき》で既に破損《はそん》していたのだろう。

「まわるるるるるるるるる――！」

「まわれれれれれれれれれれれれ――！」

「……また今度な。今忙《いそが》しいんだよ」

レイオットは言いながらスタッフをモールドから切り離《はな》す。

同時に真横へと跳躍《ちょうやく》。突進してきた魔族《メレヴェレント》がスタッフを押し潰《つぶ》し、地面に埋《う》め込《こ》んだ。

「……口頭詠唱《リアルキャスト》しかないか」

呟きながらレイオットは腰《こし》のホルスターから最後の武装《ぶそう》である〈ハード・フレア〉を抜きはなった。

「まわれまわれまわれまわれまわれまれ」

「やかましい」

言って――銃撃《じゅうげき》。

だが轟音《ごうおん》と共に放たれた四五口径マグナム弾《だん》は魔族の回転に弾《はじ》かれて虚空《こくう》に飛び去ってしまう。元より魔力圏《ドメイン》のある魔族に銃弾が効《き》くとはレイオットも思っていないが――これでは牽制《けんせい》にすらならない。

「我《われ》法を破《やぶ》り・理を越《こ》え・殴打《おうだ》の意志《いし》を此処《ここ》に示《しめ》すものなり――」

突進してくる魔族をかわしながらレイオットは呪文詠唱《じゅもんえいしょう》。

「鉄拳《てっけん》よ・鉄槌《てっつい》よ・迫《せま》る敵《てき》を・打ち据《す》えよ・その比類無き・力を以《もっ》て・完膚《かんぷ》無きまで・打

ちのめせ！」

「まわるれろ！」

数度の突撃で無駄《むだ》を悟《さと》ったのか、魔族は攻撃方法を変更《へんこう》。

跳《は》ね上がって直立すると、先の室内と同じくその場で高速回転を始めた。

「まわるまわるおれたちのまわるまわるのまわる」

「せかいはまわるおれたちまわる」

「まわってまわってまわるる」

再《ふたた》び——全《すべ》てを引き込んで破砕《はさい》する渦《うず》が発生する。

それは小さな竜巻《たつまき》であった。

折れた樹木《じゅもく》がずるずると引かれ、地面から土砂《どしゃ》が舞《ま》い上がって煙《けむり》となり、倒壊寸前《とうかいすんぜん》の建物がさらに傾《かたむ》いていく。当然、それら諸々《もろもろ》のものの中にはレイオットの姿《すがた》も在った。

だが——

「フラスキン・パスケン・トウエル・ヒフェルス——」

魔族に向けてむしろ自分から地を蹴《け》って跳《と》ぶレイオット。

急速に彼の視界《しかい》の中で魔族がその大きさを増《ま》し——

「まわるるるる！」

「──イグジスト！」

　ぼこり──と魔族《メレヴエレント》の身体《からだ》の中央が陥没《かんぼつ》した。

　まるで破城槌《はじようつち》の直撃でも喰《く》らったかの様に、円筒《えんとう》の中央が深く深く擂《す》り鉢状《ばちじよう》にくぼんでいる。人間であれば内臓破裂《ないぞうはれつ》どころか骨格《こつかく》まで粉砕《ふんさい》されているだろう。魔族の白い身体はその陥没部を中心に折れ曲がっていた。

　基礎《きそ》級攻撃魔法《こうげきまほう》〈スラッグ〉。

　まず今時の戦術魔法士《タクテイカル・ソーサリスト》は使わない攻撃魔法である。

　元々〈イエルネフェルト事変〉以前に、軍が白兵戦用に記述《きじゆつ》開発した呪文書式で──その名の通り〈殴る《スラッグ》〉行為《こうい》に特化した効果《こうか》を発揮《はつき》する。具体的には魔法士《ソーサリスト》の拳打《けんだ》に合わせて円柱状の打撃用力場を展開《てんかい》して叩《たた》き付ける魔法だ。

　この〈スラッグ〉は同じ打撃・衝撃系《しようげきけい》の攻撃魔法でも〈アサルト〉や〈インパクト〉と異なり白兵戦専用《せんよう》である為、非常《ひじよう》に使う場面が限《かぎ》られる。拳《こぶし》よりは剣《けん》、剣よりは槍《やり》、槍よりは銃《じゆう》と──戦闘《せんとう》においては間合いが大きなものの方が基本的には有利である。素手《すで》で現《げん》代《だい》の戦場に出《で》掛《か》けていく様な馬鹿《ばか》は居《い》ないのと同じ理屈《りくつ》で──対魔族戦においても多用されるのは他《ほか》の中距離《きより》攻撃が可能《かのう》な魔法だ。

　だが……この〈スラッグ〉は他の基礎級攻撃魔法に比《くら》べ、効果が単純《たんじゆん》な分だけ、圧倒的《あつとう》にその魔法回路は小さく、必要とされる呪文詠唱も短い。

故《ゆえ》に——

「ま……わ……」

「……鉄拳よ・鉄槌よ・迫る敵を・打ち据えよ・その比類無き・力を以て・完膚無きまで・打ちのめせ・フラスキン・パスケン・トウエル・ヒフェルス——イグジスト！」

再度《さいど》魔法を唱えたレイオットの拳が——拳の上に覆《おお》い被《かぶ》さる様にして発生した打撃用力場が、魔族の身体にさらに食い込む。

「まわっ——……」

円筒の上端《じようたん》から間欠泉《かんけつせん》の様に大量の血が噴《ふ》き上がった。

基本的に白兵戦——即《すなわ》ち、超至近距離《ちようしきん》で発動するこの〈スラッグ〉はその威力が周囲に拡散《かくさん》しにくい。射程距離が短い分、余《あま》す処《ところ》なく衝撃が相手の体内に浸透《しんとう》し内部から相手の構造《こうぞう》そのものを破壊するのだ。

つまり——

「フラスキン・パスケン・トウエル・ヒフェルス——イグジスト！」

三撃目。

膨《ふく》れあがった内圧に耐《た》えかねて魔族の身体のあちこちが裂《さ》け、そこからも大量の血や肉《にく》片《へん》が噴出《ふんしゅつ》する。

〈スラッグ〉の最大威力は象狩《ぞうが》り用の大口径マグナム・ライフル弾をも上回る。

その破壊《はかい》力が全く減衰《げんすい》無しに――物理的実体を持った銃弾を飛ばす必要そのものが無く、空気抵抗《ていこう》も無く、銃声や火炎に変換されて消耗《しょうもう》しないのだから当然だが――近接《きんせつ》状態の相手に叩《たた》き込まれるのだ。これを連打されてはいかに魔族《メレヴエレント》でも自己修復《じこしゅうふく》が追いつかない。

人間ならば一撃でばらばらだ。

「ま……………わ…………」

魔族は、まるで戦車に踏《ふ》み潰《つぶ》されたドラム缶《かん》の様に大きくへこみ、全身からその中身を垂《た》れ流している。円筒の両端に付いた口からは、血と共に内臓らしきものがぞろりとこぼれ落ちていた。

だがレイオットは容赦《ようしゃ》しない。

ふらふらと後退《こうたい》する魔族を追って歩きながら呪文詠唱。

「……――イグジスト！」

対魔族戦の鉄則《てっそく》――脳組織《のうそしき》の五割《わり》以上の破壊。

脳組織の五割を破壊されない限り魔族に『死』は無い。

何処《どこ》に脳があるのか分からない魔族の場合は、その肉体を完全に破壊し尽《つ》くすのが正しい対処法《たいしょ》だ。逆《ぎゃく》に言えばどれだけ瀕死《ひんし》に見えたとしても魔族は脳組織さえ無事なら瞬《また》く間《たた》に完全復活を遂《と》げてしまうのだ。

「……——イグジスト！」

魔族が更《さら》に破壊され、モールドの胸の拘束度端子《デュラビットたんし》が二つまとめて弾《はじ》け飛ぶ。口頭詠唱《リアルキャスト》である為《ため》に効率《こうりつ》が悪く、〈スラッグ〉自体は基礎級魔法でありながら拘束度を二つ消費してしまうのである。

残り拘束度数——二。

「……——イグジスト！」

最後の拘束度端子が弾け飛ぶ。

駄目押《だめお》しの様に胴体《どうたい》中心部へと叩き込まれた一撃は、既《すで》に体液《たいえき》の殆《ほとん》どを吐《は》き出していた魔族の身体を貫通《かんつう》し——半ば板の様な状態《じょうたい》になった魔族は音を立てて地面に倒《たお》れ伏《ふ》した。

「…………」

荒《あら》い息をしながらレイオットは簡易《かんい》魔力計を確認《かくにん》。

針《はり》の示《しめ》す数値《すうち》は急速に下がりつつあった。

「……何とか足りたか」

呟《つぶや》いてレイオットは手にしていた回転弾倉式拳銃《リヴォルヴァ》の銃口を降《お》ろす。

そのまま銃をホルスターに戻《もど》し掛《か》け――

「…………」

ふと親指で撃鉄を少し起こし左掌《ひだりて》で円筒形の弾倉《だんそう》を回す。勢《いきお》いよく回転する鋼鉄《こうてつ》の円筒をしばし苦笑《くしよう》と共に眺《なが》めてから――撃鉄を戻すと、かちりと音を立てて弾倉は止まった。

「しかし久々《ひさびさ》に……派手《はで》な事になったな」

溜《た》め息をついてレイオットはその場に座《すわ》り込む。

彼の背後《はいご》で建物が轟音《ごうおん》と共に完全倒壊《とうかい》したのは次の瞬間《しゅんかん》であった。

●
●
●

「――お疲《つか》れさん」

そう言って差し出された紙コップを半ば無意識《むいしき》の内にネリンは受け取った。

中身は珈琲《コーヒー》である。

トリスタン市警各署《しけいかくしょ》に置かれた自販機《じはんき》のそれは、泥水《どろみず》の方が未《ま》だマシだと評判《ひょうばん》の代物《しろもの》だが、眠気《ねむけ》覚ましの薬として飲むのならばそれなりに効果は高い。元々それを期待してわざわざ不味《まず》く煎《い》れているのだ――という説も警官達の間では有力なのだそうだ。

「…………あ」

顔を上げるとその説を教えてくれた本人が苦笑を浮《う》かべて立っていた。

無骨《ぶこつ》という言葉をそのまま人の形にしたかの様な中年の男性《だんせい》である。

太い眉《まゆ》に太い鼻。顎《あご》には顎鬚《ひげ》。目つきは鋭《するど》く、黒髪《くろかみ》は短く刈《か》り込まれており、その唇《くちびる》は硬《かた》く引き結ばれているのが一番良く似合《にあ》う。強面《こわもて》というのはこういう人物の事を言うのだろう。思い出すのは笑顔よりもまず顰《しか》め面《つら》——そんな面貌《めんぼう》だ。

ブライアン・メノ・モデラート警視《けいし》。

トリスタン第一分署に所属《しょぞく》する警官であり、対魔族特殊狙撃隊《メレヴェレントとくしゅそげき》SSSの隊長でもある。生真面目《きまじめ》で頑固《がんこ》だが、それだけに一本芯《しん》の通った生き方を曲げない彼を〈第一分署の騎士《きし》〉と呼《よ》んで慕《した》う若手《わかて》警官も多い。もっともその外見は騎士というより蛮族《ばんぞく》の戦士と表した方が印象としては近かろうが。

トリスタン市警——第一分署。

ネリンとブライアンが居《い》るのはそのオフィス内の一郭《いっかく》である。

時刻《じこく》は朝の五時。

何故《なにゆえ》に魔法監督官《まほうかんとくかん》のネリンがこんな場所に居るかというと、魔族事件《ケースSA》の警察に対する簡易報告書《いほうこくしょ》を提出《ていしゅつ》する為に、現場《げんば》からそのまま立ち寄った為である。

正直言って眠くて仕方が無いのだが仕方が無い。これも仕事だ。

本来――魔法に関《かか》わる全ての事柄《ことがら》は労務省《ろうむしょう》魔法管理局の監督権限《けんげん》内に在るのだが、事が魔族《メレヴェレント》事件ともなれば警察も現場封鎖《ふうさ》に出張《でば》る以上、無関係とは言えない。また、魔族事件に絡《から》んで何らかの刑事《けいじ》事件が起こる可能性も少なくない為《ため》、後日の正式な報告書類提出の他《ほか》にこうして簡単な報告書を提出するのも魔法監督官の仕事なのである。

「モデラート警視もお疲《つか》れ様です」

ネリンは両手で紙コップを包み込む様にしながら言った。

味は最悪だが、漂《ただよ》ってくる香《かお》りとコップ越《ご》しに伝わる温《ぬく》もりは悪くない。

「ジョプリン通りの方ですか？」

「……ああ」

顔をしかめてブライアンは頷《うなず》いた。

本来、魔族事件となれば真っ先に出動するトリスタン市警察の対魔族特殊狙撃《そげき》隊ＳＳＳが先程の現場に来ていなかったのは、既に他の魔族事件で出払っていたからである。

基本的に魔族の魔力圏《ドメイン》の外側――即《すなわ》ち攻撃圏外《アウトレンジ》からの狙撃を基本戦術《きほんせんじゅつ》とするＳＳＳは、近距離戦を基本とする戦術魔法士《タクティカル・ソーサリスト》達に比べて機動力や応用《おうよう》性が低い。

ＳＳＳの使用する切り札、対魔族狙撃銃〈サンダー・ボルト〉は個人で持ち運ぶにはほぼ限界《げんかい》に近い大きさと重量を持っているので、これを構《かま》えたままあちこちをかけずり回る訳にはいかないのである。

また狙撃という戦術は先ず《ま》目標に対していかに有利な狙撃位置を確保《かくほ》するかという事が成否《せいひ》の鍵《かぎ》となってくる訳だが――ふらふらと好き勝手に動く魔族に対して、適切な狙撃位置を確保するのは非常《ひじょう》に難《むずか》しい。更に市街地となると流れ弾《だま》の危険性《きけんせい》も考慮《こうりよ》しなければならないので、その射角《しゃかく》もかなり制限《せいげん》される事になる。特に〈サンダー・ボルト〉は超高速弾を使用する為に貫通力も高く、下手に外せば予想外の対象に――例えば遮蔽物《しゃへい》の向こう側に身を隠《かく》していた警官や市民等――着弾しかねないのだ。

こうした諸々《もろもろ》の制限の中、部隊単位の――最低十名からの足並みを揃《そろ》えて移動と展開を行うとなれば、どれだけ訓練を重ねても、戦術魔法士に比べてその動きは鈍《にぶ》くならざるを得ない。

「最近多いですね――本当に」

「ああ……長期休暇《きゆうか》が欲《ほ》しいよ」

ブライアンの口から彼らしからぬ冗談《じょうだん》が出て来るという事は――彼の方の疲労《ひろう》もかなり限界に近くなっているのだろう。

SSS――スペシャル・スナイピング・スカッド。

この対魔族狙撃班《はん》の設立《せつりつ》は、破綻寸前《はたんすんぜん》と言われていたトリスタン市のケースSA対処《たいしょ》状況《じょうきょう》に、光明をもたらすと言われていた。それまでは戦術魔法士《タクティカル・ソーサリスト》に頼《たよ》っていた対魔族処理を警察の手で可能ならしめる装備《そうび》と戦術をSSSは備《そな》えていたからだ。

しかも戦術魔法士と違《ちが》い、魔《ま》法《ほう》に頼らぬSSSには強制待機期間が無い。従《したが》って従来《じゅうらい》の戦術魔法士達に加え、毎日稼《か》働《どう》出来るSSSの投入は、悪化の一途《いっと》を辿《たど》っていたトリスタン市のケースSA事情《じじょう》を改善《かいぜん》出来ると期待されていたのである。

だが……現実にはSSSの存在《そんざい》はせいぜいが状況の悪化を食い止めただけで、改善するまでには至《いた》っていない。

SSSの誕生《たんじょう》によって出来た余《よ》裕《ゆう》を上回る件数《けんすう》でケースSAは増加《ぞうか》しており、以前と状況はあまり変わっていないのである。結果的にSSSは限界近くまで稼働する事を要求されて現在に至っている。

「こちらでも上の者が色々対策《たいさく》を考えてはいるんですけど——」

「ああ。戦術魔法士の誘致《ゆうち》政策か？」

「ええ——それも含《ふく》めて他にも色々と。明日にも発表になると思いますが」

苦笑《くしょう》を深めるブライアンにネリンも苦笑を返す。

トリスタン市警はSSSの分隊数を増《ふ》やす事も検討《けんとう》しているのだが……その為の障害《しょうがい》となっているのが予算の問題であった。

市警からは市議会に何度も予算の増額申請《ぞうがくしんせい》が提出《ていしゅつ》されているのだが、議員達の間には戦術魔法士の誘致政策や魔法士《ソーサリスト》関連の各種法律《ほうりつ》整備を優先《ゆうせん》すべきと主張《しゅちょう》する者も多く、部隊規模拡張《きぼかくちょう》の為の予算申請は毎回却下《きゃっか》され続けている。

つまりは議員の多数派《は》はSSSよりも魔法管理局と戦術魔法士の方が役に立つと考えているという事で――ブライアン達の立場からすればネリンやレイオットは目の上の瘤《こぶ》という事になる。

もっとも実際《じっさい》に現場に立って苦労している人間からすれば、確実《かくじつ》に効果《こうか》の上がる方策ならば何でも良いというのが本音ではあった。妙《みょう》な縄張《なわば》り意識《いしき》から実の無いやり取りを繰り返しているのは大抵《たいてい》が現場に出た事も無い様な『上』の連中である。

「しかし……」

ネリンの脇《わき》に置かれた書類入れ《ファイルケース》にブライアンはちらりと視線《しせん》を向ける。魔法管理局の名と標章《エンブレム》が刻印《こくいん》されたその中には、今回の事件の概要《がいよう》を記した簡易報告書《かんいほうこくしょ》の写しが入っていた。

「慣《な》れないもんだな……毎度の事ながらうんざりする」

「……ええ」

ネリンはレイオット達の様な戦術魔法士と異《こと》なり魔族《メレヴェレント》事件の最前線に臨《のぞ》む事は無い。

彼女はあくまで魔法士達の職務《しょくむ》を監視《かんし》し記録する監督官《かんとく》であり……たとえ戦術魔法士の担当官《たんとう》とはいえ、直接《ちょくせつ》殺し合いの現場《げんば》に立ち会う事は稀《まれ》だ。大抵は後方に控《ひか》えていて各種感知器の記録や魔法士達、そして警官《けいかん》隊からの報告をまとめるのが主な仕事である。

ではそれが気楽な作業かと言えば……決してそんな事は無い。

むしろ戦闘《せんとう》現場に居合《いあ》わせない分だけ、やりきれない気持ちが強い事もある。基本的《きほん》に戦術魔法士の担当監督官の仕事は事後処理《しょり》であり——事件というのは前もってその発生を知る事が出来ないからこそ事件なのである——その性質《せいしつ》上、どう頑張《がんば》っても基本的に彼等《かれら》の仕事は『手遅《ておく》れ』ではあるのだ。

後味の良い魔族《メレヴエレント》事件など有り得ない。

法律上、局地災害《さいがい》として処理されるものの、魔族は竜巻《たつまき》や地震《じしん》や洪水《こうずい》とは違う。

たとえその被害者《ひがいしゃ》が一人も出なかったとしても、『死傷者《ししょうしゃ》ナシ』という訳にはいかない。

魔族は人間が変異《へんい》したものである以上、その解決《かいけつ》に際しては最低一人は必ず死者が出るのだ——既《すで》に『一人』『二人』と数えないにしても。

約四人。

トリスタン市内の魔族事件に際して出る死者の平均《へいきん》数だ。これでも昔に比《くら》べれば減《へ》ってきていると言われるが……それでも仕方がないと諦《あきら》められる数でもない。死者の悲劇《ひげき》はその本人だけのものではない。それは容赦《ようしゃ》なく家族、友人、その他、死者の関係者へと波及《はきゅう》する。

「今回もどうも普通《ふつう》の勤《つと》め人の様です。もっとも――」

ネリンは顔をしかめた。

「普通に仕事帰りで、普通に街娼《がいしょう》を買う途中《とちゅう》だった様ですが」

「まあ売春も買春も同じく違法《いほう》だがね。だからって魔族化して死ぬ程《ほど》の罪《つみ》でもあるまい」

肩《かた》を竦《すく》めてブライアンが言う。

「それはその通りですけど」

「とはいえ……」

そこでブライアンは黙《だま》り込《こ》んだ。

唐突《とうとつ》に――鋭《するど》い叫《さけ》び声の様なものが割《わ》り込んできたからだ。

「…………」

「…………」

硝子《ガラス》と衝立《ついたて》で仕切られた奥《おく》の一郭《いっかく》を振《ふ》り返るネリンとブライアン。

そこではケースSAの目撃者《もくげきしゃ》が、事情聴取《じじょうちょうしゅ》を受けている筈《はず》だった。レイオット到着《とうちゃく》時には未《ま》だ発見及《およ》び救助されていなかった人物で――魔族処理後に、ゴミ箱の陰《かげ》に蹲《うずくま》っている処《ところ》を警官《けいかん》に発見された。

どうも持ち物や身なりから判断《はんだん》するに、先の手首を失った被害者の少女とは同業者——つまりは同じく娼婦《しょうふ》であるらしい。そして現場の状況《じょうきょう》や断片《だんぺん》的に口にする言葉から判断《はんだん》すれば、彼女は魔族《メレヴェレント》を直接目撃しているらしかった。

それも……魔族が哀《あわ》れな被害者を殺す様子を。

被害者がどういう殺され方をしたのかは分からないが、その様子が余程《よほど》に衝撃《しょうげき》的であったらしく、娼婦は未《いま》だまともに話をする事も出来なかった。

手首を失った娼婦の方は警察病院で治療《ちりょう》中であり、さすがに事情聴取する訳《わけ》にもいかない。この為《ため》、一応《いちおう》無傷《むきず》であったこちらの娼婦を任意《にんい》同行という形で警察署《しょ》まで連れてきた訳だが——

「……あ……ああ…………あああ…………ひあっ！　あっ！　ひいいいい——っ！」

会話の詳細《しょうさい》までは聞き取れないが——時折、こうして悲鳴とも嗚咽《おえつ》ともつかない声が聞こえてくる。まだまだ彼女が落ち着くには時間が掛《か》かりそうだった。

「しかし……妙《みょう》な話だ」

仕草で紙袋《かみぶくろ》を示《しめ》しながら言うブライアン。

紙袋に印刷されているのは『D&D』の文字——比較《ひかく》的有名なドーナッツのチェーン店で

ある。まさかこの時間に開いている訳もないので買い置きか何かなのだろう。

油が回りきって酸化《さんか》したドーナツなんぞは泥水珈琲《どろみずコーヒー》よりも始末に負えない。手振りで結構《けっこう》――と断《ことわ》ってからネリンは尋《たず》ねた。

「妙って――何がですか？」

「魔族《メレヴエレント》化の状況さ。ちょっと気になる事があって――そっちの事件《じけん》の方で、分かっている事だけでも捜査課《そうさか》の連中に聞いてきたんだが」

ネリンの隣《となり》に腰《こし》を下ろしながらブライアンは言った。

実を言えば今回の事件では、魔族化した人物について既に詳細な処まで情報が揃《そろ》っている。現場に魔族化した人物のものらしい財布《さいふ》が落ちていて、その中に在った運転免許証《めんきよしよう》の番号から即座《そくざ》に身元が割《わ》り出せたのである。

「仕事帰り、ちょいと女遊び――まあここまでは分かる」

「分かるんですか？」

「そういう事にしておいてくれ」

苦笑《くしよう》してブライアンが言う。

まあこの堅物《かたぶつ》の見本の如《ごと》き警官が仕事帰りに娼婦を買うとも思えないが。

「ここまでは分かるとして……だ。そんな奴《やつ》が魔法《まほう》を唱えるか？」

「…………」

ネリンに娼婦を買う男の心情など分かる筈《はず》も無いが――確《たし》かにこれから女遊びをしようという人間がわざわざ魔法を唱えるとも考えにくい。

「まさか一般《いっぱん》人が遺失《いしつ》魔法の書式を持っている筈も無いですしね」

かつての魔法黄金期、即《すなわ》ち〈イエルネフェルト事変〉以前の時代には、魔法はありとあらゆる分野に――それこそどんなにくだらない分野にも、競《きそ》う様にして応用されていた。

魔法の可能性《かのうせい》を探《さぐ》るという名目で役に立つのか立たないのかよく分からない魔法が幾《いく》つも開発され――『手を使わずに本のページをめくる為の魔法』や『ジャガイモの皮を一瞬《いっしゅん》で剥《む》く魔法』などというものまでが記録には残っている。手を使った方が早い様な作業でも当然の様に専用《せんよう》の魔法書式が造《つく》られていた時代である。

当然――それらの中には性的《せいてき》な目的に供《きょう》する為の魔法もあった。

性感を高めたりする魔法や、男女の性的快感《かいかん》を入れ替《か》えたりする様な魔法というのも記《き》述《じゅつ》開発されていたらしいという話は、ネリンも先輩《せんぱい》の監督官《かんとくかん》から聞いた事がある。

これらの魔法書式は〈イエルネフェルト事変〉のごたごたで大量に失われ、素晴《すば》らしいものからくだらないものまで、全《すべ》てまとめて『失われた呪文《じゅもん》書式』または『遺失魔法』と呼《よ》ばれている。

昨今はこうした遺失魔法の書式を探《さが》し出す専門《せんもん》の業者も居《い》て、『発掘《はっくつ》』された遺失魔法の書式は、好事家《こうずか》や研究機関、あるいは魔法管理局に対して高額《こうがく》で売りつけられるのが常《つね》となっていた。

「今までは——〈黒本〉で魔族《メレヴエレント》化する連中の九割《わり》が、一種の『自殺』だった。理解《りかい》したくはないが、まあ理屈《りくつ》として筋《すじ》は通ってる」

紙袋に手を突《つ》っ込んでドーナッツを漁《あさ》りながらブライアンは言った。

「残りの一割は？」

「事故《じこ》さ」

言って——ブライアンは紙袋から取り出したドーナッツを一口囓《かじ》る。

「それが何かもよく分からない状態《じょうたい》で〈黒本〉を手にして、そこに書いてある通りの事をしてみた連中だな。大抵《たいてい》は学生だが」

「…………」

ネリンはふと……少し前に起こった事件の一つを思い出す。

〈黒本〉によって魔族化し、下水道を這《は》い回って同級生を殺し続けた末に、レイオット・スタインバーグに倒《たお》された、女学生。

彼女の場合は『自殺』の方であったかもしれないが……彼女が自分の行為《こうい》の末に在るも

のを正しく把握《はあく》していたとは思えない。そういう意味ではあれも一種の事故と呼べるかもしれなかった。

「ただな……今から娼婦《しょうふ》を買おうって助平《すけべい》心満載《まんさい》のおっさんが、わざわざ魔法を唱えるか？　調べた限《かぎ》り、問題の人物は魔法士《ソーサリスト》でもないから特に普段《ふだん》から魔法を使ってる訳《わけ》でもなし。元々〈黒本〉を持っていた可能性はあるし、何らかの偶然《ぐうぜん》なり何なりで、その素人《しろうと》のおっさんが、性的快感を高める為《ため》の遺失魔法書式を持っていたって可能性も——まあゼロではないだろうさ。セックスの際《さい》に麻薬《まやく》を使う連中は別に珍《めずら》しくないしな」

基本《きほん》的に単純《たんじゅん》に魔法の呪文を唱えれば魔法が発動するという訳ではない。

魔法の行使には魔法士側にある種の下準備《じゅんび》が必要なのだ。薬物を使った一種の洗脳《せんのう》的な手法で自分の意識《いしき》の中に特定の魔法回路を記録しておく必要がある。

魔法には呪文がつきものだが、実際に魔力と反応《はんのう》して魔法を発動させるのはこの脳に刻《きざ》まれた魔法回路の方で、呪文詠唱《えいしょう》そのものはそれを起動し、制御《せいぎょ》する為のものである。車に喩《たと》えれば魔法回路がエンジンやシャーシであり、ハンドルやブレーキ、シフトといった操作《そうさ》系《けい》が呪文なのである。ついでに言えば無音詠唱《ダムキャスト》で使われる呪文書式板はその操作系の一部自動化を行う為のものだ。

だが……

この魔法回路の記憶《きおく》は、ある種の麻薬によって感覚を高められている人間には比較的《ひかく》簡《かん》単《たん》に再現《さいげん》出来てしまう作業なのである。だからこそ〈黒本〉は麻薬と一組《セット》で売られる事が多い。逆《ぎゃく》に言えば麻薬を使っている最中に〈黒本〉を読んで『ついうっかり』魔法回路を脳内に焼き付けてしまう人間も居るのである。

彼等《かれら》が不用意に魔法を唱えればやはりそれは発動し――結果的に彼等は魔族《メレヴエレント》化する。

「だが……遺失魔法だろうが何だろうが、モールドを使わずに魔法を唱えれば魔族化するのは避《さ》けられない。そんな事は子供《こども》でも知っている」

「それはそうですね」

つまり――どんな魔法であれ、モールドを使わずに魔法を唱えるのは事実上の『自殺』なのだ。今から娼婦と愉《たの》しもうという男がそんな真似《まね》をするとはとても思えなかった。

「……確かに不自然と言えば不自然ですね」

「未《ま》だ遺族《いぞく》と、勤《つと》め先の責任者《せきにん》に連絡《れんらく》が取れた程度《ていど》だが、どうもな……〈黒本〉を買う様な男でもないらしい。徹底《てってい》した俗物《ぞくぶつ》だったみたいだぞ」

趣味《しゅみ》はカード博打《ばくち》、それもせいぜいが小遣《こづか》いの範囲《はんい》で収《おさ》まる程度。

仕事は街の自動車修理《しゅうり》工。生活は比《ひ》較《かく》的安定しており、収入《しゅうにゅう》も平均《へいきん》的。

家族は妻《つま》が一人に娘《むすめ》が二人。性格《せいかく》的にもごくごく普通で――破滅《はめつ》的な行動や皮肉っぽい言動も見られなかったという。三か月前には健康診断《しんだん》を受けた記録も残っていた様だが、麻薬を常用《じょうよう》していた痕跡《こんせき》は無い様だった。

そんな人間が〈黒本〉や遺失魔法の書式を持っていたのだろうか。

持っていたとしてそれを持ち歩くか？

「現場《げんば》から〈黒本〉は？」

「見つかってない」

言ってブライアンはもう一口ドーナツを囓る。

「今、うちの署員《しょいん》が家宅捜索《かたくそうさく》に出掛《でか》けてるが、多分、家からも何も出ない」

「………断定的ですね。警官《けいかん》としてはあまり好ましくないのでは」

「経験《けいけん》に基《もと》づく予測《よそく》だよ」

ブライアンは溜《た》め息をついた。

「……というと？」

「気になる事があるって言っただろう」

ブライアンはまるで憎《にく》んでいるかの様に、乱暴《らんぼう》な手つきで無理矢理《むりやり》口の中にドーナツを押《お》し込《こ》んで嚙《か》み砕《くだ》き、嚥下《えんか》してから言った。表情は渋面《じゅうめん》のまま。味わうのではなく単なる栄養補給《ほきゅう》として食べているのだろう。炭水化物《たんすいかぶつ》は即座《そくざ》に活力に転化するし、糖分《とうぶん》は頭の回転に必要だ。即効性《そっこうせい》という意味ではこれらをまとめて補給できるドーナツも悪くない夜食なのかもしれない。

「ここ最近、何件《なんけん》かこういう事件が続いてる。魔族《メレヴェレント》化する様な状況《じょうきょう》でもないのに、魔族化する人間ってのがな。で――大体が、真夜中だ」

「…………初耳です」

夜中にケースSAが増《ふ》えている事にはネリンも気付いてはいたが。

「未だ統計的《とうけいてき》な資料《しりょう》になっていないからな。貴女《あなた》が知らなくても無理は無い」

とブライアン。

確《たし》かにネリン達は個別《こべつ》の事件には深く立ち入るが、事件相互《そうご》の関連性を上から俯瞰《ふかん》して見る立場には無い。そういう意味ではトリスタン市内の魔族事件に関してその傾向《けいこう》の様なものを即時に把握《はあく》しているのはブライアンの様な警察の人間か、さもなくばトリスタン支《し》局《きょく》でも局長や副局長の様な上層部《じょうそうぶ》の人間だけだろう。

「とにかく大抵は真夜中、一人歩きの人間がいきなり魔族化する。ちょっと犬の散歩とか、仕事帰りとか、バーに酒を買いに出たりとか、そんな途中《とちゅう》でだ。自殺の為に〈黒本〉を読むのはまあ分かるがな、買い物ついでに魔族化なんてするもんかね？」

確かにそれはおかしい。

有り得ない——とまでは言わないがまず考えられない事態《じたい》だ。

「トリスタン市内だけに限《かぎ》って言えば、この二か月程《ほど》の間にそういう事件がもう十件程、続いてる」

「十件って……」

それでよく騒《さわ》ぎにならないものだ。

あるいは……既《すで》に気付いている上層部の人間が手を回して情報統制《じょうほうとうせい》を仕掛けているのかもしれない。ネリンはふと自分の上司——トリスタン支局の局長のカート・ラベルの顔を脳裏《のうり》に想《おも》い描《えが》く。彼ならその手の情報工作位はやりかねない。

「いや、中には実際《じっさい》に家に〈黒本〉を持っていた人間も居《い》たからな。他の『自殺』だの『事故』だのの連中と区別されてないんだよ、殊更《ことさら》には。なんだかんだ言っても警察もお役所だからな」

自嘲《じちょう》的に言って肩《かた》を竦《すく》めるブライアン。

警察官といっても組織《そしき》に勤《つと》める公務員《こうむいん》である。好き勝手に動き回れる訳ではないし、何か気づいて調べるにしても個人裁量《こじんさいりょう》の限界《げんかい》はある。どうしても、何か不審《ふしん》に思ってもそのまま見逃《みのが》してしまう場合はある。

「逆《ぎゃく》に言えば俺《おれ》が気付いていないだけで——現実にはもっとこの手の魔族《メレヴエレント》事件は数多い

のかもしれん」

「…………」

確かに〈黒本〉による魔族化が多い昨今……魔族化した人間の鞄《かばん》なり机《つくえ》から〈黒本〉が出てくれればそれだけで警察はもう原因《げんいん》を特定した気になるだろう。結果として〈黒本〉によらぬ魔族化が起こっていたとしても、それは書類の上には計上されない事になる。

「代わりに妙《みよう》な噂《うわさ》まで出てくる始末でな」

「噂……ですか？」

「例の〈黒騎士《くろきし》〉の噂だよ」

「……はあ？」

素《す》っ頓狂《とんきよう》な声を上げるネリン。

「何です……それ？」

「知らないか。まあ知っていても自慢《じまん》出来るものでもないが——『〈黒騎士〉に呪《のろ》われると魔族化する』んだそうだ」

ブライアンによるとその噂はここ二か月程の間に囁《ささや》かれる様になったのだという。

この手の噂話の常《つね》で、その詳細《デイテイール》は話し手によってばらばらで、〈黒騎士〉が〈首無し騎士〉だったり〈青騎士〉だったり、挙げ句《く》の果てには『医学実験で馬と首をすげ替《か》えられた怪人《かいじん》』だったりと、失笑《しっしょう》を誘《さそ》う様なものも含《ふく》めて何種類もの亜種が派生している様だが……大まかな処《ところ》は共通しているという。

要約すれば『夜な夜な黒騎士と呼《よ》ばれる怪人が現《あらわ》れては犠牲者《ぎせいしゃ》を選んで、呪いを掛《か》ける。呪いを掛けられた者は魔法《まほう》を唱えなくても魔族《メレヴエレント》化する』というものらしい。

「どうも周辺状況からすれば魔族になりそうもない人間がいきなり、真夜中に出歩いている最中に魔族化した事件が、幾《いく》つか一般《いっぱん》市民の間でも話題になっているらしくてな。そこから出てきた都市伝説の類なんだろうが――」

「皆《みんな》――不安なんでしょうね」

原因の分からない魔族化。

それは即《すなわ》ち――誰《だれ》がいつ魔族になってしまうか分からないという事である。魔法と関係が無ければ魔族になる事は無いという大前提《だいぜんてい》が崩《くず》れてしまう。明日には家族が、友人が、あるいは自分自身が魔族化してしまうかもしれない――そんな恐怖《きょうふ》を抱《いだ》きながら暮《く》らすのは途方もなく苦痛《くつう》だろう。

だから……人々は空気の様に正体の見えない魔族化の原因を、偶像《ぐうぞう》化し固定する事で安心を得ようとしているのではないか。そんな風にネリンは思った。

何にせよ――

「一体、何なんでしょう？」

噂話はさておいても、原因の見えない魔族化が増《ふ》えているというのは事実である。

「わからん」

立て続けにドーナツを三個《こ》口の中に押し込んで強制的《きょうせい》に嚥下《えんか》すると、ブライアンは一気にそれらを珈琲《コーヒー》で胃《い》の奥《おく》にまで流し込む。彼らしいといえばらしい食べ方だが、あまり健康には良く無さそうな栄養補給《ほきゅう》法であった。

「まあ、未《ま》だ可能性《かのうせい》というか、はっきりした証拠《しょうこ》の類は無いんだ」

ブライアンは肩を竦《すく》めて見せる。聞き手のネリンがあまりに深刻《しんこく》な表情をしているので少々気が咎《とが》めたのかもしれなかった。

「全部気のせいという事も有り得《う》る。ひょっとしたら今日の男もたまたま二か月前から麻《ま》薬常習者《やくじょうしゅうしゃ》になっていて、〈黒本〉も何処《どこ》かに隠《かく》し持っていて、何かの理由から発作的に魔法を唱えたくなっただけなのかもしれん」

〈黒本〉などと禍々《まがまが》しい名で呼ばれているがその実体は単なる紙の束だ。焼くなり破《やぶ》るなりして現場《げんば》から失われてしまう可能性はある。火炎《かえん》や電光を発する魔族は珍《めずら》しくないので現場には〈黒本〉が残っていなくても殊更《ことさら》に不思議は無い。あるいは通り掛かった何者かが持ち去ったという可能性もある。

また——薬物に関しても最近は、十代前半の麻薬常用者さえ珍しくない。

麻薬中毒の少女が十三歳《さい》で麻薬中毒の赤ん坊《ぼう》を——母親が中毒なのだから当然その胎《はら》から産まれてくる赤ん坊も麻薬中毒の状態《じょうたい》なのである——出産した事例もある。最早《もはや》、誰が麻薬をやっていようと驚《おどろ》くには値《あたい》しないだろう。

その意味では別に有り得ない事ではない。

何ら原因も理由も無いのにそうした不自然な現実が組み上がってしまう事だってある。

それを人々は『偶然』と呼んでいる。

だが……

「全部単なる偶然かもしれん」

ブライアンは紙袋《かみぶくろ》を握《にぎ》り潰《つぶ》しながら言った。

「あるいは調査《ちょうさ》不足か……まあ未《ま》だ何も断定《だんてい》はできんがね」

「偶然……」

ネリンはその言葉を舌《した》の上で転がしてみる。

偶然。それは確《たし》かに安心感の漂《ただよ》う言葉ではあった。何もかも偶然。相互《そうご》に関係の無い事象がたまたま噛《か》み合って意味が在る様に見えただけの事。そこには何の悪意も陰謀《いんぼう》も介在《かいざい》しない——ただの確率《かくりつ》の悪戯《いたずら》。

だがもしそれが偶然ではないとしたら。

もしそれが何者かの意図の元に実行されたものなのだとしたら。

果たしてネリン達を取り巻《ま》くこの現状の——何処までが人為《じんい》の結果なのか。

「…………」

「シモンズ監督官《かんとくかん》？」

怪訝《けげん》そうにブライアンが声を掛けてくる。

「どうかしたか？　何か心当たりでも？」

「あ……いえ」

曖昧《あいまい》に首を振《ふ》るネリン。

単にこの一連の事件《じけん》だけが意図的なものだというのなら安心も出来る。

だがもし——〈黒本〉や〈シェル〉の出現、トリスタン市のみならず全国的なケースSAの増加《ぞうか》でさえもが偶然の結果でないとすれば。そこに明確な原因《げんいん》が存在《そんざい》し、それが——人為的なものなのだとしたら。

どれだけ悪辣《あくらつ》で卑怯卑劣《ひきょうひれつ》な謀略《ぼうりゃく》であったとしても——それはもうネリン達の様な一個人にどうにか出来る様なものではないだろう。

自分達に出来るのは場当たり的に眼《め》の前の事件を処理《しょり》していく事だけだ。

もし今後、その企《たくら》みに気付いたとしてもネリン達には恐《おそ》らくただ指をくわえて成り行きを見守るしか出来まい。その動きはあまりにも広く深く……大き過《す》ぎる。まるで世界を覆《おお》い尽《つ》くさんとするかの如《ごと》くに。

「そうですね……偶然だといいですね」

胸《むね》の奥に揺《ゆ》らめく不吉《ふきつ》な予感をねじ伏《ふ》せながら——笑顔《えがお》を取り繕《つくろ》ってネリンは言った。

第二章　不安は狂気へと変じ

FUANHA KYOUKIHETO HENJI

瞼《まぶた》を開いて腕《うで》に巻《ま》いた時計を見れば——既《すで》に時刻《じこく》は昼過ぎであった。

「…………おいおい」

自分に自分で呆《あき》れながらレイオットは長々と溜《た》め息をついた。

レイオットの生活態度《たいど》は他人の眼から見れば——特にネリン・シモンズ魔法監督官《まほうかんとくかん》辺りの眼から見れば——自堕落《じだらく》の典型として映《うつ》るらしいが、実は意外と健康的で規則《きそく》正しい生活周期に則《のっと》ってレイオットは暮《く》らしている。特に朝晩《あさばん》の起床《きしょう》時間と就寝《しゅうしん》時間に関しては何か特別な用でもない限《かぎ》りはほぼ一定を保《たも》っていた。

もっともこれは別に己《おのれ》を厳《きび》しく律《りつ》した結果ではない。

レイオットの日常《にちじょう》生活は、やる事なす事がどれもこれも単調で決まり切った習慣的行動《ルーティン・ワーク》である上、一つ一つの行動が互《たが》いに関連が薄《うす》いので相互に入れ替《か》えが利《き》く。この為《ため》にいつしか生活時間の配分そのものが平均化《へいきん》されてしまっているのだ。

そもそもが仕事をしている時以外は典型的な暇人《ひまじん》なのである。

しかも趣味《しゅみ》といえばせいぜいが料理を造《つく》る事位である。

ましてや元々眠《ねむ》りが浅いレイオットは、気温の上昇《じょうしょう》や室内の明るさの変化で自然と朝には眼が覚める。よく昼寝《ひるね》もするがこれも一定時間で眼が覚める。旅先の様に環境《かんきょう》が変われば また話は違《ちが》うが、自分の家に居《い》る限りレイオットは目覚まし時計の必要性《せい》を感じた事は無かった。

そんなレイオットが昼過ぎまで寝ているというのは実は希有《けう》な出来事なのである。

直接《ちょくせつ》的な原因は昨晩遅《おそ》くに呼《よ》び出されて魔族《メレヴエレント》と一戦した事ではあろう。

しかしそれだけならば、普段《ふだん》から朝九時には起きる様に習慣《しゅうかん》が付いているレイオットは、望む望まぬにかかわらず眼が覚めてしまう。これは睡眠《すいみん》時間が十時間だろうが一時間だろうが変わらない。

全く朝に眼が覚めずに昼まで眠ってしまったのは、生活周期そのものが崩《くず》れてきているという証拠《しょうこ》だ。ここ一か月程《ほど》は真夜中に呼び出されて魔族事件《じけん》を処理《しょり》させられる事が何度かあり、そもそも睡眠不足が重なっていた処《ところ》に、昨日の仕事で微調整《びちょうせい》の限界《げんかい》を超《こ》えたという事なのだろう。

「シモンズ監督官が来る日でなくて幸いだったな」

こんな時間まで寝ているのを、あの堅物《かたぶつ》の魔法監督官に目撃《もくげき》されれば、それ見たことかと言わんばかりに延々《えんえん》と小言を言ってくるに決まっている。

もっとも……そのネリンも昨日の事件のお陰《かげ》で恐らく徹夜《てつや》だろうから、今頃《いまごろ》は自宅《じたく》で爆睡《ばくすい》している最中かもしれないが。

「まあそれはそれとして……」

ぼんやりと天井《てんじょう》を眺《なが》めながらレイオットは言う。

「……おはよう」

「おはようございます。ただし時刻《じこく》は既《すで》に正午を回っていますが」

わざわざ室内を見回して確認《かくにん》するまでもない。

目覚めればいつも側《そば》に居て彼を見つめている同居《どうきょ》人の少女は、今日も昨日と変わらぬ淡々《たんたん》とした口調で朝の挨拶《あいさつ》を返してきた。一昨日《おととい》も同じだったし恐《おそ》らくは明日も明後日《あさって》も同じだろう。

それがまるで義務《ぎむ》であるかの様にこの紅《あか》い眼《め》の少女は影《かげ》の如く常《つね》にレイオットの側に居る。側に居て彼の事をじっと見据《みす》えている。楽しそうにでもなく、辛《つら》そうにでもなく、ただ研究者が実験内容《ないよう》を観察するかの様な、感情《かんじょう》を交えぬ静謐《せいひつ》な眼が淡々とレイオットを映し続けているのみだ。

何を思って彼女が自分を見つめ続けるのかレイオットは知らない。

一緒《いっしょ》に暮らし始めた当初は落ち着かない気分にもなったが……今ではもう慣《な》れた。

とはいえ――

「……カペル？」

身を起こして傍《かたわ》らを振《ふ》り返ると……カペルテータは部屋の片隅《かたすみ》に置かれた椅子《いす》に座《すわ》っていた。その膝《ひざ》の上には彼女の飼《か》い猫《ねこ》であるシャロンが丸くなって眠っている。以前は床《ゆか》の上に直接座っていたのだが――どうせなら、とレイオットが椅子を置いた為《ため》、今ではそこがレイオットの寝室における彼女の定位置になっている。

「何でしょう」

やはり全くいつもと変わらぬ静かな口調である。

レイオットの助手をしている以上、カペルテータとて寝不足になって当然の筈《はず》なのだが……やはりその整った顔を覆《おお》う無表情には、昨晩と同じく微塵《みじん》の緩《ゆる》みも無い。

代わりにその膝の上でシャロンが眠そうに大欠伸《あくび》をしていた。

「……前から訊《き》きたいと思っていたんだがな」

レイオットは首筋《くびすじ》を掻《か》きながら言った。

「お前……一体、いつ寝てるんだ？」

「夜に」

「……いや……まあそりゃそうなんだろうけどな」

当然といえば当然の答えに苦笑するレイオット。

「俺《おれ》はお前が寝てる処って見た事無いんだよな。失神してる処とかは見た事あるんだが」

「そうですか」

それがどうした——とでも言うかの様にカペルテータの口調は淀《よど》みない。

「欠伸してるのも見た事無いんだが」

「そうですか」

「お前の部屋にはベッドもあるよな？」

「はい。レイオットに買って貰《もら》いました」

「使った事はあるか？」

「最近はたまに——」

それは驚《おどろ》きの事実だった。

「使ってるのか？」

「——シャロンが」

「左様で」

呆《あき》れの口調で言ってからレイオットはベッドを降《お》りた。

枕元《まくらもと》に置いてあったサングラスを掛《か》け、ベッド脇《わき》の壁《かべ》のフックに引っかけてあったシャツを羽織《はお》り、ボタンを留《と》めながら洗面所《せんめんじょ》へと向かう。振り返って確認するまでもなく、カペルテータが後ろについてきているのは足音で分かった。

「……昼は？」

「未《ま》だです」

会話と呼ぶのもおこがましい様な、簡潔極《かんけつきわ》まりないやり取りをしながら、レイオットは顔を洗《あら》い、歯を磨《みが》く。

その間もずっとカペルテータはすぐ後ろに立って彼の事を見つめ続けている。

自分自身の事も含《ふく》め、何かにつけて大雑把《おおざっぱ》なレイオットであるからこそ、朝昼晩《ばん》と四六時中休み無くこの少女の視線《しせん》を受け続ける事にも慣れてしまったが……神経《しんけい》の細い者ならばノイローゼにでもなりかねない。今でこそしなくなったが——彼女がこのスタインバーグ邸《てい》で暮《く》らし始めた頃《ころ》は、便所だろうと風呂場《ふろば》だろうと彼女はついてきて、レイオットが出てくるまで廊下《ろうか》で待っていた。

一体何を思ってレイオットを観察し続けているのか。

共に暮らしてもうすぐ四年になるが未《いま》だにこの少女の考えている事は半分も分からない。

それはさておき――

「ジャックの処《ところ》に行くついでに外で昼飯喰《く》らか……」

洗面所を出て車庫に向かいながらレイオットは呟《つぶや》く。

モールドを使った後はモールド・エンジニアに修理《しゅうり》と検査《けんさ》に出すのが基本《きほん》だ。

元々、機動性を確保《かくほ》する為《ため》にかなりの軽量化が施《ほどこ》されている戦術魔法士《タクテイカル・ソーサリスト》のタクティカル・モールドは、鎧《よろい》じみた見た目とは裏腹《うらはら》にひどく繊細《せんさい》な部分も数多く抱《かか》えている。たった一度の装着及《そうちゃくおよ》び使用で歪《ゆが》みが生じたり亀裂《きれつ》が生じたりする事も珍《めずら》しくないのだ。

「そういえば……」

レイオットはふと昨日の記《き》憶《おく》を脳裏《のうり》に浮《う》かべながらカペルテータを振《ふ》り返った。正確に言えば日付としては今日で――八時間程前《ほどまえ》の記憶なのだが。

「昨日の、現場《げんば》に行く前に見たアレだが」

「はい」

「覚えているか？」

「はい」

即答《そくとう》である。

「絵に描《か》けと言われたら……出来るか？」

「はい」

これまた何の躊躇《ちゅうちょ》も無い。

カペルテータは元々異様《いよう》な程に記憶力が良い。

彼女が描けると言うのならば……それこそ写真と見紛《みまが》う程の細かさで昨晩見た異形《いぎょう》のモールドを絵にする事が出来るだろう。画力に関してもこの少女は非常《ひじょう》に優《すぐ》れている——ただしあくまで模写《もしゃ》だけだが。

世の中には——写真記憶と呼《よ》ばれる特殊《とくしゅ》な記憶法を可能《かのう》としている人間が居《い》る。

通常、人間は例えば教科書の内容《ないよう》を覚える場合に、そこに書かれた文面を『線《リニア》』的な覚え方をする。つまり文字をずっと追っていって、順番に内容を理解《りかい》し、それを直線的な記憶の連続として脳に刻《きざ》み付ける方法だ。

ところが。

ある種の人間は、同じ教科書を見た場合に『線』ではなく『面』で記憶する。まるで写真を撮《と》るかの様に、その意味内容ではなく視覚に映《うつ》った画像《がぞう》で記憶するのだ。

これが写真記憶と呼ばれる記憶方式だ。

これが具体的にどの様な差をもたらすかというと——写真記憶を行う人間にとって一度覚えた教科書のそのページは、いつでも記憶の中で閲覧《えつらん》する事が可能になる。彼等《かれら》はいちいち内容を理解しないでも構《かま》わない。内容を問われれば改めて脳内に再生《さいせい》したその画像を読めば良いだけの事なのだ。

彼等にとってはその教科書の文字も紙の上の染《し》みも情報《じょうほう》としては等価《とうか》だ。

だから彼等は教科書の内容には直接《ちょくせつ》関係の無い事まで覚えている。例えば教科書のページに三枚《まい》の写真が載《の》っていたとすれば、その三枚がどういう位置関係であったかという事まで明確に思い出せる。どんな写真であったかも『まるで眼《め》の前で見ているかの様に』説明出来る。教科書の内容を意味情報として——『線』として覚えている人間には到底《とうてい》不可能な芸当だろう。

ある種の天才と呼ばれる者達はこうした記憶法により、大量の情報を素早《すばや》く脳内に貯《た》め込《こ》む事が可能なのだという。もっともそれら天才の中には、その特殊な記憶法故《ゆえ》の弊害《へいがい》なのか、精神《せいしん》的に問題を抱《かか》えている者も少なくないと言われているが。

何にせよカペルテータもそうした『天才』の一人ではあるのだろう。

それが彼女にとって幸せな事かどうかは分からないが。

「ジャックの前で絵に描いてやってくれるか？」

「はい」

頷《うなず》いてから……カペルテータは言った。

「昨日のあのモールドが気になるのですか」

「ちょっとな」

具体的に何が――という訳《わけ》ではない。

ただ何かレイオットの勘《かん》に引っ掛《か》かるものがあった。

真夜中の魔族《メレヴエレント》事件。現場急行中に見掛けた異形のモールド。そして急激《きゅうげき》な変異を果たしていた魔族。これらには相互《そうご》に何の繋《つな》がりも無いのかもしれない。

だが――

「――ん？」

何処《どこ》かでベルの音がする。

玄関《げんかん》の呼び鈴《りん》ではない。音は居間の方から響《ひび》いている。

けたたましく鳴り響いて聴《き》く者をやたらと急《せ》かすその音は、居間に置かれた電話機の呼び出し音である。ただしレイオットもカペルテータももうその音には慣《な》れきっているので、耳にしてもいちいち慌《あわ》てたりはしないが。

既《すで》にモールド・キャリアに乗って出掛ける気になっていたレイオットとしては、居間まで電話を取りに戻《もど》るのは面倒臭《めんどうくさ》い。

このまま電話を放置して居留守《いるす》を使うかどうかを一瞬迷《いっしゅんまよ》ったが――

「…………」

レイオットが決めるよりも早く、カペルテータがすたすたと歩いて居間の方へと電話を取りに行ってしまった。その後ろを猫《ねこ》のシャロンがのんびりと追い掛けて行く。

「……律儀《りちぎ》な奴《やつ》だな」

廊下《ろうか》に一人残されたレイオットもそう呟《つぶや》いてから居間に向かう。

居間に入ると、既に受話器を取って電話の相手と二言三言言葉を交《か》わしていたカペルテータがレイオットの方を振《ふ》り返って言った。

「シモンズ監督官《かんとくかん》です」

「……左様で」

レイオットは溜《た》め息をついて受け取る。

ネリンからの電話となるとまた仕事絡《がら》みの面倒な話なのだろう。たまに戦術魔法士《タクティカル・ソーサリスト》と魔法《まほう》監督官としてではなく、普通《ふつう》の知り合いとしての用件《ようけん》でも掛かってくる事はあるのだが――こういう間の悪い感じで掛かってくるのは、大抵《たいてい》が仕事関係の、それも面倒な類《たぐい》の用件なのだという事を、レイオットは経験《けいけん》から熟知《じゅくち》していた。

「――毎度」

『あ。スタインバーグさん』

物憂《ものう》げなレイオットの声に気付いているのかいないのか——ネリンはいつもの通りの口調である。どうやら一睡《いっすい》もせずにそのまま出勤《しゅっきん》しているらしい。見上げた根性《こんじょう》であった。

『一応《いちおう》——念の為に電話掛けてみたんですけど。今日の事。忘《わす》れてませんよね？』

「…………」

レイオットは黙《だま》り込んだ。

天井《てんじょう》を振り仰《あお》いで黙考《もっこう》する事……およそ十秒。

ずり落ち掛けたサングラスのフレーム越《ご》しに視線《しせん》を送ったその先、壁《かべ》と天井の境目《さかいめ》を小さなヤモリが一匹這《ぴきは》っているのを見つけた処《ところ》で——電話の向こうのネリンが大きく溜め息をつくのが聞こえた。

『忘れてませんよね？』

念を押す口調でネリンがそう尋《たず》ねてくる。

レイオットは更《さら》に数秒考えてから——言った。

「あんたの誕生日《たんじょうび》は来月だったよな？」

『覚えててくださって嬉《うれ》しいです』

「となると……ジャックの誕生日か？」

『違《ちが》います』

ネリンの口調に苛立《いらだ》ちが滲《にじ》む。

『先に言っておきますけど、モデラート警視《けいし》の誕生日とかフィリシスの誕生日とかエリック君やフレッド君の誕生日でもないですからね』

「じゃあ誰《だれ》の誕生日なんだ？」

『誕生日から離《はな》れてください』

「…………」

レイオットはしばらく考えて――

「今日何かあったか？」

とカペルテータの方を振り返って尋ねる。

だがレイオットの助手を務《つと》める少女は、ただ紅い眼《あかめ》を二度程《ほど》瞬《しばたた》かせて言った。

「特に何も聞いていませんが」

「…………」

レイオットは困惑《こんわく》の表情《ひょうじょう》を浮《う》かべてから――言った。

「すまん。ヒントをくれ」

『やっぱり忘れてた――今日は、出頭の日ですよ』

殊更《ことさら》に長い溜め息が受話器の向こうから聞こえてきた。

「出頭——……あー……ああ」

ようやくレイオットの脳裏《のうり》で今日の日付とネリンの電話の意味が噛《か》み合った。

半月程前にネリンから電話が来て『魔法管理局への出頭』を命じられたのだ。電話口でのやり取りだったのでカペルテータはその内容《ないよう》を直接《ちょくせつ》聞いてはいないし、レイオットもそのまま忘れてしまって伝えていない。そもそも知らないのだ。記憶《きおく》力に優《すぐ》れた彼女が覚えていないのも当然であった。

「出頭命令——か」

『思い出して貰《もら》えて幸いです』

魔法士《ソーサリスト》という職業《しょくぎょう》は基本《きほん》的に自由業だ。

しかし……だからといって全く何の拘束《こうそく》もされず義務《ぎむ》も負わないという訳《わけ》ではない。その魔法の力は社会的に大きな影響《えいきょう》を与《あた》える事が可能《かのう》である事から、魔法士達は、基本的に魔法監督官の指示《しじ》には従《したが》わねばならないし、魔法管理局から正式な命令が下されればそれにも従う義務も負う。これは魔法士法第七条《じょう》や都市内魔法行使条例第四条但書《ただしがき》にも明記されている。

特に今回の様に出頭命令が下されれば正当事由——例えば病床《びょうしょう》に伏《ふ》しているとか出頭期《き》限《げん》までに物理的にトリスタン市に戻《もど》る事が出来ないとか、あるいは戦術魔法士《タクテイカル・ソーサリスト》ならば指定時間にケースSAの現場《げんば》に出ているとか――でもない限《かぎ》りこれを拒《こば》む事は出来ない。

だが――

「……シモンズ監督官」

顔をしかめてレイオットは言った。

『はい？』

「あんたの記憶力に関しては俺《おれ》としても敬意《けいい》を払《はら》っているつもりだが」

『なんですか一体』

「あんたな。俺が無資格《むしかく》の戦術魔法士《タクティカル・ソーサリスト》だって忘《わす》れてないか、最近？」

『忘れてませんよ』

何を今更《いまさら》――といった口調でネリンが言ってくる。

「俺には魔法《まほう》管理局に従う義務は無いんだが」

レイオットの記憶力に問題があるのはいつもの事だが――この件《けん》に限って言えば彼が忘れていた理由はそれだけではない。自分には関係ないと思ったからこそ彼は覚えようとも思わなかったのだ。カペルテータに伝えていなかったのもそれが理由である。

『……それはそうですけど……でも』

「大体何なんだ――出頭命令って。今までそんなもの無かっただろうに？」

今回の出頭命令は単なる口頭の呼《よ》び出《だ》しではない。レイオット個人《こじん》にではなく——トリスタン市の支局《しきよく》に登録されている全魔法士《ソーサリスト》に対して発せられたものだ。更に言えば魔法士個人のみならず業務遂行《すいこう》上の補助者《ほじょ》——つまりはその助手も含《ふく》めてのものである。

確《たし》かに前述《ぜんじゅつ》の通り魔法管理局は、正当な手続きさえ踏《ふ》めば魔法士達に対して一定の義務を課したり命令を下したりする事が出来る。これは文字通り魔法を管理する為《ため》の役所としては当然に備《そな》わる権能《けんのう》である。

だがレイオットの知る限り、魔法管理局が魔法士達を一斉《いっせい》に呼び出すなどという事は今まで無かった。基本《きほん》的に魔法士達は別々の存在で——個々の担当《たんとう》監督官が彼等《かれら》を管理している。それで殆《ほとん》どの場合に事足りたし、それで出来ない事が、揃《そろ》って呼び出す事で可能になるとも思えないからだ。

だが——

『……出頭後に説明される事だと思いますけど』

短い逡巡《しゅんじゅん》の沈黙《ちんもく》を置いてから——ネリンが言った。

『ケースSAの発生件数《けんすう》の増加《ぞうか》が、もう細かな采配《さいはい》だけじゃ対処《たいしょ》しきれない位になってるんですよ』

「それはまあ——分かるが」

『だから試験的な時限立法ではありますが、トリスタン市内に限っては、特例法が施行《しこう》されます。魔法関連の法律《ほうりつ》が若干《じゃっかん》変わるんです。具体的には強制《きょうせい》待機期間の短縮《たんしゅく》と呪文《じゅもん》書式板や各種魔法関連機材の購入《こうにゅう》資格の緩和《かんわ》を柱にして――』

「ちょっと待て」

レイオットは思わずネリンの台詞《せりふ》に割《わ》って入った。

「購入資格の緩和？」

『そうです。勿論《もちろん》――魔法士《ソーサリスト》でもない人にモールドやスタッフを売っても良いという話ではなくて。医療系《いりようけい》、産業系の魔法士の人達が、攻撃《こうげき》用、あるいは防御《ぼうぎょ》用の呪文書式板を購入したり……あるいは職業系統《けいとう》の違《ちが》うモールドを購入したりするのを許可《きょか》するという意味です』

「……それはつまり」

レイオットは呻《うめ》く様に言った。

「医療系や産業系の魔法士にも戦わせようって話か？」

確《たし》かに呪文書式板の規格《きかく》や、スタッフを接続《せつぞく》する際《さい》のプラグの規格が合えば、医療用モールドだろうが工業用モールドだろうが攻撃魔法は使える。

しかしそもそも運動性や機動性を半ば無視《むし》する形で作られたそれらのモールドで戦闘《せんとう》に

出るのは、完全に自殺行為《こうい》だ。

『……将来《しょうらい》的にはそうなるかと。無論、正規の戦術魔法士《タクティカル・ソーサリスト》が足りない場合の準《じゅん》戦闘要員扱《あつか》いですが……何にしても現状《げんじょう》では圧倒《あっとう》的に戦術魔法士の数が足りないんですよ。それはスタインバーグさんも実感しているでしょう？』

「それはそうだが——産業モールドや医療モールドには据《す》え付け型のもあるぞ」

『場合によっては特別予算で〈アセンブラ〉の購入及《およ》び貸与《たいよ》も考えています』

「……そいつは豪気《ごうき》だな」

　とレイオット。

〈アセンブラ〉シリーズ。

　これは新進気鋭《きえい》の女性モールド・エンジニアであるエヴァ・イーミュンがルイーゼ・ローランドの工房《こうぼう》から発表した新型のモールド・システムである。ユニット化され交換《こうかん》可能な各部部品と、設計《せっけい》段階から大きくとられた調整マージンによる幅《はば》広い適応《てきおう》性——そしてそこから導《みちび》き出される低価格《ていかかく》が売りだ。

　同一規格で大量生産し部品交換と調整によって多くの魔法士に売る——その結果としてモールドの単価を下げ、魔法士になる際の障害《しょうがい》の一つである初期投資《とうし》金額《きんがく》の引き下げ、最終的には魔法士人口の増加そのものを狙《ねら》った戦略《せんりゃく》商品である。

実はレイオットも以前、エヴァ本人に依頼《いらい》され、試験使用者《モニター》として何度かこの〈アセンブラ〉を使用しているのだが……価格が下がったからといって質《しつ》が下がったという印象は無かった。むしろ設計の旧《ふる》い〈スフォルテンド〉よりも高性能な部分も散見された位だ。

だがいくら安くなったとはいっても――モールドはモールドである。

それまでのモールドと比較《ひかく》すれば値段《ねだん》が下がったというだけで、まとまった数を買うとなれば、決して安い買い物ではない。十体分購入するだけでも魔法《まほう》管理局は今年の予算案を大幅に見直さねばならない筈《はず》だ。

『とりあえず試験的に五体分の予算が通っています。あと――ローランド工房とは試用報告書《レポート》と引き替えに二体分を無償貸与《むしょう》してくれる話がついていますが』

「……なるほど」

どうも随分《ずいぶん》前からこの案は検討《けんとう》されていたらしい。

〈アセンブラ〉が開発された結果として一気に具体化したのか――あるいはエヴァがこの案の存在《そんざい》を知った上で〈アセンブラ〉を企画《きかく》したのか。どちらにせよ実質的な『公式機関の採用《さいよう》』はローランド工房にとっては良い宣伝《せんでん》と実績《じっせき》になる筈だ。

「とはいえ――」

正気の沙汰《さた》ではない――それがレイオットの正直な感想だった。

確かに戦術魔法士《タクテイカル・ソーサリスト》の数が足りないという現状は実感として分かる。何しろ正規の戦術魔法士で事足りていればそもそも出番が無い筈のレイオットが、モールドを着たまま次の現場に向かう様な——無茶な連戦を強《し》いられたりする程なのだ。正規の戦術魔法士達はとっくの昔に手一杯《ていっぱい》になっているだろう。

現状打破《だは》の期待を込めて設立されたSSSが実戦稼働《かどう》を始めても状況《じょうきょう》はさして変わらなかった。恐《おそ》らく根本的に対策《たいさく》が事件《じけん》の増加率《ぞうかりつ》に追いついていないのだ。

〈シェル〉。そして〈黒本〉。これらの存在が魔族《メレヴェレント》事件の発生形態そのものを変えつつあるのだ。かつては職業《しょくぎょう》的な魔法士が事故《じこ》で魔族化するという場合が殆《ほとん》どであったのに——現在は一般《いっぱん》人ですら魔族化する場合が増《ふ》えてきた。いや——恐らく一般人の魔族化数は既に職業魔法士のそれを上回っている。

しかし。

だからといってそれに対処する為《ため》に専門《せんもん》職でもない魔法士を戦闘に投入する事が事態を打開するとは到底《とうてい》思えないのだ。確かに頭数は揃《そろ》うだろうし、〈アセンブラ〉と各種戦闘用魔法書式を揃えれば体裁《ていさい》は整うかもしれないが——それだけで医者や工員が兵士として役立つ様になる筈が無い。レイオットとて医療用呪文書式を与《あた》えられても——比《ひ》較《かく》的簡単《かんたん》な止血や組織癒着《そしきゆちゃく》の魔法ならばともかく——複雑《ふくざつ》な治療行為をこなす自信は無い。

戦闘《せんとう》訓練も受けていない人間に銃《じゆう》を渡《わた》しても即座《そくざ》に兵士になれる訳《わけ》ではないのだ。銃の扱いも分からず戸惑《とまど》っている内に戦死するか——さもなくば銃を暴発《ぼうはつ》させて自分の頭を吹《ふ》っ飛ばすのがオチだ。銃ならばそれで済《す》むが……それが魔法の場合、下手をすれば魔法士《ソーサリスト》が次の魔族《メレヴエレント》となって被害《ひがい》を広げる可能《かのう》性すらある。

「正直言って——無意味に魔族事件と死傷者《ししようしや》が増えるだけの様な気がするがね」

『…………』

レイオットの辛辣《しんらつ》な批評《ひひよう》に——ネリンが受話器の向こうで言葉に詰《つ》まるのが分かった。恐らくは彼女としても今回の方策を全面肯定《こうてい》している訳ではないのだ。だが彼女としては魔法管理局の決定そのものに逆《さか》らう事は出来ない。宮仕えの辛《つら》い処《ところ》ではあろう。

『……スタインバーグさんの言いたい事は分かりますけど。その為にも魔法士同士の連携《れんけい》というか……戦術魔法士《タクテイカル・ソーサリスト》による戦闘の講習会《こうしゆうかい》とか……そういうのも企画されていて、その為の顔合わせという意味合いも、今回の出頭命令には含《ふく》まれているんですよ』

「何にしても……泥縄《どろなわ》だな」

『分かってます』

拗《す》ねた様な声でネリンが言った。

『とにかくそういう決定なんです。出頭してください。御願いします。これも忘《わす》れておられるかもしれませんから念の為にもう一度お伝えしますが——出頭場所はトリスタン支局《しきょく》二階の第一会議室です。時間は二時』

「…………」

レイオットは顔をしかめたまま黙《だま》り込《こ》む。

昼食を摂《と》った上で二時に間に合わせる為には、もう出掛けないとまずい時刻《じこく》だが……どうにも気が進まない。

元々レイオットは役所の類が苦手なのだが——これに加えて同業者の集まる場所となると苦手意識《いしき》が倍加するのである。

レイオットは無資格《むしかく》の魔法士だ。

無資格の魔法士といえば、本来は正規《せいき》の魔法士に比《くら》べると日陰《ひかげ》者の存在であり、こそこそと人目を憚《はばか》りながら、正規の魔法士への依頼《いらい》からこぼれたゴミ拾いの様な半端《はんぱ》仕事や汚《よご》れ仕事をしているのが世間の相場なのである。

ところがレイオットはその立場に反してやたらと名前が売れている。

無資格でありながらも、その実力故《ゆえ》に特例処置として正規の魔法士に準《じゅん》じる扱《あつか》いを受けている事。CSAの少女を助手として使っている事。更《さら》には超《ちょう》有名戦術魔法士である処のフィリシス・ムーグと同棲《どうせい》していたという事。等々……幾《いく》つかの要因《よういん》が絡《から》まり、本人の思《おも》惑《わく》とは全く関係ない処でレイオット・スタインバーグの名が勝手に広まっているのだ。

迷惑《めいわく》な話である。

世の中には他人がただ有名になるというだけで、それをやっかむ者や反感を覚える人間が居る。それもかなりの数でだ。そして当然ながら正規の魔法士達《ソーサリスト》の中にもレイオットの名の売れ方を快《こころよ》く思わない者も多い。

その結果として……魔法士達が集まる場所に行くと、有形無形の各種嫌《いや》がらせをレイオットは受ける事になる。

特に産業系《けい》や医療《いりよう》系魔法士が集まる場が酷《ひど》い。

完全に実力主義《しゆぎ》の世界に生きている戦術魔法士《タクテイカル・ソーサリスト》達は意外とレイオットに好意的な者も少なくない。だが、そもそも他の分野の魔法士達は、戦術魔法士を『暴《あば》れ者』『破落戸《ごろつき》』として格下に見る傾向《けいこう》がありーーその中でも更に外れ者であるレイオットは『魔法士の面《つら》汚《よご》し』として尚更《なおさら》に風当たりがきついのである。

今更ちょっとやそっとの嫌がらせを気に病む様なレイオットでもないのだが、わざわざ自分を嫌《きら》っている連中が集まる場所に顔を出す程《ほど》、彼もお目出度《めでた》い思考形態《けいたい》をしている訳ではない。ましてそうした連中の侮蔑《ぶべつ》や罵倒《ばとう》はレイオットのみならずカペルテータや、場合によってはフィリシスやネリンにまで飛び火する。

その事を考えれば今回の出頭にはとても積極的になれないのだ。

だが――

『スタインバーグさん？』

「いや、俺は――」

やはり断《ことわ》ろうと適当な言葉を脳裏《のうり》で検索《けんさく》しているレイオットに――一瞬《いっしゅん》、沈黙《ちんもく》してからやや口調を変えてネリンが言った。

『来てくれないとフィリシスに言いつけますよ？』

「…………おい」

呻《うめ》く様にレイオットは言った。

少し前からこのネリン・シモンズ監督官《かんとく》と戦術魔法士のフィリシス・ムーグが友達付き合いをしているのは知っていたが――どうもその結果としてネリンが妙《みょう》に強気に出る事が増《ふ》えた気がする。

元々レイオットとフィリシスは同棲《どうせい》していた事がある。

実質的《じっしつ》にはフィリシスの家に彼が単に居候《いそうろう》していただけの事だ。だがレイオットが彼女と男女の関係を持っていた事は事実だし、レイオットが戦術魔法士として駆《か》け出しの頃《ころ》の事を彼女は色々と知っている――他人に知られるとレイオットですら『若気《わかげ》の至《いた》り』として羞恥心《しゅうち》を覚えざるを得ない様な諸々《もろもろ》の事を。

そしてフィリシスはどういう訳かネリンがレイオットを『管理』しようとするのを歓迎《かんげい》していた
している様な節がある。時折、ネリンが知る筈《はず》の無い様なレイオットの昔話を知っていたりするのも、恐らくフィリシスが教えたのであろう。

お陰《かげ》で余計《よけい》な知識《ちしき》を山程仕入れたネリンは、会う度《たび》に手強《てごわ》くなっている感があった。

「最近あんた、手段《しゅだん》を選ばなくなってきたな」

『ええ。担当《たんとう》の魔法士《ソーサリスト》に一筋縄《ひとすじなわ》ではいかない人が居《い》ますから』

「…………」

レイオットは天を仰《あお》ぎ——そして言った。

「分かった。行くよ」

『なるべく早く御願いします。時間があれば昨日の調書も作りたいですし』

「……分かったよ」

長々と溜《た》め息をつきながらレイオットは受話器を降《お》ろした。

ふと気付いて傍《かたわ》らを見ると——やはりカペルテータが彼の方をじっと見つめている。

「魔法《まほう》管理局に出頭しろとさ。まあジャックの処《ところ》はその後に寄《よ》ればいいだろ」

「はい」

特に何の感想も示《しめ》さずCSAの少女は頷《うなず》いた。

●　●　●

エリック・サリヴァンがその噂《うわさ》を聞いたのは学校の食堂で昼食を摂《と》っていた時だった。

殊更《ことさら》に聞き耳を立てていた訳ではない。

ただ参考書を眺《なが》めながらピザ・トーストを齧《かじ》っていると、すぐ後ろのテーブルについていた女生徒達の会話内容《ないよう》が耳に入ってきただけの事である。

基本《きほん》的にエリックは噂話の類には興味《きょうみ》が無い。他人の会話を盗《ぬす》み聞きする事に喜びを覚える性質《タチ》でもない。そもそも——彼はごく一部の例外を除《のぞ》いて同世代の他人にはあまり興味が無いのだ。だから最初は特に意識を集中するでもなく、周囲に溢《あふ》れる雑音《ざつおん》の一つとして聞き流していた。

だが……

「——魔族《メレヴエレント》の——」

「——三組のボーズンさんのお父さんが——」

「——〈黒本〉が見つかってないから——」

「——〈黒騎士《きし》〉だって——」

「――まるで馬に乗った騎士みたいに――」

「――警察《けいさつ》が必死で隠《かく》して――」

断片《だんぺん》的にではあるが聞き捨《す》てならない単語が幾《いく》つか鼓膜《こまく》に引っかかった為、彼は何気ない振《ふ》りをしながら少女達の会話に耳を傾《かたむ》けた。

エリック・サリヴァン。

彼は何かと魔族《メレヴエレント》事件に縁《えん》がある。

最初に医療《いりょう》魔法士であった父親が魔族化した事から彼の人生は大きく変わり、彼の価値《かち》観その他諸々の変質《へんしつ》を余儀《よぎ》なくされた。またその後に出会ったとある上級生の少女が魔族化してしまった事件も、彼の人格《じんかく》に大きな影《かげ》を落としている。

客観的に見れば彼は魔族事件によって人生を大きく歪《ゆが》められた被害《ひがい》者である。

だが……エリック自身はその事について是非《ぜひ》を今更考えるつもりは無い。

そういう巡《めぐ》り合わせだった事については誰《だれ》の責任《せきにん》でもないし――その事を嘆《なげ》いたり悔《く》いてももうどうしようもない。事件のお陰《かげ》で自分も随分《ずいぶん》、考え方や性格《せいかく》が変わったとは思うが、それが良い方にか悪い方にかは、彼自身が判断《はんだん》する事ではなかろう。

ただ、彼は思い知っただけだ。

世の中には美しい理想も醜《みにく》い現実《げんじつ》も同じ数だけ存在《そんざい》していて……しかも大抵《たいてい》の場合にそ

れらは表裏《ひょうり》一体なのだという事を。

だから彼は同じ年頃《としごろ》の少年少女に比《ひ》すれば考え方が何かとひどく大人びている。醒《さ》めていると言っても良いだろう。中途半端《ちゅうとはんぱ》な理想論《ろん》に酔《よ》ったりしない代わりに、他の学生達とは必要以上に馴《な》れ合わず、何処《どこ》か一歩距離《きょり》を置いて同級生達を見ている様な処がある。

教師《きょうし》連中から見ればひどく可愛《かわい》げのない生徒に見えるらしいが、その事もエリックにとっては興味の範疇《はんちゅう》外だ。基本的な教科全般《ぜんぱん》にわたって良い成績《せいせき》さえ維持《いじ》していれば殆《ほと》んどの教師は黙《だま》らせる事が出来る。

そんなエリックでも……やはり魔族事件の話となれば興味を抱《いだ》かずにはおれない。

それは大抵の場合に悲愴《ひそう》で悲惨《ひさん》でどうしようもないものではあるのだが。

「…………」

必要以上に時間をかけて珈琲《コーヒー》を飲み、ピザ・トーストをちまちまと囓りながら聞いた少女達の話は――エリックの想像を超《こ》えてかなり突飛《とっぴ》な内容であった。

夜な夜な街を徘徊《はいかい》する〈黒騎士〉の話である。

それが何者なのかは分からない。そもそも人間であるかどうかも分からない。魔族だという説まであるという。

その姿《すがた》は異形《いぎょう》。

だが馬に乗った鎧騎士《よろいきし》の様な姿にも見える為、そして大抵が夜の闇《やみ》に紛《まぎ》れて現《あらわ》れる為《ため》に、いつの間にか——何の捻《ひね》りも無いままに——〈黒騎士〉という渾名《あだな》がつく様になったらしかった。

まあそこまではいい。

それこそ七年に一度現れる殺人鬼《さつじんき》だとか、下水道を徘徊する白いワニだとか、子供《こども》をさらっていく曲技団《サーカス》だとかそういう無責任《むせきにん》な都市伝説の類と大差ない。それだけならばエリックも苦笑《くしょう》して聞き流していただろう。

問題は——

『〈黒騎士〉に呪《のろ》われた者は魔族《メレヴェレント》になる』

という一点だった。

これとて普通《ふつう》に聞けば一笑に付してしまう様な馬鹿《ばか》げた話ではあった。だが幾つかの現実と合致《がっち》しているとなると話は少々変わってくる。

そもそもこの〈黒騎士〉と呼ばれる存在は、ここ数か月の間に出現したらしい。

それと相前後して『魔法《まほう》を唱えていないのに魔族になる』という事件が頻発《ひんぱつ》しているのだと少女達は主張《しゅちょう》していた。そしてその原因《げんいん》が〈黒騎士〉なのだと。

その証拠《しょうこ》として少女達は、警察の対魔族特殊狙《そ》撃《げき》隊ＳＳＳや魔法管理局の魔法監督官《かんとくかん》が、真夜中に、しかも頻繁《ひんぱん》に出動しているという事を挙げていた。無論それらは情報源《ソース》の曖昧《あいまい》な聞き伝えでしかないのだが――

「きっと新聞報道《ほうどう》とかに圧力《あつりょく》が掛《か》かってるのよ」

と少女の一人は得意げな口調で言い、他の少女達も感心したり怖《こわ》がったりと概《おお》ね同意の反応《はんのう》を示《しめ》している。そんな彼女《かのじょ》等の会話を背中《せなか》で聞きながらエリックは思った。

(圧力はともかく……SSSや魔法監督官の方は、調べれば分かる事だしな……)

無論、それが事実であったとしても即座《そくざ》に〈黒騎士〉の存在の肯定《こうてい》には繋《つな》がらない。

ただ――

「ほら、中学《ジュニアハイスクール》の時に、ディアリ・オーツって子いたでしょ？」

「ああ……いたいた。あの、なんかお父さんがレストラン経営《けいえい》してたっていう」

「あの子のお父さんのレストラン、潰《つぶ》れてお父さん自殺したらしいんだけどさ」

「へえ……」

決して明るい内容では無い筈なのに――少女達の口調に悲愴感は無い。むしろ駅前に新しいケーキショップが出来たとか、その程度《ていど》の話題の様にさえ聞こえる。不幸という概念《がいねん》を単語の上だけでしか知らないのだろう。

「それで生活苦しくなってさ？　あの子、売春とかしてたらしいよ？」

「そうなんだ」

何故《なぜ》か押《お》し殺した笑い声が漏《も》れる。

それを不快《ふかい》に思いつつもエリックは更に少女達の会話を聴《き》いていた。

「でね——この間さ、あの子ね、『仕事』中に〈黒騎士〉見たんだって」

「うそ？　本当に？〈黒騎士〉を？」

「見たみたいよ。でも何だか頭がおかしくなって病院に入ってるってさ。譫言《うわごと》みたいに『〈黒騎士〉が来る』とか『魔族《メレヴエレント》になる』とか言ってるみたい。ディアリの友達やってる子から聞いたんだけどさ？」

「へえ……可哀想《かわいそう》にねえ」

そう言いつつ少女達は笑っている。

他者の不幸を娯楽《ごらく》程度にしか認識《にんしき》しない少女達のその感性《かんせい》に、エリックは不快感を通り越《こ》して吐《は》き気すら覚えたが、盗み聞きしている立場で文句《もんく》を言える筋合《すじあ》いでもあるまい。

そこへ——

「——お。エリック」

声を掛《か》けられて顔を上げると——そこには一人の少年が立っていた。

フレッド・クラプトン。

エリックの同級生であり、恐らく、もしエリックに『親友』というものが居るとするならば、その第一候補《こうほ》に挙がるべき少年だった。少なくとも一緒《いっしょ》に居る時間は長いし、他《ほか》の知り合いには話さない様な事まで話す間柄《あいだがら》ではある。

「何処《どこ》に行ったのかと思ったぞ」

大盛《おおも》りのピラフとサラダボウルを載《の》せたトレイをエリックと同じテーブルに置きながら、フレッドは少し恨《うら》めしげな口調で言った。

「待っててくれてもいいだろ？」

「お前の用事に付き合っていたら昼休みが終わる」

エリックは言った。

「大体、お前は余計な事に首を突《つ》っ込《こ》み過《す》ぎなんだよ――〈正義の味方《ホワイト・ハット》〉」

「そうかなあ？」

本気で首を傾《かし》げる友人を前に……エリックは苦笑を浮《う》かべて見せるべきか、溜《た》め息をついて見せるべきかで数秒悩《なや》んだ。

フレッドが昼食を摂《と》るのが遅《おく》れていたのは職員室《しょくいんしつ》に呼《よ》び出《だ》しを喰《く》らっていたからだ。同級生と喧嘩《けんか》して相手を一方的にのしてしまったかららしい。

元々このフレッド・クラプトンという少年は人懐《なつ》っこく穏《おだ》やかな性格《せいかく》をしている。

だが同時に妙に正義感が強い処《ところ》もあって、エリックに言わせればやたらと余計な事に首を突っ込みたがる悪癖《あくへき》があった。端的《たんてき》に言えばお節介《せっかい》なのだ。そしてその結果として話がこじれた挙げ句《く》に殴《なぐ》り合いの喧嘩になる事がよくあった。

今日も確《たし》か……上級生の男女が別れるの別れないのと喧嘩になっている処に割《わ》って入ったのが発端《ほったん》だった筈《はず》である。女生徒を庇《かば》って男子生徒に殴られてしまい、反射《はんしゃ》的にフレッドからも手が出て、後はいつもの殴り合いに雪崩《なだ》れ込んだらしい。

これだけならばとりあえず『殴られそうになっていた女の子を庇った』という一種の美談なのだが……フレッドの問題はきちんと前後の状況《じょうきょう》を確認《かくにん》しない事である。彼は咄嗟《とっさ》に女の子を庇った様だが、よく聞けばどうもこの上級生男女の喧嘩、元々の原因《げんいん》は女生徒の方が別の男子生徒と肉体関係を以前から持っていた——つまりは二股《また》という奴《やつ》だ——事がばれたからであるらしい。だからといって暴力《ぼうりょく》をふるっても良いというものではないのだが、少なくとも一方的に男子生徒の横暴《おうぼう》という訳《わけ》でもなかった様だった。

まあとにかく。

そういった訳で原因はさておき、上級生と大喧嘩の末に相手をぶちのめしてしまったフレッドは職員室に呼び出されて散々叱《しか》られていたのである。

ちなみにこのフレッド——愛嬌《あいきょう》のある見た目に反して喧嘩の類は滅法《めっぽう》強い。

子供《こども》の頃《ころ》の作文で『将来《しょうらい》の夢は正義の味方です』と書いたという少年は、最近とある事件《けん》で幼少《ようしょう》の頃の決意を思い出し——その実現の為の必須技能《ひっすぎのう》の一つとして元軍人の開く修《ジ》練所《ム》で軍隊式の実戦格闘技《かくとうぎ》を習っていたりする。

未《ま》だ習い始めて半年程《ほど》なのだが元々才能《さいのう》があったのか、彼は着々と格闘技の実力を付けている様で——以前、何かの理由で彼を目障《めざわ》りに思った同級生三人が、彼をぶちのめすべく校舎裏《こうしゃうら》に呼び出した際《さい》、数分後にはその三人の方がぼろぼろになって保健室《ほけんしつ》に担《かつ》ぎ込まれた一件は、校内でも有名である。

普段は木訥《ぼくとつ》な印象が強いのでついつい彼の事を馬鹿《ばか》にする者も多いし、実際に少々馬鹿にされた位ならこの少年は笑って見逃《みのが》すが……土壇場《どたんば》では別人の様な冷静さと剛胆《ごうたん》さを見せるのだという事をエリックは知っている。

それはさておき——

「…………」

「…………」

女生徒達が目配せをして口をつぐむとテーブルから立ち上がった。

まあ物静かな——それだけに黙《だま》っていると存在感の薄《うす》いエリックだけならともかく、フレッドの様な何かと目立つ人間が側《そば》に居《い》る状態《じょうたい》でする話でもなかろう。ましてこのお節介な『正義の味方』はかつての同級生の不幸を笑う様な女生徒達に、大真面目《まじめ》で『そういうのは良くないと思うぞ』などと苦言を呈《てい》しかねない。

立ち上がって食器を洗《あら》い場へ運んでいく少女達の姿《すがた》をちらりと横目で見送りながら、エリックはふと気付いた様子で言った。

「それはそうとフレッド」

「うん？　何だ〈皮肉屋《クイツプスター》〉」

「……誰が皮肉屋か。〈黒騎士《くろきし》〉って噂《うわさ》話知ってるか？」

「〈黒騎士〉？　あー……ああ。なんかあるなあ、そういうの」

とフレッドは頷《うなず》く。

「〈黒騎士〉に呪《のろ》われると魔族《メレヴエレント》になるって奴ね？」

「そう。それって結構《けっこう》広がってるのか？」

「どうだろうなあ……聞いたのは俺《おれ》も最近なんだけど」

首を傾げて言うフレッド。

「〈黒騎士〉に呪われて魔族化——か」

「実際そんな事可能《かのう》なものかな？」

「さあな。そもそも『呪う』ってのがどんな行為《こうい》なのかも分からないし」

「ふむ……」

フレッドは腕《うで》を組んで首を傾げる。

「まあ〈黒騎士〉そのものはいつもの都市伝説の類なんだろうけどな——」

「けど？」

「どうもなあ。夜中に警察《けいさつ》のＳＳＳが出動したり、魔法監督官《まほうかんとくかん》が出動したりする数が増えてるのは事実らしいよ。うちに来た客が言ってた」

「…………」

フレッドは夜に撞球場《ビリヤードじょう》でアルバイトをしている。

そして彼の勤《つと》める店には警察関係者の常連《じょうれん》も多い。この為《ため》かフレッドはその生真面目そうな性格や行動とは裏腹《うらはら》に、色々と街の犯罪事情《はんざいじじょう》だの裏社会の動向だのには詳《くわ》しかったりもする。報道管制《ほうどうかんせい》だの何だのが敷《し》かれていても、現場の人間の口から情報がダダ漏《も》れ——というのは実はよくある話である。

ちなみにアルバイト——特に夜のそれは校則《こうそく》では禁止《きんし》されているので、フレッドが撞球場で働いている事を知っているのは、エリックとその他、フレッドとごく親しい人間数人だけであるが。

「まあ単に〈黒本〉を夜中に見る奴が増えてるだけかもしれないけどね。でも〈黒本〉が何処《どこ》を捜《さが》しても見つからない場合が妙《みょう》に増えているっていうか——何だかそういうのとはあまり縁《えん》の無さそうな人が魔族《メレヴエレント》化している件が増えてるんだとさ」

「…………」

すると先程《さきほど》の少女達の噂話もまんざら全《すべ》て出鱈目《でたらめ》という訳ではないらしい。

「魔法と関係ない人間がある日突然《とつぜん》——」

魔族化する。

それはつまり——

「まずいな」

「うん？　だったら俺にくれよ」

「ピザ・トーストの話じゃなくて」

手を伸《の》ばしてくるフレッドにそう言ってエリックは珈琲《コーヒー》を飲んだ。

「ただの都市伝説で済《す》めばいいけど——最悪人死にが出る」

「…………」

怪訝《けげん》そうに見つめてくるフレッドに駄目を押す様にしてエリックは言った。

「それも一人や二人じゃない規模《きぼ》で」

●　●　●

労務省《ろうむしょう》魔法管理局――トリスタン支局《しきょく》。

　トリスタン市の行政《ぎょうせい》区画の端《はし》にその建物は在《あ》る。

　魔法管理局という名前だけを聞くと何か仰々《ぎょうぎょう》しい建物を想像《そうぞう》する者も居《い》る様だが、別にその様な事は無い。結局の処《ところ》、魔法管理局も労務省管轄《かんかつ》下の一部門でしかなく、要するに公務員達の詰《つ》める役所の一種に過《す》ぎない。

　とはいえ――様々な思惑《おもわく》の絡《から》み合った先にこの魔法管理局は存在《そんざい》する。

　医療《いりょう》魔法士や工業魔法士の存在は、労務省のみならず厚生《こうせい》省、通産省も無視《むし》してはいられない。戦術魔法士《タクティカル・ソーサリスト》は警察関連や公安関係が興味《きょうみ》を示《しめ》す事が多いし――軍も魔法士部隊の再編制《さいへんせい》を諦《あきら》めていないという噂がある。

　実を言えば、そうした様々な各種官公庁《ちょう》の圧力《あつりょく》の下に魔法管理局は在る。

　建前上は独立《どくりつ》した権能《けんのう》を持つ組織《そしき》ではあるのだが、職務遂行《しょくむすいこう》をする上で避《さ》け難《がた》い『付き合い』がある以上、しがらみとは無縁でいられない。それが組織――特に役所というものである。

　故《ゆえ》に……この魔法管理局の建物にはやたらと各省庁からの出向組が居る。

実を言えばトリスタン支局の建物の中で、部屋の半分がそうした出向組の執務室《オフィス》に使われているのである。最上階である五階とその直下の四階は殆《ほとん》どがそういった出向組官吏《かんり》の部屋で占《し》められており、魔法管理局の局員の執務室が——支局長であるカート・ラベルの部屋でさえ——三階に在るというのは魔法管理局の置かれた現状《げんじょう》をよく象徴《しょうちょう》していた。

ちなみに二階には各種会議室が置かれ、一階はロビー及《およ》び各種受付、地下は食堂と倉庫と駐車場《ちゆうしやじよう》という構成《こうせい》になっている。

「…………さて」

トリスタン支局の二階へと続く階段《かいだん》を前にしてレイオットは傍《かたわ》らを振《ふ》り返る。

言うまでもなくそこに当然の如《ごと》く立って彼を見つめているのはカペルテータである。深めに被《かぶ》ったフードの中から深紅《しんく》の瞳《ひとみ》が淡々《たんたん》とレイオットを見つめている。

「カペルは地下ででも待——」

「…………」

「——ってませんか。そうですか」

レイオットは長々と溜《た》め息をついてから階段を上り始めた。

一段分遅《おく》れてカペルテータがついてくる。レイオットはずり落ちかけていたサングラスを中指で押《お》し上げながら、念を押す様に言った。

「だがついてくるんなら……ちょっと覚悟《かくご》しておいた方がいいぞ」

「はい」

階段を上りながら頷《うなず》くカペルテータ。

「多少の事を言われたりされたりしても黙《だま》ってろ。動くな。喋《しゃべ》るな。相手にすると面倒事《めんどう》が増《ふ》える」

「はい」

階段を上りきると眼《め》の前に第二会議室が在った。

扉《とびら》は開かれたままである。レイオットとカペルテータは入り口近くに座《すわ》っている受付係らしい人物から配付資料《しりょう》を受け取ると、部屋の中に入った。

中は――当然の如く雑然《ざつぜん》としていた。

およそ人数は百名強といった程度か。

やや広めの――休憩《きゅうけい》時間の大学の講義室《こうぎしつ》を想《おも》わせる室内風景である。

部屋の中心部にはずらりと人数分の椅子《いす》が一方向に揃《そろ》えて並《なら》べられているが、現時点ではその半分も埋《う》まってはいない。代わりに壁際《かべぎわ》や窓際《まどぎわ》には、年齢《ねんれい》も服装《ふくそう》も様々な者達が好き勝手な感じにたむろしている。

内訳《うちわけ》としては七割余《わりあま》りが魔法士《ソーサリスト》で残りが助手といった処だろう。戦術魔法士《タクティカル・ソーサリスト》や救命的に組織の中の存在なので個人的《こじん》に助手を雇《やと》っているという場合は少ない。

魔法士といった緊急系《きんきゅうけい》の魔法士《ソーサリスト》は助手を使う事が多いが、医療系《いりょう》や産業系の魔法士は基本《きほん》

「…………」

部屋に入った途端《とたん》に——何十という視線がレイオット達に集中する。

それらの半数は次の瞬間《しゅんかん》には散っていた。

レイオットやカペルテータに視線を返されて露骨《ろこつ》に眼を逸《そ》らす者も居ないではなかったが……大半の者は特に興味《きょうみ》無しといった様子で視線を手元の雑誌《ざっし》に戻《もど》したり、傍《かたわ》らの者と会話を再開《さいかい》したりする。

残り半数はあまり好意的とは言えない表情を浮《う》かべてレイオット達を眺《なが》め続けていた。

『資格《しかく》も持たないモグリの魔法士が何をしにきた』——とでも言いたいのだろう。

それらの多くは医療系と産業系の魔法士達だ。

大抵《たいてい》は一般人《いっぱん》と変わらぬ格好《かっこう》——スーツやそれに類する姿《すがた》であるのでそれと分かる。

彼等《かれら》は魔法士といってもレイオット達の様な緊急系の魔法士と異なり、一般人である顧《こ》客《きゃく》や同僚《どうりょう》を相手に常識《じょうしき》的な人間関係を築《きず》きながら仕事をしている。その意味では普通の勤《つと》め人に過ぎない。当然ながら——彼等の格好や物腰《ものごし》は一般常識の範囲《はんい》内に収《おさ》まる事を要求される。

対して――勤め人の類には到底《とうてい》見えない感じの者達が後ろの壁際にかたまっている。服装《ふくそう》に関しては全くばらばらで統一《とういつ》感が無い。ただし何処か堅気《かたぎ》の人間とは異なる雰囲《ふんい》気《き》を彼等は共通して放散している。お陰《かげ》で前述《ぜんじゅつ》の産業魔法士や医療魔法士は彼等には近付かず、奇妙《きみょう》な空漠《くうばく》が両者の間には横たわっていた。

緊急系の魔法士――救命魔法士と戦術魔法士《タクティカル・ソーサリスト》達だ。

彼等の中にはレイオットもカペルテータもよく見知った娘《むすめ》の姿も在《あ》った。

フィリシス・ムーグ戦術魔法士。

清潔《せいけつ》感の漂《ただよ》う端麗《たんれい》な容姿《ようし》は相変わらずである。シャツにジーンズと学生の様な格好で、艶《つや》やかな金髪《きんぱつ》も少年の様に短く無造作《むぞうさ》にまとめられているが――それでいて並《なみ》の女には足下にも寄《よ》れない様な色艶と気品がそこにはあった。

「――レイ」

彼女はこちらに気付いて軽く手を振《ふ》ってくる。

レイオットは軽く手を振り返してから手近な処に在る椅子に座《すわ》った。フィリシスはフィリシスで側《そば》に居《い》る他の魔法士達の話し相手で忙《いそが》しいのか――それ以上の反応《はんのう》は無い。

カペルテータもレイオットの隣《となり》に座る。

管理局側からの説明が始まるには未《ま》だ数分の時間があるだろう。レイオットは特に理由も無くぼんやりとフィリシスの周りの魔法士達《ソーサリスト》を眺める。自分から彼等の中に混《ま》じろうという気は無かったし——時間潰《つぶ》しの対象として距離を置いて見ればそれなりに彼等は興味深かった。

例えば——

「——だから俺ぁ奴《やつ》に言ってやったのさ」

破鐘《われがね》の様な野太い声で喋《しゃべ》っている大柄《おおがら》な男。

「そんなに娘が大事なら金庫に入れて鍵《かぎ》かけておけってな。鋼鉄《こうてつ》の貞操《ていそう》帯付きでよ？」

男は気の利《き》いた冗談《じょうだん》を言ったつもりらしくて自分で大笑いしていた。

まあ——分かり易《やす》い奴ではある。

「そしたらその親父《おやじ》、散弾銃《さんだんじゆう》持ち出してきやがってな？」

「ふうん。で——どうしたの？」

あまり興味の無さそうな口調でフィリシスが先を促《うなが》す。

「撃《う》たれる前にぶん殴《なぐ》ってやったら大人しくなった」

「……なるほど」

フィリシスの口調には少々うんざりした様な響《ひび》きが混じっているのだが——男の方は気付いていないだろう。更に自分の武勇伝《ぶゆうでん》——だか何だか分からないものを延々《えんえん》と喋り続けている。少し離《はな》れた処《ところ》で産業魔法士や医療魔法士も顔をしかめて不快感《ふかい》を示しているが、これにもやはり気付いている様子は無かった。

レイオットはこの男に見覚えが在った。

ゲイル・タスカム救命魔法士。

まるで後ろ脚《あし》で立ち上がった熊《くま》の様な体軀《たいく》に加えて、獅子《しし》の鬣《たてがみ》を思わせる黒髪《くろかみ》が野獣《やじゅう》めいた印象をその姿に与えている。涼《すず》しげな印象のフィリシスと並んで立っていると余計《よけい》にその荒々《あらあら》しい雰囲気《ふんいき》が強調されていた。着ているものも下はジーンズ、上は素肌《すはだ》の上に革《かわ》のベストという組み合せで――魔法士というより興業格闘家《プロレスラー》と言われた方がすんなり納得《なっとく》がいくだろう。

何かと大雑把《おおざっぱ》で豪快《ごうかい》な性格《せいかく》に加え、女好きで、金遣《づか》いは荒く、言動には品が無いが、根は妙に人が善《よ》い――と見た目通りの人物である。既《すで》に四十に手が届《とど》く年齢《ねんれい》だが、魔法士資《し》格《かく》をとって未《ま》だ二年と、経歴《けいれき》としては殆《ほとん》ど新人だ。元は建築《けんちく》業者だったらしいのだが、何を想ったのか三十半ばを越《こ》えて一念発起、いきなり救命魔法士資格を取ったという変わり者である。

ちなみに……

ケースSAの現場《げんば》では、状況《じょうきょう》によっては戦術魔法士《タクティカル・ソーサリスト》と救命魔法士を同時投入する事もある。魔族《メレヴエレント》の排除《はいじょ》と生存《せいぞん》者の救出を同時進行させる場合だ。

レイオットは直接《ちょくせつ》ゲイルと組んだ事は無いものの、何度か現場でこの大柄な救命魔法士の姿《すがた》を見てはいたし、フィリシスから何度か話は聞いていた。あまり人の顔を覚えるのは得意ではないレイオットだが、ここまで印象が強いと忘《わす》れようが無い。

「大体だなぁ——今時、貞操だの何だの流行《はや》らねぇんだよ。自由恋愛《れんあい》だ自由恋愛！　同じ一生ならこう——色々な相手と寝《ね》たいと想うのが人情《にんじょう》だろ？　男も女もよ？」

「それはどうかしらね」

「……僕《ぼく》は同意しかねるかな」

ゲイルの隣《となり》には——三つ揃《ぞろ》いのスーツを着たやや小柄な青年の姿も在った。

綺麗《きれい》に櫛《くし》の入った金髪、糊《のり》の効いた白いシャツ、見る者の警戒《けいかい》心を解《と》く穏《おだ》やかな微笑《びしょう》と——外見のあちこちから育ちの良さを感じさせる人物で、フィリシスとはまた別の意味で前述《ぜんじゅつ》のゲイルと好対照を成していた。襟元《えりもと》に巻《ま》いたアスコット・タイやスーツの仕立てからも、地味ながらなかなかの洒落《しゃれ》者だと分かる。

こちらもレイオットは顔見知りではある。

トーマス・パラ・ビーチャム戦術魔法士《タクティカル・ソーサリスト》。

やはり何度か大掛《おおが》かりなケースSAの現場で顔を合わせた事がある。

貴族《きぞく》の出である彼は元々狩猟《しゅりょう》を趣味《しゅみ》としていたらしいが——それが行き着く所まで行き着いてしまい『最も刺激《しげき》的な狩《か》りを愉《たの》しむ為《ため》』という理由で魔族《メレヴエレント》を狩る戦術魔法士の職《しょく》を選んだのだという。外見はその出自に相応《ふさわ》しい上品さを備《そな》えているのだが中身はこれまた相当な変人である。

「……おや」

トーマスもレイオットの存在《そんざい》に気付いて軽く会釈《えしゃく》してくる。

「………………」

軽く片手《かたて》を挙げておざなりに挨拶《あいさつ》を返すレイオット。

他《ほか》にもマクシミリアン・マランド、ジェイク・テラ・デュラン、ラルフ・カートパトリック、ダグラス・トニースミス……トリスタン市における戦術魔法士は全員揃《そろ》っている様だった。いずれも名前位はレイオットも知っている。そもそもの数が少ない為、顔を合わせた事は無くとも、二年もこの稼業《かぎょう》を続けていれば嫌《いや》でも名前位は聞く事になる。狭《せま》いと言えば狭い業界であった。

だが——

「おいおい？　何だこりゃ？」

不意に背後《はいご》から声が浴びせ掛けられる。

いかにも無神経《むしんけい》な——配慮《はいりょ》や遠慮といったものが根刮《ねこそ》ぎ欠落しているかの様な声音《こわね》であり口調であった。殊更《ことさら》に周囲を挑発《ちょうはつ》するかの様なその物言いは、恐《おそ》らく高い自尊心《じそんしん》の表《あらわ》れなのだろう。高過《す》ぎて周囲と噛《か》み合わない人間がよくこういう喋《しゃべ》り方をする。

「…………」

レイオットは溜《た》め息をつきながら振り返る。この手のちょっかいを出してくる者の存在を予想しないではなかったが——だからこそ気が乗らなかったのだ——面倒臭《めんどうくさ》いからと無《む》視《し》していると余計に面倒な事になる。

「こんな処にガキ同伴《どうはん》かよ？」

レイオット達の背後に立っていたのは長身痩躯《そうく》の青年だった。

年齢は恐らく二十代。若《わか》いのは分かるのだが——細かい年齢は分からない。あるいは実《じっ》際《さい》には三十歳《さい》に近くて、先にレイオットの中に出来上がった印象が青年の姿を若く見せているだけかもしれなかった。前述の様な喋り方は主に十代の——何かと粋《いき》がりたい盛《さか》りの少年にしばしば見られるものだからだ。

着ているものがまた——印象的ではあった。

ジャケット。スラックス。ベルト。ブーツ。黄色のシャツを除けば全《すべ》て黒の革製品でその長身痩躯を包んでいる。腕《うで》には銀細工の腕輪《バングル》と指輪《リング》を幾《いく》つも塡《は》めており左の耳には髑髏《どくろ》

を象《かたど》ったピアスが揺《ゆ》れていた。挙げ句《く》にその黒い前髪の一部が金色に染《そ》められている。

やたらに派手《はで》というか――はっきり言えば悪趣味である。

他人の格好《かっこう》をとやかく言える様なレイオットではないが、さすがにこの青年の服飾《ふくしょく》に関する感性には疑問《ぎもん》を覚えざるを得ない。一瞬《いっしゅん》、何かの罰《ばつ》でこういう格好をさせられているのかと思った位である。少なくとも好き好んで自分を警戒色に仕立てる人間が此《こ》の世に居《い》るなどとは今の今まで思ってもみなかった。

よく見ればこの青年はそこそこに端整《たんせい》な顔をしているのだが、この格好と見るからに傍《ぼう》若無人《じゃくぶじん》な物腰のせいで、顔立ちに関しては殆ど印象に残らない。

「此処《ここ》は託児所《たくじしょ》じゃねえ――ん？」

青年は怪訝《けげん》そうな表情を浮かべてレイオットの傍らに視線を滑《すべ》らせた。

彼はフードを被《かぶ》ったままのカペルテータを見つめ――

「――ふむ？」

何の断《ことわ》りも無く手を伸《の》ばして無造作《むぞうさ》に彼女のフードを払《はら》った。

遠慮も躊躇《ちゅうちょ》も全く無い。傍若無人も此処まで来るといっそ清々《すがすが》しくはあった。

「…………」

紅《あか》い髪。紅い瞳《ひとみ》。そして紅い球面。

カペルテータの異形《いぎょう》を成す全てが遮蔽物《しゃへい》を失って周囲の視線に晒《さら》される。

「――おい」

レイオットが低く声を上げる。

彼女の立場を考えれば……公衆《こうしゅう》の場で素顔《すがお》を晒されるのは、衣服を全て剝《は》ぎ取られるにも等しい行為《こうい》である。さすがにレイオットだけでなくフィリシスも見咎《みとが》めたのか――彼女は片手を挙げてゲイルらとの会話を遮《さえぎ》り、顔をしかめてこちらを眺めていた。

だが……カペルテータ本人は無表情《むひょうじょう》を維持《いじ》したままだ。

唐突《とうとつ》で不躾極《ぶしつけきわ》まりないその行為にも、白い顔は空虚《くうきょ》をその表面に凝《こご》らせるだけで特に変化を示していない。怒《おこ》るでもなく。悲しむでもなく。ましてや恥《は》じるでもなく。その宝玉《ほうぎょく》の様な紅い瞳は、ただゆっくりと瞬《まばた》きを繰《く》り返しながら眼《め》の前の不作法な青年を見つめていた。

「少し不躾に過ぎるんじゃないか？」

「はぁん？」

青年はまるで臆《おく》する事も無く――それどころかレイオットの存在そのものを無視しているかの様に、自分の顎《あご》に手を当てカペルテータを見つめたままである。

「紅い髪の半魔族《ハーフ・ブルート》を連れてる胡散臭《うさんくさ》い感じの野郎《やろう》――ああ、あんたがレイオット・スタインバーグか」

ここでようやく青年はその視線をレイオットに移《うつ》した。

「…………」

レイオットは改めて真正面からその青年の顔を見る。

見覚えは無い。もし戦術魔法士《タクティカル・ソーサリスト》なのだとしたら例の魔法士誘致政策《ソーサリストゆうちせいさく》の効果としてこのトリスタン市に移住《いじゅう》してきた新入りなのだろう。

「ああ——俺《おれ》か？　俺はヴィクハルト・ヤークトルーフ。あんたの同業者だ」

尋《たず》ねもしないのにそう名乗って青年は右手を差し出してくる。

握手《あくしゅ》には応《おう》じず——ただその妙にごつい手を眺《なが》めながらレイオットは言った。

「戦術魔法士か」

「そうだ」

青年——ヴィクハルトは挑《いど》み掛《か》かる様な眼でレイオットを見つめて言った。

「丁度《ちょうど》資格を取った処に、例の誘致政策で声を掛けられてな。なかなかに素敵《すてき》な場所らしいってんでやってきた訳《わけ》だ」

「そいつは良かったたな」

うんざりとした口調で応じるレイオット。

だがヴィクハルトはむしろ愉《たの》しげに表情を歪《ゆが》めながら――内密《ないみつ》の会話でもしようとするかの様にその長身痩軀《そうく》を折って顔を近付けてきた。

「あちこちで噂《うわさ》になってる――あんたが最強の戦術魔法士《タクティカル・ソーサリスト》だって」

「噂だ。いい大人がそんなもん信用するな」

「真実はどうでもいい」

挑発《ちょうはつ》的な笑顔《えがお》でヴィクハルトは言った。

「何にしてもあんたを追い抜《ぬ》けばハクがつくってもんだよな？」

「…………」

この時点で――レイオットはこのヴィクハルト・ヤークトルーフという戦術魔法士の人となりについてはほぼ把握《はあく》出来た。別にこの手の輩《やから》と会うのは初めてではない。実力主義《しゅぎ》の業界においては、望むと望まぬとに拘《かかわ》らず名が売れればこういう類の人間が絡《から》んでくるものだ。

「俺は戦術魔法士じゃなくて一般《いっぱん》市民なんでね。追い抜いても自慢《じまん》にはならんぞ」

「じゃあなんで此処《ここ》に居る？」

「…………」

それはヴィクハルトの言う通りだ。

レイオットは確《たし》かに法的には魔法士資格《ソーサリストしかく》を持たない一般市民でしかないが、此処に呼ばれている以上、書類の上ではともかく、実際的《じっさい》には魔法管理局が彼を戦術魔法士として認《みと》めているという事になる。

「それとな。実際問題、俺は最強じゃない」

そもそも最強などというものは定義の仕方によって変わる。

単に魔力《まりょく》の大きさなのか。戦績《せんせき》なのか。あるいは模擬《もぎ》戦でもやって決定するのか。

もっとも元々人手不足のこの状態《じょうたい》で、仕事でもないのにわざわざ模擬戦などやる物好きも居《い》ないし、そもそもそんな意味の無い私闘行為《しとうこうい》を魔法管理局が許《ゆる》す筈《はず》も無い。ちなみにレイオットは最近、一度フィリシスと模擬戦をやってはいるが――あれはあくまでモールドの技術《ぎじゅつ》開発に絡む一種の運用試験であって、レイオットにすれば仕事の一環《いっかん》だ。

「単に戦術魔法士としての能力や実績ってんなら、あそこに居る金髪《きんぱつ》のおねーさんが上だ。決闘でも申し込めば大喜びで叩《たた》きのめしてくれると思うから行ってこい」

言ってレイオットはフィリシスの方を親指で指し示した。

だが――

「馬鹿《ばか》な」

ヴィクハルトはせせら笑う様に言った。

「女なんかと戦えるかよ」

「…………」

レイオットはしばらくヴィクハルトの顔を見つめていたが――どうやら洒落《しゃれ》や冗談《じょうだん》で言っている訳ではないらしかった。

「ハハッ――そんなにビビらなくても大丈夫《だいじょうぶ》だぜ。俺はべつにあんたを直接《ちょくせつ》叩きのめそうなんて思ってねえからな。だが俺がこの街に来たからには、あんたに回る様な仕事はもう無くなるだろうよ」

「そうか」

レイオットはある種の疲労感《ひろう》を覚えながら言った。

「じゃあ帰りに転職情報誌《てんしょくじょうほうし》でも買っておくさ」

「ああ。それがいい」

笑いながらヴィクハルトは言い――それで気が済《す》んだのか彼はレイオット達から少し離《はな》れた椅子《いす》にどっかと腰《こし》を下ろした。一連のやり取りの為《ため》に周囲からは呆《あき》れた様な、哀《あわ》れむ様な、幾《いく》つもの視線《しせん》が集中するが、むしろそれが心地《ここち》良いのか――ヴィクハルトは何かを誇《ほこ》るかの様に腕《うで》を組み、口元に満足げな笑《え》みを浮《う》かべている。

「……面白《おもしろ》い奴《やつ》だ」

呟《つぶや》く様に言うレイオット。

傍《かたわ》らのカペルテータは当然の様に無言。今更《いまさら》フードを戻《もど》してもしょうがないと判断《はんだん》したのか、元より周囲の視線など気にならないのか、その紅《あか》い眼《め》や髪《かみ》を好奇《こうき》や嫌悪《けんお》の視線に晒《さら》しながら、やはり平然とした様子で座《すわ》っている。

しかし……

(……ん?)

ふと違和《いわ》感がレイオットの意識《いしき》をかすめる。

ヴィクハルトの視線の動きからすれば……彼がカペルテータの存在《そんざい》に気付いたのはレイオット達に声を掛《か》けてきたその後の事だ。確かにカペルテータは小柄《こがら》だがフードを被《かぶ》って座っていれば子供《こども》かどうかまでは分からないのではないか……?

ではヴィクハルトが言った『ガキ同伴』とは——

「——ふふっ」

喉《のど》の奥《おく》に抑《おさ》え込《こ》まれた様な笑い声がレイオットの耳に触《ふ》れる。

カペルテータと反対側、窓際《まどぎわ》の方を振り返ったレイオットはそこに疑問《ぎもん》の答えを見た。

何時《いつ》の間にそこに座っていたのか。

並《なら》べられた椅子を二つばかり挟《はさ》んで隣《となり》に一人の少女が座っている。

ただし少女が腰掛けているのは管理局が用意した椅子ではなく――車椅子だった。

やけに場違《ばちが》いな印象の人物である。

今一つ場にそぐわないという意味ではカペルテータやフィリシスも同じだが、その少女は明らかに周囲から浮いている。まるで野犬の群《む》れの中に一匹《ぴき》だけ子猫《こねこ》が混《ま》じっているかの様な――根本的な部分で間違っている様なちぐはぐさがあった。

長い金髪。白い柔肌《やわはだ》。緑の双眸《そうぼう》。細い指先。

その姿《すがた》を構成《こうせい》する要素《ようそ》はどれもこれもひどく繊細《せんさい》で、まるで人形の様な――カペルテータとは別の意味で――雰囲気《ふんいき》がある。その姿そのものが丁寧《ていねい》に丁寧に造《つく》られた芸術《げいじゅつ》品の様で、恐ろしく微妙《びみょう》な均衡《きんこう》の元にその愛らしさは成り立っている。

特に口元に当てている手はフォークやスプーン以上に重い物を持った事がないのではないかと思える位に華奢《きゃしゃ》だ。ピアノの上にでも置かれていればそれだけで絵になるだろうが――泥臭《どろくさ》い労働の類とは縁《えん》が無さそうな手であった。

歳《とし》は十代後半……十六か七といった処か。

白く上品な仕立てのワンピースがよく似合《にあ》っていた。

「……あ」

レイオットと視線の合った少女は――妙におっとりした仕草で眼を丸くする。

恐らく育ちが良いのだろう。幼《おさな》い仕草にも何処《どこ》か余裕《よゆう》の様なものが感じられた。周囲の時間の流れさえ緩《ゆる》めるかの様な鷹揚《おうよう》さは上流階級の特権《とっけん》である。

「ごめんなさい」

はにかむ様に——その翡《ひ》翠《すい》色の瞳でやや上目遣《うか》いにレイオットを見つめながら、そんな事を少女は言ってきた。ただしあまり悪びれた様子は無い。些《さ》細《さい》な悪戯《いたずら》が見つかった子供の様な——相手が怒《おこ》っていないのを見越《みこ》しているかの様な表情であり口調だった。

「貴方《あなた》達のやり取りが面白くって」

「それは結構《けっこう》」

レイオットは気怠《けだる》げに言った。

「だがアンコールは勘弁《かんべん》してくれ」

「ふふっ……」

少女はまた口元を押《お》さえながら笑った。

一体この少女は何なのか。

此処《ここ》に居《い》る以上は魔法士《ソーサリスト》かその助手の類なのだろうが——車椅子の少女に戦術魔法士《タクティカル・ソーサリスト》や救命魔法士の助手が務《つと》まるとも思えない。むしろ据《す》え付け型のモールドを使うのならば産業系《けい》魔法士や医療《いりよう》系魔法士として働くのも不可能《ふかのう》ではあるまいが……医療系魔法士の場合は医師《いし》国家資格《しかく》をも同時に取らねばならない為《ため》、十代でなるのは無理だ。国家試験の受験資格が二十歳《はたち》からだからである。

　レイオットがそんな事を考えていると——

「——ミュリエナ」

　何処かぼんやりした様子の声が掛かる。

　少女は笑顔のまま振り返り——その視線の向かう先を追ったレイオットは、会議室入り口の方から歩いてくる小柄な人影《ひとかげ》を見た。

「御兄様《おにいさま》」

　ミュリエナと呼《よ》ばれたその少女が愉《たの》しげに呼び掛《か》ける。

「お腹《なか》は大丈夫《だいじょうぶ》？」

「うん……何とかね。御免《ごめん》よ」

　照れた様な仕草で後頭部を掻《か》くのは木訥《ぼくとつ》そうな印象の男だった。

　黒髪。黒瞳《こくどう》。年齢《ねんれい》は恐《おそ》らく三十前後——レイオットより幾つか上といった感じである。いかにも田舎《いなか》から出てきましたと言わんばかりに垢抜《あかぬ》けない雰囲気を漂《ただよ》わせている。

　黒い眼は小さめ、鼻も低め、唇《くちびる》も薄《うす》め、と顔の造りは全体的に地味。黒髪も農夫か工員の様に短く刈《か》り込んでいて、やはり地味。着ているものまで地味——共に茶系でまとめたセーターにスラックスな為《ため》に、何やらひどく物静かな印象がある。

左の目元に何やら大きな傷痕《きずあと》が残っているのが特徴《とくちょう》と言えば特徴だろうか。

随分《ずいぶん》と古いものらしく既《すで》に皮膚《ひふ》の色に混ざり込んでいるが——元々が穏やかで地味な容貌《ようぼう》だけにその傷痕もよく目立つ。

（『御兄様』——ね）

レイオットは少女と男を見比《みくら》べる。

少女——ミュリエナがそう言う以上はこの二人は兄妹なのだろう。だがやけに年齢が離れている上に共通点らしきものが殆《ほとん》ど無い。強《し》いて言えばその言動がおっとりしている処かもしれないが——妹のそれと兄のそれとでは明らかに質《しつ》が違《ちが》う。兄のそれは余裕ではなく愚直《ぐちょく》さの産物の様に見えた。

「本当に御兄様には困《こま》ってしまうわ。すぐにお腹が痛《いた》いって言って私を置いてお手洗《てあら》いに駆《か》け込んでしまわれるんですもの」

ミュリエナがそう言って少し拗《す》ねた様な表情を見せると、男は曖昧《あいまい》に笑いながらまた後頭部を掻いた。

「本当に御免よ。でもやっぱり沢山《たくさん》人が居る場所は苦手なんだよ……どうにも緊張《きんちょう》して」

そこまで言ってから——ようやく『御兄様』は自分達を眺めるレイオットの視線に気付

いたらしい。驚《おどろ》いた様に瞬《まばた》きしながら彼は妹に尋《たず》ねた。

「……こちらは？」

「戦術魔法士《タクティカル・ソーサリスト》のレイオット・スタインバーグさん——でしたかしら？」

「…………覚えて頂《いただ》いて光栄だよ」

とレイオット。

恐らく先程《さきほど》のヴィクハルトとの会話を聴《き》いていたのだろう。

「ああ！　そういえば私ったら未《ま》だ自分の名前も——」

言ってミュリエナは車椅子《くるまいす》に座《すわ》ったまま、上半身だけでそっと一礼した。

「ミュリエナ・パル・メイスンです。こちらは兄のカール・メイスン」

「……よろしく御願いします」

一拍《いっぱく》遅《おく》れる感じでカール・メイスンと紹介《しょうかい》された男も頭を下げる。

彼は少しおどおどした様な口調で続けた。

「ええと——そうは見えないってよく言われるんですけど、僕《ぼく》も誘致《ゆうち》組です。一応《いちおう》、救命魔法士で……資格は取ったばかりなんですが。頼《たよ》りなさそうってよく言われて……その」

「大丈夫だろ」

胸《むね》の内で、ある男のとぼけた顔を想《おも》い描《えが》きながらレイオットは言った。

「……大丈夫だ。あんたよりもっとそうは見えない救命魔法士を一人知ってる」

正確《せいかく》に言えば『知っていた』だが。

その救命魔法士が今、何処《どこ》で何をしているのかレイオットは知らない。生きているのか死んでいるのかさえ定かではなかったが——公式記録上、既《すで》に彼は死者に分類されている様だった。

「戦術魔法士って言われるよりは違和《いわ》感が無いさ」

「はあ……」

曖昧《あいまい》にカールは頷《うなず》いた。

「そちらの方は……？」

ミュリエナがカペルテータに視《し》線《せん》を向ける。

余程《よほど》に人間が出来ているのか、あるいは単に鈍感《どんかん》なのか……カペルテータを見つめるその眼《め》に『出来損《そこ》ない』に対する嫌悪《けんお》や忌避《きひ》の色は無い。ただただ純粋《じゅんすい》な好奇《こうき》心だけがその表情《ひょうじょう》にはあった。

「カペルテータ・フェルナンデスです」

カペルテータはといえばやはり微塵《みじん》も表情を揺《ゆ》るがす事無くそう答えた。

「スタインバーグさんの助手の方ですか？」

「……まあ……そんな様なものだな」

と——レイオットが今一つ曖昧な物言いをするのには理由がある。

世間の風評《ふうひょう》はさておき、カペルテータは実質的にレイオットの助手を務《つと》めている。これは事実だ。二次拘束図版《こうそくずはん》をレイオットの身体《からだ》に書いたり、呪文《じゆもん》書式板を予《あらかじ》めスタッフに装填《そうてん》したり、あるいは拘束度端子《デュラビットたんし》をモールドに塡《は》め込んだり、細々とした準備《じゅんび》作業は大抵《たいてい》彼女がやっている。

だがこれは法的に見れば二つの問題を孕《はら》んでいる。

一つは就労年齢《しゅうろうねんれい》の問題。

そして何よりも——CSAの職種制限《しょくしゅせいげん》の問題だ。

正式な後見人の居ないCSAは就職《しゅうしょく》や転居《てんきょ》、結婚《けっこん》の自由といった幾《いく》つかの基本《きほん》的人権《じんけん》が大幅《おおはば》に制限される。彼等《かれら》の多くが収容所《しゅうようじょ》に入らざるを得ないのはこの為だ。一般《いっぱん》社会で普通に暮《く》らす為に必要な権利がそもそも認《みと》められていないのである。

これは旧来《きゅうらい》の——迷信《めいしん》が幅を利かせていた頃《ころ》の法律《ほうりつ》が改正されずに残っている結果だ。〈イエルネフェルト事変〉より既に三十年余り、当然ながら社会情勢《じょうせい》は変化し、魔法関連学も進歩している。その結果として幾つもの『常識《じょうしき》』は覆《くつがえ》され、当然ながらCSA関連の法律の多くも時代遅れのものとなっている。

だが、これらが改正される目処《めど》は今の処《ところ》、立っていない。

ＣＳＡは少数派《マイノリティ》である為に、そもそも法改正の提言《ていげん》が議員の処にまで届《とど》かないのだ。選挙に影響《えいきょう》しない様な極少人数の為に政治家《せいじ》が動く事はまず無い。

だが民主主義という概念《がいねん》の下ではそれは必ずしも悪い事とは言い切れない。むしろ一部の者の便宜《べんぎ》を圧倒《あっとう》的多数のそれよりも優先《ゆうせん》する様な政治家の方が問題があろう。帝国《ていこく》議会において解決《かいけつ》せねばならない問題は常《つね》に山積みされており、その山は減《へ》るどころか増《ふ》えつつある。

何はともあれ……

カペルテータには後見人が居ない。

後見人資格があるのは魔法士《ソーサリスト》か魔法監督官《まほうかんとく》、及び魔法管理局が許可《きょか》した人物及び組織《そしき》のみである。そして事実上の後見人であり保護者《ほごしゃ》でもあるレイオット・スタインバーグは無資格の戦術魔法士《タクテイカル・ソーサリスト》であるが故《ゆえ》に、その中には含《ふく》まれていない。

「私も兄の助手をしておりますの——ね？」

ミュリエナは言って同意を求め兄を振り向く。

「……ええ……まあ……」

カールが苦笑している処を見るとあまり優秀《ゆうしゅう》な助手ではないのだろう。あるいは単に税《ぜい》金対策《きんたいさく》か何かで妹を助手として魔法管理局に登録しているだけなのかもしれない。

魔法士《ソーサリスト》は収入《しゅうにゅう》が高い分、掛《か》かってくる税金も半端《はんぱ》ではない。この為、家族や親戚《しんせき》を便宜《べんぎ》上の助手として登録し、彼等への給料を必要経費として差し引く事で書類上の収益《しゅうえき》を下げる——課税収入そのものを減らすという税金対策をしている者も多い。

「私——ＣＳＡの人は初めて見ます」

ミュリエナは言って車椅子《くるまいす》の上でやや身を乗り出す。

「本当に珍《めずら》しい髪《かみ》の色。それも生まれつきのものですか？　触《さわ》ってもよろしい？」

カールがやや困惑《こんわく》した様子で妹に呼《よ》び掛ける。

「ミュリエナ——」

ミュリエナは不思議そうに瞬《まばた》きしてから——ようやく理《り》解《かい》した様子で言った。

「……あ。ごめんなさい」

「いえ。気にしていません」

カペルテータは首を振った。

相手への気遣《きづか》いからの言葉ではなく本当にこの少女は気にしていないだろう。

知り合ってからおよそ四年——レイオットはカペルテータが他人から侮蔑《ぶべつ》や嫌悪《けんお》の言葉を浴びせかけられる場面も何度か見てきたが、その事に対してこのＣＳＡの少女が感情的な反応を示した事は無い。笑わず、泣かず、他者の悪意や害意に触《ふ》れてもその顔を覆《おお》う緩《ゆる》い無表情は微塵《みじん》も揺《ゆ》らがない。

ひょっとしたら他人というものにそもそも興味《きょうみ》が無いという可能性はあった。罵詈《ばり》も雑《ぞう》言《ごん》も怒号《どごう》も嘲笑《ちょうしょう》もカペルテータにとっては文字通りに周りでただ響《ひび》いているだけの雑音《ざつおん》なのかもしれない。

だが初対面の人間にそこまでは分かるまい。むしろカペルテータの無表情は怒《いか》りの表れだと誤解《ごかい》する者も居るだろう。

「すいません……不躾《ぶしつけ》な事を」

カールが頭を下げた。

「妹はちょっと世間知らずでして——」

「まあ御兄様……そんな言い方をされては私がお馬鹿《ばか》さんの様じゃありませんか」

「いや……そういう意味ではないんだけれど」

頰《ほお》を少し膨《ふく》らませて言ってくる妹にカールは何処か眠たげな口調でそう言い繕《つくろ》う。

そして彼はレイオットとカペルテータの方を振り返ると改めて一礼した。

「まあその……とにかくよろしく御願い致《いた》します」

「……ああ」

レイオットは曖昧《あいまい》に頷《うなず》いた。

魔法士《ソーサリスト》は——特に緊急系《きんきゅうけい》の戦術魔法士《タクティカル・ソーサリスト》や救命魔法士は、大抵《たいてい》が奇人《きじん》変人の範疇《はんちゅう》に含《ふく》まれる様な連中なので少々の事では彼もいちいち驚《おどろ》きはしない。この兄妹はむしろ救命魔法士の中では常識《じょうしき》的な方ではあった。

何にしても例の誘致《ゆうち》政策《せいさく》は順調に効果《こうか》を発揮《はっき》しているらしい。

「——おはようございます」

事務《じむ》的な口調で挨拶《あいさつ》しながら一人の男が会議室に入ってきた。

一般《いっぱん》人が『公務員』という単語を聞いて思い浮《う》かべる想像図《イメージ》をそのまま具現化《ぐげんか》した様な人物である。神経質《しんけいしつ》そうな細面《ほそおもて》。太縁《ふとぶち》の眼鏡《めがね》。七三に分けられた銀髪《ぎんぱつ》。おまけに着ているものがいつも地味な灰色《はいいろ》のスーツとくれば——わざわざそう装《よそお》っているのではないかと勘《かん》繰《ぐ》りたくなる様な、型通りの役人ぶりであった。

カート・ラベル——労務省魔法管理局《ろうむしょうまほう》トリスタン支局《しきょく》長。

要するにこの男がネリンの上司だ。

「皆《みな》さん——席に着いてください」

演台《えんだい》に立って会議室を一瞥《いちべつ》してから彼は言った。

部屋のあちこちで立ち話をしていた魔法士達がぞろぞろと手近な席に座っていく。

演台の上に立ってその動きが収《おさ》まるのをしばらく待ってから——カートは口を開いた。

「労務省魔法管理局トリスタン支局長のカート・ラベルです。お忙《いそが》しい処、御足労頂《ごそくろういただ》きまして有り難《がと》う御座《ござ》います。今日お集まり頂いたのは昨今、トリスタン市で頻発《ひんぱつ》しているケースSAへの対処《たいしょ》についての御相談です」

まるで壇上《だんじょう》演説の見本の様に朗々《ろうろう》と——しかしひたすら感情を交えぬ事務的な口調で言ってからカートは改めて会議室内を見回した。

「恐《おそ》らく皆さんも御存知《ごぞんじ》の通り、現在《げんざい》トリスタン市においてはケースSA、俗《ぞく》に言う魔族事件《メレヴェレントじけん》が多発しており、その発生件数は毎月増《ふ》えている有様です。これには簡易《かんい》密造《みつぞう》モールド——俗称《ぞくしょう》〈シェル〉や、密造《みつぞう》書籍、俗称〈黒本〉の影響《えいきょう》が強いと思われます」

魔法士達はただ無言。

この辺りの事はそれこそその辺の主婦《しゅふ》や学生でも知っている事実だ。

「何にせよ現在の体制《たいせい》のままでは増加するケースSAに対応し切れません。既に現時点でも多少の不都合が出ている事は、これもまた皆さん御存知の通りでしょう。そこで何とかケースSA増加の原因《げんいん》を突《つ》き止め対処すると共に、ケースSAの処理《しょり》効率《こうりつ》を上昇《じょうしょう》させる事が必須《ひっす》であり急務でもある訳《わけ》です」

「その為の魔法士誘致政策なんだろう？」

何を今更《いまさら》——といった口調で言ったのは腕《うで》を組んで椅子《いす》に座るヴィクハルトである。

カートはそちらに視線《しせん》をちらりと飛ばしてから、変わらぬ口調で台詞《せりふ》を続けた。

「魔法士《ソーサリスト》誘致政策もその一つです。此処《ここ》にはこの三か月程《ほど》の間に当市に移住《いじゅう》及び移籍《いせき》されてきた方も多いでしょう。ですがそれでもやはり完全とは言えません」

「…………」

魔法士達が顔を見合わせ……会議室にざわめきが広がっていく。

彼等《かれら》は未《ま》だ魔法管理局がこれからどんな対策を打ち出すのか知らないのだろう。

「そこで当支局は労務省や帝国《ていこく》議会の許可《きょか》を得て、幾《いく》つかの新制度を試験的に運用する事になりました。つきましては魔法士の皆さんには是非《ぜひ》御協力頂きたいのです」

ざわめきが次第《しだい》に濃密《のうみつ》さを増《ま》していく。

カートの口調や台詞そのものは要請《ようせい》の形を採《と》っているが——それが実質的には拒否不可《きょひふか》能《のう》な『命令』である事は誰《だれ》もが理解《りかい》しているのだろう。魔法管理局が必要とあれば魔法士達を強制的に従《したが》わせ得る権能《けんのう》を持っている事は周知の事実だ。魔法士資格《しかく》を取り上げられてしまえばその瞬間《しゅんかん》から魔法士達は失職《しっしょく》である。

もっとも元より無資格のレイオットには関係の無い話だが。

「ではその各種新制度について詳細《しょうさい》の説明に移《うつ》らせて頂きます。口頭では制度の概略《がいりゃく》を御説明させて頂きますので、細かな数字についてはお手元の資料《しりよう》を御参照ください」

魔法士達の困惑《こんわく》などまるで関知せぬといった様子でカートが言う。

会議室のざわめきはより一層《いっそう》濃さを増し――その中でレイオットは短い溜《た》め息をついた。

●　●　●

午後の授業《じゅぎょう》を一時限《じげん》こなした後――休み時間。

「なあ――エリック」

医療《いりょう》魔法士資格取得の参考書を読み返していたエリックの処《ところ》にフレッドがやってきた。

その表情は何処《どこ》か釈然《しゃくぜん》としないものを含んでいる。どうやら昼食の時の話が意識《いしき》の片隅《かたすみ》に引っかかっているのだろう。予鈴《よれい》が鳴ったので話を途中《とちゅう》で切り上げてしまったのだが、フレッドの性格《せいかく》からすれば先の授業は全く耳に入っていなかったに違いない。

「なに？」

参考書を閉《と》じて顔を上げる。

「昼休みに言ってたその――人死にが出るって話」

「……ああ」

やはり予想した通りである。

『ただの都市伝説で済《す》めばいいけど——最悪人死にが出る』

　この台詞を〈正義の味方《ホワイト・ハット》〉は聞き流す事が出来なかったのだろう。

「どういう意味なんだ？」

「そんなに難《むずか》しい話じゃないんだけどね」

　ただ——この性善説《せいぜん》が服を着て歩いている様な少年にとっては発想の及《およ》ばない話ではあったかもしれない。フレッドと会話するのはエリックにとって楽しみであるし喜びでもあるが……たまに彼と比《くら》べると自分の中身がかなりどす黒く染《そ》まっているという実感を覚えて軽い自己嫌悪《じこけんお》に陥《おちい》る事もある。

「簡単《かんたん》な事だよ」

「簡単かもしれないけど俺《おれ》にはわからねえの。嫌味《いやみ》な奴《やつ》だな」

　と顔をしかめて言うフレッド。

「いや別にそういう意味で言ったんじゃないんだけどね」

　エリックは言って——頭の中で言葉を整理する。

「例えば——フレッド。人間はモールド無しに魔法《まほう》を使えば魔族《メレヴエレント》化するよな？」

「するな」

　フレッドは素直《すなお》に頷《うなず》いてくる。

「これは逆《ぎゃく》に言えば——魔法を使わなければ魔族《メレヴエレント》化しないって事だよな？」

「そうだな」

「この大前提《だいぜんてい》が崩《くず》れたらどうなる？」

「どうなるって……」

「いつ、誰が魔族化するのか分からない。今までは『魔法を使えば』って条件《じょうけん》があった訳だけど、それがもし無くなれば、本当に無差別に人間が魔族化する可能性だって出てくる訳だろ」

「……………そう……なるかな」

「そうなんだよ」

エリックは教室の中をぐるりと見回して言った。

休み時間中の生徒達は、それぞれ好き勝手に時間を過《す》ごしている。

他愛《たあい》ないお喋《しゃべ》りをしている者。読書をする者。次の時間の予習をする者。カード・ゲームをしている者。戦戯盤《チェスばん》を挟《はさ》んで睨《にら》み合っている者。寝《ね》ている者。ラジオ番組の話題で盛《も》り上がっている者。

多少の差はあるが——どれもこれも皆、平凡《へいぼん》な学生の姿《すがた》にしか見えない。

だが——

「次は誰が魔族化するだろう？　あいつか？　そいつか？　それとも——自分か？　気を抜いちゃいけない。自分の身を守る為《ため》には、不審《ふしん》な点があればいつでも殺せる様にしておかないと。おや、あいつは普段《ふだん》は珈琲《コーヒー》を飲んでいるのに今日は香茶《こうちゃ》だ。怪《あや》しい。殺す用意をしておこう。いや、いっそ今の内に殺しておこうか」

「…………」

顔をしかめるフレッド。

だがエリックは敢《あ》えて語調を強めて言った。

「そうさ。誰もがそういう考えで他人を見る様になる」

「俺はそんな事——」

「お前の様な人間は少数派なんだよ——〈正義の味方《ホワイト・ハット》〉。それは認《みと》めろよ」

少し皮肉げに言うエリック。

〈正義の味方〉が理想を語るのなら、薄汚《うすぎたな》い現実を語るのは〈皮肉屋《クイツプスター》〉たる自分の役目だろう。それでようやく均衡《バランス》がとれるというものだ。

「……そうかな」

「そうなんだよ。件《くだん》の〈黒騎士《くろきし》〉が本当に居るのかどうなのか僕《ぼく》は知らない。だが大抵《たいてい》の人間はこう思うだろう——『いつ誰が魔族化するか分からないこの状況《じょうきょう》の不安を誤魔化《ごまか》す為に人々が造《つく》り上げた偶像《ぐうぞう》だ』とね」

「……偶像?」

「無くなった『条件』を再設定《さいせってい》した訳《わけ》だよ。『魔法を使えば魔族《メレヴエレント》化する』っていうのを『黒騎士に呪《のろ》われれば魔族化する』っていう形にしてね。条件が備《そな》われば『自分は違《ちが》う』『自分は大丈夫《だいじょうぶ》』って思える。だから安心出来る」

「……それで?」

「で——ここからが問題さ。〈黒騎士〉が実在するならそれでいい。けどもし実在しないなら? 少なくともその実在を信じていない人々は居るだろうし、その人達は、〈黒騎士〉以外の『条件』を再設定しないと安心出来なくなる」

「……そ……そうなのか」

気圧《けお》された様に言うフレッド。

「多分ね。で——だ。元々が自分が安心する為に再設定される条件だからね。自分や自分の家族は含まれていないのが大前提だ。そうなると——自然とその条件は嫌らしい方向にねじ曲げられていく事になる」

「嫌らしい方向?」

「つまり——」

若干《じゃっかん》の自嘲《じちょう》的な色をその表情《ひょうじょう》に混《ま》ぜてエリックは言った。

「少数勢力《マイノリティ》の弾圧《だんあつ》」

「…………」

「さしずめ——CSAとか魔族事件の関係者なんてのは都合のいい生け贄《にえ》だろうね。そういった人々が安心する為の」

「そんな……馬鹿《ばか》な」

呻《うめ》く様にフレッドが言う。

エリックも同感ではあった。

だが——

「そう——馬鹿な話さ。でも、そんな馬鹿な話が最悪——現実になる。今までだってCSAを拉致《らち》って殺したり、魔族事件の関係者を路地裏《うら》に引きずり込んで半殺しにしたりする連中は居《い》たんだ」

エリックはそれを身を以《もっ》て知っている。

エリックの母親と妹は有形無形の嫌《いや》がらせに耐《た》えかねて対人恐怖症《きょうしょう》となり家に引きこもっているし、エリック自身は背中《せなか》と腕《うで》に集団暴行《しゅうだんぼうこう》の痕《あと》が今も残っている。

そしてその事実をフレッドは知っている。

知っているから——反論《はんろん》出来ない。

「そういう連中にはむしろ格好《かっこう》の『大義名分』を与《あた》える事にもなる。歯止めが利《き》かなくなるだろうな」

「で——でもさ」

フレッドはまるで自分が罵倒《ばとう》されているかの様に表情を苦しげに歪《ゆが》めている。最後の一線で人間の善性を信じている彼にとっては、本当に聞くのが辛《つら》い話ではあるのだろう。

「でも——」

「勿論《もちろん》、これは全部、推測《すいそく》に過ぎないけどね。あくまで最悪の場合だよ」

さすがに少しやりすぎたかもしれない——悲愴《ひそう》感すら漂《ただよ》い始めたフレッドの表情を見てエリックは言い繕《つくろ》った。

だが、このままの状況が続けば今自分が語った様な状況が出てくる可能性《かのうせい》は高いとエリックは思っていた。弱い者を見つけて虐待《ぎゃくたい》する事で安心を得ようとする——そんな人間の性《さが》を彼は知っている。嫌という程によく知っている。

だが……

「カペルテータちゃん——大丈夫《だいじょうぶ》かな」

ぽつりと心配そうにフレッドが言った。

「…………」

エリックは傍《かたわ》らの少年を何か眩《まぶ》しいものでも見る様な気持ちで見つめた。

この少年は本気であのCSAの少女を心配している。あの常人《じょうじん》にあらざる容姿《ようし》を持った異形《いぎょう》の少女を、まるで普《ふ》通《つう》の女の子の様に心の中で扱《あつか》い、その安全について嘘偽《うそいつわ》り無く心を悩《なや》ませている。

簡単《かんたん》な様でいてそれはとても難《むずか》しい事だ。

程度の差こそあれ、多くの人間は自分自身を安心させる為《ため》に弱者を求める。貶《おとし》め、嘲《あざけ》り、忌《い》み、蔑《さげす》み——誰か他者をそうやって心の中で踏《ふ》み付ける事で、相対的に自分の立ち位置を確保《かくほ》しようとする。『アレよりはマシだ』『アレよりは大丈夫だ』そういう言い訳をする為に、自分の中で他者を差別する基準《きじゅん》を設《もう》けてしまう。

それが基準より下を——心の安寧《あんねい》を得る為の『生け贄』を生み出す事になる。

だがフレッドにはそれが無い。

彼は嘲らない。彼は蔑まない。彼は貶めない。彼は忌み嫌《きら》わない。彼は『生け贄』を求めたりはしない。ただ彼は何の犠《ぎ》牲《せい》も要する事無く彼自身としてそこに在《あ》る。

普通の人間には出来ない事だ。

エリックにも出来ない。

例えばエリックは心の何処《どこ》かであのカペルテータという少女を忌避《きひ》している。心の何処かであのCSAの少女を自分より哀《あわ》れで惨《みじ》めな存在《そんざい》として蔑んでいる。間違った事であると、悪い事であると分かっていながらも——気を抜けばついあの少女を『半魔族《ハーフ・ブルート》』『出来《でき》損《そこ》ない』などと呼《よ》んでしまいそうな自分が何処かに居る。

それがたまらなく嫌だった。

そして……だからこそエリックはこの正義馬鹿《ばか》とでも言うべき少年と知己《ちき》である事を誇《ほこ》りに思うのだ。多分フレッド自身はそんな事を言われても理解出来ないだろうが。

「まあこの程度《ていど》の事にシモンズさんや、あのスタインバーグさんが気付かないとも思えないけどね」

「そうか……そうだな。そうだよな」

フレッドは自分に言い聞かせる様に何度も何度も頷《うなず》く。

そこで——休み時間の終わりを告げる鐘《かね》の音がエリック達の頭上から降《ふ》ってきた。

●

●

●

カート・ラベルの語った内容《ないよう》は概《おおむ》ねネリンから聞いていた通りだった。

無論《むろん》、産業系《けい》、医療《いりょう》系の魔法士《ソーサリスト》達からは困惑《こんわく》と不安の声が——そして何よりも反発の声が聞かれたが、表向きは強制《きょうせい》ではない、という事でカート・ラベルは押《お》し切り、その場は終了《しゅうりょう》となった。

戦術魔法士《タクティカル・ソーサリスト》達に否《いな》は無いし、救命魔法士達もそれ程動揺《どうよう》は大きくなかった。

救命魔法士達は、それこそ元々魔族事件《メレヴエレントじけん》の現場《げんば》に投入される事も珍《めずら》しくない。魔族と戦うのではなく現場に取り残された人々の救出が主な目的ではあるのだが、その際《さい》に、仕方なく魔族と交戦する事もあり——彼等は元々ある程度の覚悟《かくご》が出来ているのだ。

そういう訳で——

「——スタインバーグさん」

会議室から出た処で声を掛《か》けられ、振《ふ》り返るレイオット。

見れば廊下《ろうか》の奥《おく》からネリンが駆《か》け寄《よ》ってくる処だった。

「すいません、急に呼び出して」

「何を今更《いまさら》……いや、まあもう良いけどな」

思った程は面倒《めんどう》な事にならなかった——というのがレイオットの実感だ。

恐らく魔法士誘致政策《ゆうちせいさく》の結果として各系統《けいとう》で新参の魔法士達が多く、多くの魔法士達はレイオットなどよりもそちらの方に気を取られていたのだろう。

当初は戦術魔法士や救命魔法士に限《かぎ》られていた誘致政策も、既《すで》に他の系統の魔法士にまで拡大《かくだい》する事が決定されており……特に産業系の魔法士はアルマデウス帝国《ていこく》の各地から移《い》住《じゅう》してきたり、新規《しんき》に資格《しかく》を取る者が増《ふ》えているという。

単にケースSAに関係する面ばかりが取り沙汰《ざた》されているが、産業系魔法士の数の増加《ぞうか》は市の経済《けいざい》にも如実《にょじつ》に反映《はんえい》される。魔法士誘致政策の対象拡大《かくだい》は市産業の活性化をも狙《ねら》っているのは誰《だれ》の眼《め》にも明らかだった。

これはつまり既存《きそん》の魔法士達にとっては商売敵《がたき》が増《ふ》えて仕事が取り合いになるという事でもある。

特に産業系魔法士や医療系魔法士の仕事そのものは増えていない訳だから、魔法士に対する報酬《ほうしゅう》の引き下げ競争が始まるのは眼に見えている。魔法士の報酬は一応《いちおう》、魔法士法によってその上限《じょうげん》と下限が決められているものの、抜け道は幾らでもある。

あるいはその結果として、魔法管理局の思惑《おもわく》通り、収入《しゅうにゅう》を維持《いじ》する為に戦術魔法士を兼《けん》業《ぎょう》しようという者も出てくるかもしれない。

「何かカペちゃん絡《がら》みで揉《も》め事があったって聞きましたけど……」

「いや。揉め事という程ではなかったが」

と言ってレイオットは傍《かたわ》らのカペルテータを振《ふ》り返る。

CSAの少女はフードの奥で何度か眼を瞬《しばた》かせてから——頷いて言った。

「はい。特に問題はありません」

「そ……そう？」

「はい」

「それならいいですけど……」

戸惑《とまど》いの様な表情《ひょうじょう》がネリンの顔に浮《う》かんでいる。ヴィクハルトの一件が多少大袈裟《おおげさ》にでも伝わっているのだろう。

「しかし本当にあんな思い切った事をするとはな。相当切羽詰《つ》まってきてるのか？」

「……お恥《は》ずかしながら」

とネリンは溜《た》め息をついた。

「ところで――この後、ローランドさんの処《ところ》に行くんですよね？」

「ああ。そのつもりだが」

いずれにせよモールドの微調整《びちょうせい》はやらねばならない。

特に昨日の一戦では壁《かべ》に叩《たた》き付けられている為《ため》にモールド各所に歪《ゆが》みが出ているだろうし、スタッフを破壊《はかい》されているので、新たに調達する必要もある。ジャックには夕刻《ゆうこく》にモールドを持ち込《こ》むと電話を入れてあった。

「ちょっと御一緒《ごいっしょ》させて貰《もら》えませんか？　今、公用車が出払《ではら》ってて……」

「それは構《かま》わないが」

「少し彼に聞きたい事があるんです」

「聞きたい事？」

「ええ。モールドの専門家《プロ》というか魔法《まほう》工学の専門家の意見が」

何処か不安げな表情を浮かべながらネリンはそう言った。
●　●　●

人間は個人《こじん》では弱い存在《そんざい》だ。

それは肉体的な意味であると同時に精神《せいしん》的な意味でもある。

個人では何かを思い付いても実行に移《うつ》せないという事は珍《めずら》しくない。個人の力の限界というものを人間は本能的に知っていて——失敗の危険《きけん》というものを考えてつい萎縮《いしゅく》してしまう事は多い。

だから人は群《む》れる。群れる事で強くなる。

個人では到底《とうてい》出来ない事を人間の集団《しゅうだん》は可能にする。それは純粋《じゅんすい》な力の量という事もあるし——集団であるが故《ゆえ》に発揮《はっき》される安心感と、集団で動くが故に発生する一種の『勢《いきお》い』が人間達の力を必要以上に引き出すという事でもある。

だが……弱いという事そのものが必ずしも悪い事ではない様に、強いという事も良い事とは限らない。ましてや正しいという保証《ほしょう》など何処にも無い。

弱いからこそ踏《ふ》み留《とど》まれていたという事もある。

強いからこそ見境《みさかい》を無くしてしまう事もある。

例えば――

「な……何をするんですか！」

息子《むすこ》を庇《かば》う母親の前に立ちはだかるのは十名余《あま》りの――恐《おそ》らくは――男達であった。

断言《だんげん》を避《さ》けるのは彼等《かれら》の顔には一様に仮面《かめん》が被《かぶ》せられていたからだ。

仮面といっても別に立派《りっぱ》な代物《しろもの》ではない。

子供《こども》向けの玩具《がんぐ》店で買える様な大量生産の安物だ。布製《ぬのせい》か紙製かあるいは樹脂《じゅし》製か――とにかく白い顔の頬《ほお》や額《ひたい》には原色で星や幾《いく》つかの記号が描《えが》かれ、目鼻には滑稽《こっけい》な印象を見る者に与える隈《くま》取りが施《ほどこ》された道化師《どうけし》の仮面である。

誰か一人がそれを被って立っているのなら微笑《びしょう》も誘った事だろう。

だが十数人の人間がそれを被り、無言で眼の前に並《なら》んでいては――それは恐怖《きょうふ》しか生まない。彼等の手に各種の凶器《きょうき》が握《にぎ》られていれば尚更《なおさら》の事である。

トリスタンの街外れ。

都市開発計画上、再《さい》開発地区に指定され、元々此処《ここ》に住んでいた殆《ほとん》どの住民や、事務所を構《かま》えていた法人は行政指導《しどう》の下、別区画へと移転して行き——半ば以上は人の姿《すがた》の絶《た》えた廃墟《はいきょ》が建ち並《なら》ぶ区画である。

だがそういう場所だからこそ住み着く人間も居る。

例えば浮浪者《ふろうしゃ》。例えば犯罪者《はんざいしゃ》。

そして例えば——

「…………」

男達は全員が拳銃《けんじゅう》で武装《ぶそう》していた。

ただし仮面と違ってこちらには統一《とういつ》感は無い。形式も口径もばらばらだ。中には明らかに密造《みつぞう》拳銃と思《おぼ》しき程度の低いものもある。いかにも急遽《きゅうきょ》掻き集めた様な印象があった。

四人の男達が親子に歩み寄り——残りの男達は親子に向けて一斉《いっせい》に拳銃を構《かま》えた。

まるで凶悪犯《きょうあくはん》か猛獣《もうじゅう》でも捕《つか》まえようとしているかの様な雰囲気《ふんいき》だ。

「や——やめて！」

伸《の》びてくる手から息子を庇って叫《さけ》ぶ母親。

だが男達は容赦《ようしゃ》なく母親の身体《からだ》を押さえ付け、息子を彼女の腕の中から無理矢理《むりやり》に引き剝《は》がす。母親は無論、抵抗《ていこう》したが——大人の男三人がかりで身体を押さえ付けられた状態《じょうたい》では、悲鳴を上げる以上の事は出来なかった。

「──お母さん」

未《ま》だ五歳《さい》になっていないだろう──息子が不安げな声を上げる。

「何をするの、やめ──がげっ」

母親の必死の台詞《せりふ》は男達の一人がふるった容赦《ようしゃ》ない拳《こぶし》によって中断《ちゅうだん》された。

頬《ほお》を殴《なぐ》られ、唇《くちびる》から血を垂《た》らしながら母親はぐったりと脱力《だつりょく》する。

男達はそんな母親の様子になど目もくれず、幼児《ようじ》の衣服を無理矢理脱《ぬ》がせ始めた。

「やめてよ……やめてよ……」

幼児の哀願《あいがん》は──しかし男達の耳には届かない。

廃墟の片隅《かたすみ》で幼い少年は全裸《ぜんら》に剝《む》かれ、四肢《しし》を縮《ちぢ》こませて床《ゆか》に座り込んだ。

だが──

「……よし」

男達は頷き合うと銃口を少年に向けた。

剝き出しになって震える少年の背中《せなか》に奇妙《きみよう》なものが生えていた。

尻尾《しっぽ》である。それも二本。

背中と臀部《でんぶ》の境目《さかいめ》辺りから──長さこそ三十センチメルトル余《あま》りと短いが──まるで犬

か猫《ねこ》の様に短い毛の生えた尻尾が伸びているのだ。

人間には決して備《そな》わる筈《はず》の無い器官。

それは烙印《らくいん》だった。

先天性魔法中毒患者《CSA》――魔族《メレヴエレント》に強姦《ごうかん》された女性が産み落とす異形《いぎよう》の子。

その出自故《ゆえ》に彼等は人間社会から排斥《はいせき》される事が多く、法律《ほうりつ》ですら彼等の権利《けんり》を制限する。その結果、CSAとその母親は一般《いっぱん》社会とは異なる領域《りょういき》に身を寄せざるを得ない。彼等の前に置かれた選択肢《せんたくし》は著《いちじる》しく制限が加えられていた。

魔法士《ソーサリスト》の後見人を得るか。

収容所《しゅうようじょ》に入り研究機関の実験対象になるか。

裏《うら》社会に所属《しょぞく》して違《い》法行為《ほうこうい》に手を染《そ》めるか。

金持ちの珍奇《ちんき》な愛玩《あいがん》動物として飼《か》われるか。

さもなくば――こうして浮浪者達に混じって生活するか。

「――始末しろ」

仮面《かめん》の男達の間にそんな言葉が流れる。

誰が言ったものかは分からない。誰が誰だか分からない。その為の仮面であるのだろう。

男達の手元で幾《いく》つもの金属《きんぞく》音が――銃の撃鉄《げきてつ》を上げる音や、安全装置《そうち》を外す音が響《ひび》く。

その瞬間《しゅんかん》。

「──やめて……！」

それまでぐったりしていた母親がやおら立ち上がり、再《ふたた》び押さえ付けようとする男達の手を弾《はじ》き飛ばしながら息子《むすこ》の上に覆《おお》い被《かぶ》さった。

「この子が何をしたの？　何をしたっていうのよ？」

「何もしていないな」

あっさりと仮面の男は答えた。

やはり誰が答えているのかは分からない。同じ様な仮面が同じ様な滑稽《こっけい》な笑《え》みを浮《う》かべて並んでいる──その奥《おく》に在る男達の表情を覆い隠して。

「何かしてからでは遅《おそ》いのだ」

男の声は平然とした口調で告げた。

だが……注意深い者ならば気付いたかもしれない。男の声にはある種の興奮《こうふん》が潜《ひそ》んでいた。冷静を装《よそお》ってはいるがその行動は道理ではなく感情の産物なのだろう。

「我々《われわれ》には健全な市民生活を守る義務《ぎむ》と権利がある。危険因子《きけんいんし》は早めに排除《はいじょ》しておかなければならない。いざ魔族《メレヴエレント》化すれば何人もの死者が出るからな」

「そんな──第一、この子は別に魔法《まほう》とは」

「魔法と関係ない人間も魔族化する。もっぱらの噂《うわさ》だ」

男達はそう言い切った。

噂。ただそれだけを根拠《こんきょ》にして何ら恥《は》じる処が無い。

論理《ろんり》を正しく扱《あつか》える事を正気と呼《よ》ぶのならば、男達は明らかに正気などではなかった。

「だがやはりそうなると危険なのは元々魔族に近い『出来損《できそこ》ない』共だ。我々は自分達の家族や生命、財産《ざいさん》を守る為にそうした危険因子を排除するのだ」

「…………」

母親は絶句《ぜっく》する。

何と一方的な言葉なのだろうか。

元より一般人《いっぱんじん》がCSAやその親に対して冷淡《れいたん》なのは知っていた。知っていたからこそこんな場所で浮浪者《ふろうしゃ》に混《ま》じって暮《く》らしていたのだ。一般人の社会に紛《まぎ》れ込みさえしなければ、彼等は自分達の様な『異物』の存在を見逃《みのが》してくれていた。一般人にとって『異物』は嫌《けん》悪《お》の対象ではあっても脅威《きょうい》では決してなかったからだ。実際《じっさい》にCSAが魔法も使わない状《じょう》態《たい》で魔族化した例は無い。少なくとも公式記録には無い。情報《じょうほう》流通速度の速い都会ではその程度の事は常識《じょうしき》だった筈《はず》だ。

だが——これは。この男達は。

「何よ……何なのよ……これっ……！」

母親が仮面の男達を睨《にら》みながら呻《うめ》く。

「何なのよ……！」

「――撃て」

やはり誰が発したとも分からない命令に応じて――十数挺《ちょう》分の銃声《じゅうせい》が廃屋《はいおく》に鳴り響いた。

●　●　●

モールド・キャリアを停車させながらレイオットは呟《つぶや》いた。

「――珍《めずら》しい」

魔法管理局トリスタン支局《しきょく》を出て市内を走る事――およそ三十分。

廃墟《はいきょ》の群《む》れが建ち並《なら》ぶ区画の片隅《かたすみ》に彼等の目指す建物は在った。

この辺りは都市復興《ふっこう》計画法に基《もと》づく第二次再開発計画の対象となっている地域《ちいき》の一つである。既《すで》に殆《ほとん》どの住民は移転《いてん》を済《す》ませていて殆どの建物は空き家となっており、市役所の記録上、この一帯の人口密度《みつど》は限《かぎ》りなく零《ゼロ》に近い。それでもなお此処《ここ》に住んでいるのは、住民記録の上では『存在しないもの』として幽霊扱《ゆうれいあつか》いされている浮浪者の類か――さもなくば余程《よほど》の変わり者だけである。

例えばジャック・ローランドの様な。

『JR総合《そうごう》機械研究所』

レイオット達の前に建っているこの建物は、レイオットのモールド〈スフォルテンド〉の整備《せいび》と調整を引き受けているモールド・エンジニア——正確《せいかく》には国家資格《しかく》を取っていないのでレイオット同様『モグリ』である訳だが——ジャック・ローランドの根城《ねじろ》である。

「先客が居《い》る様だが……」

「本当に珍しいですね」

ネリンが同意する。

ジャックはスパナとドライバーを両手に握《にぎ》って生まれてきたかの様な人間だ。

とにかく機械をいじっていれば幸せで——他《ほか》の物事は全て優先《ゆうせん》順位が遥《はる》か下となっている。たとえ人類が滅亡《めつぼう》してもあまり気にせず廃墟の片隅で彼は機械をいじっているかもしれない。社交性などという概念は彼の中の序列《じょれつ》では恐らく最下位辺りを常《つね》に低迷《ていめい》している事だろう。

それ故——この倉庫を再利用した彼の工房《こうぼう》に来る客というのは限定《げんてい》されている。

技術者《ぎじゅつ》としての腕《うで》は抜群《ばつぐん》に良いのだが、特に宣伝《せんでん》もしていない為に、このJR総合機械研究所の存在を知る者自体が極《きわ》めて少ないからだ。定期的に訪《おとず》れるのはそれこそレイオットは達位のものだろう。少なくともレイオットは自分達以外の客がこの建物を訪れているのを見た事が無い。以前、カペルテータの誕生日《たんじようび》を――ジャック達に言わせるとレイオットのでもあった様だが――祝った際《さい》には珍しく十人程の人間が集まってきていたが、あれは例外中の例外であった。

最近でこそネリンもちょくちょく顔を出す様になってはきているが、それもせいぜいが月に一度という頻度《ひんど》である。

故《ゆえ》に――

「高そうな車だなしかし」

とレイオットが眺めて言うのは――JR総合機械研究所の前に停《と》められている車だった。流線を多用し大胆《だいたん》にうねる輪郭《りんかく》がただ停まっていてさえ高速で疾駆《しつく》する姿《すがた》を容易《ようい》に想像させる。色はやや暗めの――しかしワインの様に透明《とうめい》感のある赤。派手《はで》といえば派手な車だが下品さはあまり無い。

フォーラル社〈スティングレイ〉。

レイオットの記憶《きおく》が正しければ――採算性《さいさんせい》の問題から既《すで》に生産中止になって数年になるが、自動車好きに根強い支持者が多いという車だ。

ただし製品《せいひん》にバラッキが多く、運が悪いと車両本体と同じ位の金額《きんがく》と、気の遠くなる様な手間隙《てまひま》を掛《か》けてやらねばならないという困《こま》った車で、どう考えても一般人向きの車ではない。日曜には自分でボンネットを開けて必ず整備《せいび》する様な、機械好きの好む車だ。

「……とはいえ……ジャックは二輪派だしな」

「でも何処《どこ》かで見たような気がするんですけど、この車」

ネリンが首を捻《ひね》りながら言う。

実はレイオットも身近に見た事がある様な気がする。それも最近だ。そうそうあちこちを走っている車でも無いだろうから、たまたま何処かで通りすがりに見掛けた訳でもない筈なのだが。

「それはともかく……来客中なら、ちょっと遠慮《えんりよ》した方が良いんでしょうか？」

「お好きに。俺《おれ》は遠慮するつもりは無いけどな」

一応《いちおう》予約は入れてあるのだ。来客中であろうとなかろうとレイオットの知った事ではない。またレイオットの用はあくまでモールドを修理《しゆうり》と調整に持ち込む為《ため》のものなので、ジャックが来客の応対に忙《いそが》しいのであれば、モールドだけを置いて帰れば良い。

レイオットはJR総合機械研究所の呼《よ》び鈴《りん》を押《お》した。

すると――

「――はい」

応じる声にレイオットとネリンは顔を見合わせた。

ジャックの声ではない。

しかも――二人共にその声には聞き覚えがあった。

「エヴァ・イーミュン？」

扉《とびら》を開いて出てきた女性にレイオットは思わず驚《おどろ》いて呼び掛けていた。

黒髪黒瞳《くろかみこくどう》の、派手ではないが怜悧《れいり》な美しさを備《そな》えた女性モールド・エンジニアである。単に技術者《ぎじゅつ》というだけでなく、ジャックの祖母《そぼ》が経営《けいえい》するローランド工房《こうぼう》を事実上切り盛《も》りする才媛《さいえん》であり、ジャックの姉弟子《でし》に当たる人物。

そして――〈アセンブラ〉シリーズの開発者でもある。

「こんにちは――スタインバーグさん。シモンズ監督官《かんとくかん》も御一緒《ごいっしょ》ですか」

エヴァは穏《おだ》やかに微笑《びしょう》して言った。

「…………」

レイオットが小さく首を傾《かし》げる。

「どうしました？」

「……何だか随分《ずいぶん》、印象変わってないか？」

レイオットが知る限り、エヴァ・イーミュンという女性は見るからに利発そうな『出来る女』ではあったが、その手の女性にありがちな緊張感《きんちょう》が――自分にも他人にもまとめて厳《きび》しく緊張を強《し》いているかの様な、妙に張《は》り詰《つ》めた様な印象も備えていた。

だが――今のエヴァは少々印象が違う。

怜悧な美貌《びぼう》は相変わらずではある。だが、妙に人当たりが柔《やわ》らかいというか、誰彼構《だれかれかま》わず身構え挑《いど》み掛かる様な視線の鋭《するど》さが消えて、ごく普通の――若《わか》い女性としてのまろやかさが身に付いている様に思える。

「そうですか？」

不躾《ぶしつけ》とも言うべきレイオットの問いを平然と流し、エヴァは半歩身を退《ひ》いてレイオット達を室内に招き入れる。

「どうぞ」

「…………」

「…………」

レイオットとネリンは改めて顔を見合わせてから――エヴァに従《したが》って中に入った。

ＪＲ総合機械研究所に『部屋』は無い。

元倉庫であった建物は隅《すみ》から隅までぶち抜《ぬ》きの平屋建てで、部屋がそのまま建物という

構成《こうせい》である。この為に入り口近くに積んである資材《しざい》の箱が創《つく》り出す『壁《かべ》』の間を抜けると
そのまま研究所内を全《すべ》て見渡《みわた》せる広い空間に至《いた》る。
だが――
「…………何処《どこ》だ此処《ここ》は」
呟《つぶや》くレイオット。
ネリンも目を丸くして立ち竦《すく》んでいる。ただカペルテータだけはいつもと変わらない表
情だが、さすがに何度も瞬《まばた》きしている事を思えば、彼女の紅《あか》い瞳《ひとみ》にも眼《め》の前の光景が若干《じゃっかん》
信じがたいものに映《うつ》っているのだろう。
綺麗《きれい》にすっきりと整理された空間。
それがレイオット達の前に広がっていた。
明らかにレイオット達の知るJR総合機械研究所の内観とは異《こと》なる。
元のJR総合機械研究所の印象を一言で表現《ひょうげん》しろと言われればレイオットもネリンも恐
らくは同じ単語を選び出すだろう。
『ガラクタ置き場』だ。
地面が見えているのは作業台周辺としばしばレイオットがモールド・キャリアを乗り入
れるシャッターの側だけ。周囲には元の壁が見えない位にうずたかく資材やら部品やらが

積み上げられ、その手前にやはり所狭《ところせま》しと並んでいるのは試作中の装置《そうち》やら工作機械が幾つか。重量物を移動させる為の簡易《かんい》クレーンも三基《き》取り付けられていて、辛《かろ》うじて見える壁の一部にはクレーンやら工作機械の為の動力パイプの類が血管の様に走っている——

これが以前のJR総合機械研究所だった。

だが今は——それらのごちゃごちゃしたものが無い。

いや。あるにはあるのだ。特にクレーンや動力パイプの類は変わっていない。

だが見るからに無秩序《むちつじょ》な感じで積み上げられていた無数の部品やら資材やらは、徹底的《てってい》に分別され、整理され、改めて大量に据《す》え付けられた棚《たな》に呆《あき》れる程の几帳面《きちようめん》さで収納《しゆうのう》されている。されきっている。工具や工作機械も奥《おく》の一か所にまとめられた上、使い易《やす》そうな配置に変更《へんこう》されている。既にそこは『ガラクタ置き場』ではなく、何処かの工房といった印象だった——というか実際《じつさい》に工房な訳だが。

そして。

「——あ。レイ」

部屋の中央——食卓《しよくたく》をも兼《か》ねる作業台。

そこに何やら憔悴《しようすい》した様な雰囲気のジャックが居《い》る。

相変わらず男にしておくのは勿体《もつたい》ない様な、優美《ゆうび》な顔立ちをしているが——何かかなり疲労困憊《ひろうこんぱい》する様な事があったらしく、彼は精根《せいこん》尽き果《は》てた様子でぐったりと作業台の上に突《つ》っ伏《ぷ》していた。

身を起こす事も無く、ただ顔だけを横に向けてレイオット達を眺《なが》めつつ、美貌のモールド・エンジニア（でもモグリ）は言った。

「いらっしゃい。でもさようなら。俺《おれ》はもうすぐ死ぬ」

「死ぬなら説明してからにしろ。一体これは何なんだ」

レイオットは呆《あき》れた様に言った。

「エヴァ姉《ねえ》が——」

「あまりに散らかり具合が酷《ひど》いので整理しました」

レイオット達の背後《はいご》に立ちながら当然といった口調で言ったのは当のエヴァである。

「全く、こんな無茶苦茶《むちゃくちゃ》な処《ところ》でよくモールドの様な精密《せいみつ》機器が整備できたものです」

「いや……でも……俺には何処に何があるか分かって……」

「…………」

エヴァが穏《おだ》やかに笑いながら無言でジャックを見据える。

ただし眼《め》が笑っていないのは傍《はた》で見ているレイオット達にもよく分かった。

「……レイ」

ぐでっと作業台の上に倒れたままジャックが声を掛けてくる。

「何だ?」

「何となく俺は今、レイに親近感を覚えていたりする」

「……だろうな」

ちらりと横のネリンの方を見てからレイオットは言った。

もっともネリンやエヴァら本人は全く自覚が無いらしく、二人の会話をむしろ怪訝《けげん》そうに聞いているが。

「とはいえ俺としてはモールド・キャリアを入れ易《やす》くて助かるが」

いつもジャックの工房にモールド・キャリアで乗り入れる場合、何か余計《よけい》なものは踏《ふ》まないか、何処かに接触《せっしょく》して積まれたガラクタの山を崩《くず》さないか、結構《けっこう》気を使わなければならなかったのは事実である。

「……裏切《うらぎ》り者め」

「シャッター、勝手に開けるぞ。それからシモンズ監督官《かんとくかん》が話があるそうだが」

言ってレイオットはシャッターの開閉《かいへい》装置の処に歩いていく。

「なんでしょ。何でも聞いて」

見るからに投げやりに言うジャックにネリンは苦笑《くしょう》する。

「ええと……」

言い淀《よど》むネリン。

いつも飄々《ひょうひょう》としているジャックを見慣《みな》れているので、此処まで憔悴した印象の彼を前にするとまるで別人を相手にしている様で戸惑《とまど》ってしまうのだ。

そんな彼女の様子を見て気を回したエヴァが——

「私が居てはまずいのであれば、席を外しますが？」

などと勘違《かんちが》いして言ってくる。

ネリンは慌《あわ》てて首を振《ふ》って言った。

「いえ。むしろイーミュンさんも居てくれた方が助かります」

「…………？」

首を傾《かし》げるエヴァ。

「単刀直入に伺《うかが》いますが」

ネリンは言った。

「人間を魔族《メレヴエレント》化させる事は可能ですか？」

●　●　●

魔族――不用意に魔法《まほう》を使い、人である事を辞《や》めた者。

この定義《ていぎ》を逆側《ぎゃく》から捉《とら》えれば『魔法を使わない限《かぎ》りは魔族にならない』という事になる。

また同時に『きちんと用意があれば魔法を使っても魔族にならない』という事でもある。

これは大前提《だいぜんてい》だ。

だがこの大前提は実の処――根拠《こんきょ》が無い。

そもそも現代《げんだい》において『魔法』とは極《きわ》めて微妙《びみょう》な認識《にんしき》の上に存在している。

それは根本的には作用構造《こうぞう》の不明な『謎《なぞ》の技術』であり、どうして人間の意識と特定の呪文《じゅもん》書式の組み合せによって物理法則をも超越《ちょうえつ》した現象が発生するのか――人々は理解《りかい》していない。恐らく唯一《ゆいいつ》理解していたであろうジョージ・グレコ教授《きょうじゅ》は行方《ゆくえ》不明となったまま五十年以上の歳月《さいげつ》が経過《けいか》し、〈イエルネフェルト事変〉以降《いこう》は大規模《だいきぼ》な検証《けんしょう》実験も行われないまま、人類は限定《げんてい》的な経験則《けいけんそく》に依《よ》ってのみこの不可解な技術を使い続けている。

そしてそれは魔法の反動として蓄積《ちくせき》されるという呪素《じゅそ》や、その蓄積が一定量に達した時に始まる肉体と精神の変異――後天性魔法中毒《つうしょう》、通称『魔族化《メレヴエレント》』に対しても言える事である。

あくまでそれらに関する知識《ちしき》は、経験則の上に成り立っている。

統計《とうけい》を基《もと》に『極めてその可能性が高い』と言われているだけの事であって、論理《ろんり》的な裏《うら》付けが無いのである。それはつまり絶対ではないという事だ。今まで知られていなかった例外の存在一つで簡単《かんたん》に覆《くつがえ》されてしまう程度のものに過ぎない。

無論、応用の領域《りょういき》になればきちんとした理論は存在するし、法則性もある。だからこそモールド・エンジニア達はモールドを設計《せっけい》出来る訳《わけ》だし、スタッフに代表される様な魔法の増幅《ぞうふく》装置やその他諸々《もろもろ》の補助《ほじょ》装置が開発されている。

しかし根本的な処で『どうして魔法は存在するのか』という事については事実上、誰も分かっていない。ラジオの構造を知らなくてもラジオのスイッチをひねる事さえ知っていればラジオを聴《き》く事は出来る——これと同じ理屈《りくつ》で人々は魔法を使っているに過ぎない。

つまり。

自分達が盤石《ばんじゃく》と信じてその上に様々なものを築《きず》き上げている大前提は実は薄氷《はくひょう》に過ぎないかもしれないのである。

その事を人々は知っている。知った上で忘《わす》れた振りをして魔法を使い続けている。そうしないと現代社会は最早《もはや》立ち行かない様な状態《じょうたい》になってきているからだ。

だが……

時折人々は不安を覚えるのだ。

それは本当に正しい事なのか？

例えば『魔法を使わない限りは魔族《メレヴェレント》にならない』——この大前提は絶対《ぜったい》に覆らない真理か？　それを信じてしまって良いのか？

もしそれが間違《まちが》っていたとしたら。

誰がいつ魔族になるか分からなくなる。

友人。恋人《こいびと》。親兄弟。そして自分。

多くの一般市民は——自らを『善良《ぜんりょう》な一市民』と定義している者達は、魔族化という現象を縁《えん》遠いものだと考えている。それは魔法士という特殊《とくしゅ》な職業《しょくぎょう》に就《つ》く者達や、密造《みつぞう》モールドや〈黒本〉などという違法なものを自ら買い求める様な者達の世界の話であって、自分達には直接関係の無い事なのだと思っている。

だからこそ人々は何とか不安を抑《おさ》え込んで暮《く》らしていけるのだ。

だが本当は——ある日突然《とつぜん》、普通《ふつう》に暮らしている人間が魔族になるのだとしたら。

それは……

●　●　●

「人為《じんい》的な魔族化？」

「はい」

首を傾《かし》げるジャックにネリンは頷《うなず》いて見せた。

「そういう事は可能《かのう》かどうか——という話ですけど」

「そりゃ可能でしょ」

何を言ってるんだ、といった表情でジャックは言う。

ネリンはエヴァの方にも視線《しせん》を向けるが、彼女も頷いている。

「ただ単にモールド着けずに魔法唱えればいい訳で。「黒本」使って魔族《メレヴエレント》化してる連中なんて皆《みんな》、人為的に魔族化してる訳だし」

ジャックは作業台から身を起こしながら言った。

「あ……いや、そういう事ではなくて。ええと……だから……その、自分自身ではなく、他人を、魔族化する事が可能かって話ですけど」

「他人を？」

怪訝《けげん》そうに呟《つぶや》くジャック。

彼は腕を組んでしばらく考えていたが——

「……そりゃ理論《ろんり》的には充分《じゆうぶん》に可能だけどもね」

「そうね。わざわざそんな馬鹿《ばか》な真似《まね》する人間は居《い》ないけれど」

とエヴァも隣《となり》でジャックの意見を肯定《こうてい》する。

ジャックはひとしきり首を捻《ひね》った後──改めてネリンの方を眺《なが》めた。

「ひょっとして例の噂《うわさ》とか信じてる？」

「噂──ですか？」

「〈黒騎士《くろきし》〉だよ」

「──あ。御存知《ごぞんじ》ですか」

「ジャック──何の話？」

〈黒騎士〉の噂を知らないらしいエヴァが首を傾げて言う。ふとネリンが振り返ってみると──どうやらレイオットも知らないらしく、彼は肩《かた》を竦《すく》めて首を振って見せた。

「あー……つまり」

ジャックは立ち上がって棚《たな》の一つに歩み寄りながら言った。

「『夜な夜な〈黒騎士〉と呼《よ》ばれる正体不明の怪人《かいじん》が、このトリスタンの市街を徘徊《はいかい》し、犠牲者《ぎせいしゃ》を求めている。この怪人は善良な市民に呪《のろ》いをかけて魔族《メレヴェレント》にしてしまう』──ってさ」

「なんなの、それ？　そんな噂が出回っているの？」

「うん、割《わり》と」

ジャックは頷いた。

「……知らなかったわ。でもジャック、貴方《あなた》――いつも工房《こうぼう》にこもってるくせにどうしてそういう事には詳《くわ》しいの？」

「あー。色々取ってるからさ。雑誌《ざっし》とか新聞とか色々。大抵《たいてい》のはちょっと割増《わりまし》料金払《はら》えば配達してくれるよ。割とアングラなものも多いし――とと。これだ」

言ってジャックが棚から引っ張《ぱ》り出して示《しめ》したのは――明らかに粗悪《そあく》な紙質《かみしつ》と印刷状態の紙束であった。

一番上の紙には〈ザ・ヒドゥン〉の文字がある。

「それって……」

眉《まゆ》を顰《ひそ》めてエヴァが呟く。

ジャックはその出来の悪い雑誌モドキのページをぱらぱらとめくりながら頷く。

「そう。いわゆる同人誌。卸問屋《おろしどんや》を介《かい》して商業流通してる雑誌ではなくて、口コミで密売《みつばい》されている雑誌の類だね。まあ別にこれ自体は違法《いほう》じゃないから密売ってのも変かな」

「……そんなものもあるんですね」

とネリン。

〈黒騎士〉の話は――てっきり口コミだけで広がっているものだと思っていた。こんな雑誌が出ていたのでは、さぞかし都市伝説の拡散《かくさん》速度も速かろう。

「これを見て知ったんじゃないの？」

ジャックは〈ザ・ヒドゥン〉を差し出しながらそう尋《たず》ねてくる。ネリンはそれを受け取りながら小さく首を振った。

「いえ——私はモデラート警視《けいし》から聞いただけですけど」

「なるほどね。ええとほら——例の〈黒本〉ブームってのが一時期あったでしょ」

「……ええまあ」

と顔をしかめて言うネリン。

ブームというと何か肯定的で好きにはなれないが、確《たし》かに一時期、〈黒本〉と呼ばれる違法な魔法解説書《まほうかいせつ》が出回った事がある。

現在《げんざい》はその『ブーム』は沈静化《ちんせいか》しているが——無論、これは人々が違法なものを拒《こば》みきるだけの理性に目覚めた訳ではない。単に大量生産の結果、欲《ほ》しがる人間には一通り行き渡《わた》っただけの事である。

「まあ、当然、海賊書籍《コピー》なんて印刷機と製本《せいほん》機があれば誰《だれ》でも大量生産出来る訳で——『黒本ブーム』に乗っかった連中が輪転機《りんてんき》だの何だの導入《どうにゅう》して小銭儲《こぜにもう》けたのは良いんだけどね、あっという間にブームが去っちゃったら、役に立たない輪転機だけが残りました、と」

「……まさかそういった連中が、こういう新聞だの何だのを発行してる訳《わけ》ですか」

「正解《せいかい》」

苦笑を浮かべてジャックが振り返る。

「まあ大抵は愚《ぐ》にも付かないネタなんだけどね。それでもまあ何の原因《げんいん》も無い処に突発的《とっぱつ》なネタが出てくる事は無いから、こう、全部流し見して状況《じょうきょう》を俯瞰《ふかん》してみると色々見えてきて面白《おもしろ》い」

言って気楽に笑ってみせるジャック。

このアングラ雑誌の出版《しゅっぱん》された事情云々《うんぬん》も、そうして得た情報《じょうほう》なのだろうか。

「で、まあそれはいいとして」

ジャックは椅子《いす》に座《すわ》り直しながら言った。

「他人を魔族《メレヴエレント》化させる事だっけ？　さっきも言ったけど可能。まあ理論だけだけどもね」

「そうなんですか？」

「うん。そもそも――この」

ひょいとジャックは作業台の下から小さな缶《かん》の様なものを取り出して見せた。大きさは直径三センチメルトル、全長十センチメルトル位の小さなもので、掌《てのひら》の中に握《にぎ》り込《こ》んでしまえば何か分からなくなる程度《ていど》の代物だ。

「これが封呪素筒《ふうじゅそとう》なんだけどさ」

「それは知ってますが」

「要するに、モールドの機能ってのはこの封呪素筒に、魔法の行使で発生する呪素を誘導《ゆうどう》し、肉体内部に残留《ざんりゅう》させないって事な訳だよ」

「それも分かりますけど」

「なら簡単だよね——魔法を行使した際に、発生した呪素をこの封呪素筒じゃなくて、他人の肉体に注ぎ込めば良い訳で」

「そ……そんな簡単《かんたん》なものなんですか？」

「実際には——」

エヴァが言葉を引き取って続ける。

「それを『機能』として実用段階に持っていくのはそう簡単かどうか分かりませんが。呪素の発生原理もよく分かっていませんし、特定個人《こじん》の魔法の行使によって発生した呪素が、他人にも魔族《メレヴエレント》化を促《うなが》すのかどうかも分かっていません」

「……なるほど」

確《たし》かにこればかりは研究する訳にもいくまい。検証《けんしょう》するにはどうしても人体実験が必要であろうし、その上、発生した魔族の処分《しょぶん》の問題も出てくる。

「でも……どうしてそんな事を？」

　とエヴァが尋《たず》ねてくる。

「ローランドさんやイーミュンさんも聞いておられるかもしれませんけど……実は最近、どう考えても魔法と縁《えん》の無い様な人間が、真夜中に魔族《メレヴエレント》化する事例が増《ふ》えてきていて。無論《むろん》、本当に〈黒本〉とか麻薬《まやく》と関係が無かったのかどうか、検証《けんしょう》が済《す》んでいる訳ではないんですが――」

「だから……か」

　ジャックが納得《なっとく》した様子で頷く。

「〈黒騎士《くろきし》〉の記事もその事実から派生した都市伝説なのかもしれませんが」

　とエヴァ。

　それは確かにネリンも考えた。

　だがもし〈黒騎士〉が実在するとしたら。あるいは〈黒騎士〉そのものは単なる都市伝説でも、この『魔族化しそうにない人間達の魔族化』が連続する背景《はいけい》に、何か人為《じんい》的な原因があるのだとしたら――

「一種の通り魔《ま》、テロ、そんな形で他人を魔族化出来ないかって話だね」

　ジャックは更《さら》に頷きながら――腕を組んで言った。

「うーん？　微妙《びみょう》というか何というか。テロの場合は普通《ふつう》に〈黒本〉使うなり、魔法士《ソーサリスト》のモールドに細工するなりすればいい訳だし――実際《じっさい》、前の〈秩序《ちつじょ》成す炎《ほのお》〉の連中なんかはそうしてたし」

「……そうなんですよね」

「後は本当に通り魔が居るとか？　しかしそれもなあ……そんな事して何が嬉《うれ》しいのやら。下手すりゃ魔族が一番最初に襲《おそ》うのはその通り魔自身だろうしねえ」

魔族化という現象は平均《へいきん》すると約三分で完了《かんりょう》すると言われている。

だがこれはあくまで平均であって個体差や状況によっても大きく変動する。十数秒で肉体的にも精神《せいしん》的にも魔族化が完了する個体も居れば、肉体は変形しながらも十分近く人間の意識《いしき》を残していた個体も居たと記録には残っている。

当然――通り魔が人間を魔族《メレヴエレント》化させる場合、短時間で魔族化が完了してしまえば通り魔自身が先《ま》ず危険に晒《さら》される。状況《じょうきょう》の如何《いかん》にかかわらず魔族は本能的に手近な人間を襲うからだ。無論、魔族化途中《とちゅう》で射殺《しゃさつ》出来れば危険は回避《かいひ》出来るが、それならばそもそも魔族化させる意味は何処に在るのか――という事になる。

「何らかの形で魔族化過程《かてい》を制御《せいぎょ》出来ればね――」

「…………」

それまで黙《だま》ってネリン達の会話を聴《き》いていたレイオットが——ふと顔をしかめる。

魔族《メレヴエレント》化過程制御。

それについて研究していた男を彼は一人知っている。もっともその男はあくまで魔族を制御する事ではなく、完全に完成された、魔族——否《いな》、人間たる〈完全体《パーフエクタント》〉を創《つく》り出す技《ぎ》術《じゅつ》について研究していた訳だが。

確かに魔族化の抑制《よくせい》やその過程の時間的遅延《ちえん》といったものもあの男は研究していた様に思う。また源流魔法使《ルート・ソーサリアン》と呼ばれる者達も魔族化抑制の技術を持っていたという。

もし……あの狂《くる》った医師《いし》の研究が誰かの手に渡《わた》っていたら。

あるいは源流魔法使達の技術を何らかの方法で再現《さいげん》出来たら。

それは——

それは——

「——ところで」

レイオットは口を挟《はさ》んだ。

「その〈黒騎士〉ってのの噂《うわさ》はどれ位、信憑性《しんぴょうせい》があるもんなんだ？」

「先も言った様に——いわゆる都市伝説の類だとは思います」

苦笑《くしょう》を浮かべてネリンが言う。

彼女の台詞《せりふ》を引き取る様にしてエヴァが続けた。

「技術的な見地から言えば——理論上は確かに可能ではあるのでしょう。ですが、そんな事をする意義《いぎ》が見いだせません。魔族を創り出すという事は、例えばテロ目的などには有効かもしれませんが、それだけならただ単に薬物か何かで洗脳《せんのう》した人間に呪文《じゅもん》を唱えさせれば良いだけでしょうし、何より魔族化した対象が先《ま》ず最初に襲うのは手近に居る人間、即《すなわ》ちその〈黒騎士〉である筈《はず》です。そんな危険を冒《おか》してまで魔族を創り出す技術が必要とされるとは考えにくいと思います」

「……なるほどな」

「スタインバーグさんはその手の都市伝説の類を信じる方なのですか？」

苦笑を浮かべるエヴァに、しかしレイオットは首を振《ふ》った。

「いや……無論、そういうのは信じてないがね。ただ——」

「ただ？」

「そういえばいかにも〈黒騎士〉でございって格好《かっこう》の奴《やつ》を先日見たな、と思ってな」

「……え？」

眼《め》を瞬《しばた》かせるネリン達。

「見たって……」

「昨日の仕事の時——というか現場に着く直前の話だが」

言ってレイオットはカペルテータを振り返る。

「カペル。お前の特技を見せてやれ」

「…………」

CSAの少女は黙《だま》って懐《ふところ》から鉛筆《えんぴつ》を取り出すと、ジャックの方を向いて言った。

「白い紙は、ありますか。色がついていても無地のものであれば構《かま》いませんが」

「……何を始めようってんだ？」

首を傾《かし》げてジャックは言い——ネリンとエヴァは怪訝《けげん》そうに顔を見合わせた。

●　●　●

提出《ていしゅつ》された調査報告書類《ちょうさほうこくしょるい》を見てブライアンは呻《うめ》いた。

内容《ないよう》はトリスタン市内における各種犯罪《はんざい》の一週間単位での発生件数《けんすう》をまとめたものだ。どうにも気になったので、SSSの資料《しりょう》という名目で強引《ごういん》に人を使って各種資料を集めさせ、要約させたのだが……事態《じたい》は彼の予想通りになりつつあった。いや。予想よりも悪い。こんなに簡単に事態が悪化するとはブライアンも思っていなかった。

暴行《ぼうこう》や傷害致死《しょうがいちし》の件数が増《ふ》えている。

しかもここ二か月で急激《きゅうげき》に——である。

内容を見れば集団暴行だけが急増しており、他の犯罪の発生件数に関してはいつもとそう変わらない。治安が悪化して全体的に犯罪の発生件数が増えるという場合はともかく、ただ一種の犯罪が急激に増加するのには当然、ある種の——明確《めいかく》な原因《げんいん》が存在する。偶然《ぐうぜん》でこんな事は先ず起きない。

集団暴行。

その詳細《しょうさい》な内容を見ればやはりブライアンの予想通りになっていた。

魔族《メレヴエレント》や魔法士絡《ソーサリストがら》みなのだ。

暴行の対象になっているのは魔族になった者の遺族《いぞく》や魔法士の関係者、あるいはCSAとその親族である。その数——この半月で実に三十件余《あま》り。無論、普段《ふだん》からこうした私刑《リンチ》じみた集団暴行は起こっていたが、こういうものには『流行』というものがある。言ってしまえばこの手の私刑行為は加害者側の気分が大きく影響《えいきょう》する。

誰でも良いのだ。加害者になる事で優越《ゆうえつ》感を得ようとする行為《こうい》なのだから、実はこの手の私刑行為は加害者側が飽《あ》きるのも早い。またわざわざ『対象』をあちこち探《さが》し歩く様な真似《まね》はしない。要するに抑圧《ストレス》発散の為《ため》の行動なので、そこに『努力』などする者はごく稀《まれ》なのだ。

例えば魔族になった者の遺族への暴行。

これはせいぜい三か月が山《ピーク》だ。この時期を過《す》ぎると加害者側の興味《きょうみ》は次の対象に移《うつ》り始める。つまりはこの三か月を耐《た》えきれば迫害《はくがい》は次第《しだい》に減《へ》っていく。過去《かこ》の統計《とうけい》を見ていても、名前を変え、住所や職業《しょくぎょう》を変えてこの三か月をやり過《す》ごせば、世間は事件そのものについて忘《わす》れ始め、加害者達も別の相手に乗り換《か》え、生活が安定してくる者達が多い。

ところが……今回はその例外になっている。

加害者達はこの『魔《ま》の三か月』を越《こ》えた遺族達をも執拗《しつよう》に調べだして暴行を加えているのである。これは今までに見られなかった特徴《とくちょう》だ。

そしてその原因についてもブライアンは想像がつく。

(要するに今までは優越感を得る為の行動だった……つまりは余裕《よゆう》の産物だった訳《わけ》だ)

余裕の無い人間がいちいち他人への優越感を気にする事も無い。

だが――

(これはむしろ恐怖《きょうふ》からの行動だろう)

誰が魔族になるか分からない。

自分がいきなりなるかもしれない。

そんな噂《うわさ》が実際に流布《るふ》し始め、人々は恐怖を忘れる為に、加害者側に回ろうとしている。

自分が暴力でもって他者を虐《しいた》げている間は、自分が被害者《ひがいしゃ》になる可能性というものに考えを及《およ》ぼさずに済《す》む。

「……くそ……人間ってやつは、どうしてこう……」

ブライアンは調査報告書を執務机《デスク》の上に投げ出しながら長々と溜《た》め息をついた。

●　●　●

紙の上を鉛筆《えんぴつ》が滑《すべ》っていく。

単なる点であったその先端《せんたん》が紙との摩擦《まさつ》の末に何十何百何千もの線を生み出す。更《さら》に無数の線は相互《そうご》に繋《つな》がって幾《いく》つもの面を切り出してゆく。切り出された面は更に相互に繋がって立体を表現する。

一本一本の線はただそれだけのものだ。

同じものを引けと言われれば誰《だれ》でも出来るだろう。

しかし――

「………」

呆然《ぼうぜん》とネリンはその様子を見ていた。

どうやらエヴァとジャックも同じ感想を抱《いだ》いている様だ。レイオットは予《あらかじ》め知っていたから別段驚《べつだんおどろ》いた様子は無いのだが――恐《おそ》らく彼とて初めて見た時は驚いた事だろう。

そして——

「——覚えているのは此処《ここ》までです」

そう言ってカペルテータが鉛筆を置いた瞬間《しゅんかん》、ネリン達は詰《つ》めていた息を長々と吐《は》いた。

作業台の上には一枚《まい》の絵が完成していた。

およそ五分程《ほど》でカペルテータが鉛筆で描いたものである。何ら特別な道具は使っていない。また何ら特別な技法《ぎほう》も使っていない。彼女はただ鉛筆を走らせていただけだ。

だが……

「……カペルテータさん」

カペルテータの方を見てエヴァが呻《うめ》く様な声で言った。

「はい」

「ローランド工房《ウォルチ》で製図技師《せいずぎし》として働く気は無い？」

「……ちょっとエヴァ姉」

呆《あき》れた様にジャックが言う。

「いきなり何を言ってるんだよ!?」

「何って。見れば分かるでしょう？」

エヴァはやや興奮《こうふん》の滲《にじ》んだ声で言いながら作業台の上の絵を指差した。

写真かと見紛《みまが》う程に描《か》き込まれた精密無比《せいみつむひ》なスケッチを。

「精密な絵を描く人は珍《めずら》しくないけど——今の速さと描き方はジャックも見たでしょう？この子の並外《なみ》れた描画能力《びょうがのうりょく》なら、絶対《ぜったい》に設計《せっけい》やプレゼンテーションで役に立つわ」

確《たし》かにカペルテータの描いた絵は驚異的《きょうい》だった。

まずそれは恐ろしく精密だった。横に現物の写真でも置いて描いているのではないかと思う程に細かい。そもそも情報量《じょうほう》として莫大《ばくだい》なものがその絵にはあった。

だが精密さそのものはさして驚く事ではない。描画技術に長《た》けた者ならばカペルテータと同じ程度の緻密《ちみつ》さで絵を描く事が出来るだろう。

ただし……カペルテータは絵を描く際に全く『あたり』をつけていない。

通常《つうじょう》、絵を描く場合は大まかな形を先《ま》ず描き出してから、線を何本も重ねて輪郭《りんかく》を絞《しぼ》り込《こ》んでいく。いわゆるデッサンだ。適当《てきとう》な『あたり』をつけてから修正《しゅうせい》を繰《く》り返して完成形に近付けていくのである。

だがカペルテータは全くその作業が無い。

最初から完成形の線をそこに引いてしまうのである。一ミリメルトルの誤差《ごさ》も無く——無駄《むだ》な線は一ミリメルトルとて描く事は無く、彼女は必要な線だけを必要な長さで、そこにいきなり描き出して見せたのだ。

故《ゆえ》にカペルテータは一度も消しゴムを使っていない。

しかも……彼女は輪郭も細部も区別が無く同時に描いて行く。普通《ふつう》は先に大まかな輪郭を描き込んでからその中に詳細《しょうさい》を配置していくものだが、彼女はただ一方的に右から左へと絵の密度を上げていっただけだ。

明らかに普通の描き方ではない。

しかもそもそも線を描く速度自体も速い。

まるである種の機械が予《あらかじ》め定められた数値《すうち》に従《したが》って作動しているかの様だった。

だが——

「……盛《も》り上がっている処《ところ》を申し訳《わけ》ないが」

レイオットが苦笑《くしょう》を浮《う》かべて言う。

「多分——イーミュン女史の期待している様な能力はカペルには無いぞ」

「え……？」

眼を瞬かせるエヴァ。

「カペルは観《み》たものを観た通りにしか描けない。こいつの場合は写真と一緒なんだ。いつでもプリントは可能《かのう》だが——それだけだ。応用性が全く無い」

「…………」

唖然《あぜん》とした表情でエヴァがカペルテータを振り返る。

ＣＳＡの少女は誇《ほこ》るでも恥《は》じるでもなくただ淡々《たんたん》と頷《うなず》いた。

写真を見て描けるという事は——逆《ぎゃく》に言えば写真を見ていなければ描けないという事である。カペルテータはその記憶力《きおく》によって自分の眼で観た情景《じょうけい》を詳細漏《しょうさいも》らさず脳裏《のうり》に再現《さいげん》し、それをそのまま絵に落とし込む事が出来る訳だが——観ていないものは描けない。

彼女の描画能力には応用性が無い。

更《さら》に言えば創造性《そうぞうせい》が無い。

当然ながら『もう少し斜《なな》めの角度から』といった注文にも応じる事は出来ない。ましてや『もっと勢《いきお》いのある感じで』『もっと派手《はで》な印象に』などと曖昧《あいまい》さの混じる様な——一定の解釈《かいしゃく》を要する様な注文には全く対応出来ない。

これでは創造性を要求される画家は無論の事、応用性を要求される製図技師としても役に立たないだろう。カペルテータのそれはつまり技術ではなく能力なのである。

「それはさておき——これなんだが」

レイオットが紙の上に描き出された物体を指差す。

即《すなわ》ち——四本脚《あし》のモールドを。

言うまでもなくそれはレイオット達が昨晩目撃《さくばんもくげき》した異形《いぎょう》だ。神話か伝説の中から抜け出してきたかの様な半人半馬《ケンタウロス》の異様な姿《すがた》。鎧騎士《よろいきし》を想《おも》わせる頭部の羽根飾《かざ》りや、過剰《かじょう》な程《ほど》に強調されて重量感を醸《かも》し出す肩部《けんぶ》、胸部《きょうぶ》、そして前腕部《ぜんわん》も緻密《ちみつ》に再現されている。

異形といえば確かに異形だ。

だが絵を見る限《かぎ》りそこにはある種の統一《とういつ》感がある様に見えた。

特定の目的の為《ため》に無駄《むだ》を削《そ》ぎ落とし、機能を絞《しぼ》り込んで設計された機械には基本構造《きほんこうぞう》そのものにある種の禁欲的《ストイック》な美しさが——いわゆる機能美が備《そな》わる。

この絵に描かれた物体にも機能美に似通《にかよ》った何かがあった。

「——ふむ」

ジャックが改めて腕を組んでその絵を見つめる。

「これがどうかした？」

「いや……妙《みょう》な印象のモールドだったんでな。ちと気になっただけだ」

「うーむ……」

ジャックは首を傾《かし》げている。

隣《となり》から絵を覗《のぞ》き込むエヴァも何やら興味《きょうみ》を惹《ひ》かれた様子で熱心にその絵を見つめていた。

「昨日の現場に行く途中で見た。最初　魔　族《メレヴエレント》かと思ったが、よく見れば機械っぽい。モールドかとも思ったが、意味もなくモールド着けた魔法士《ソーサリスト》がうろうろしている筈《はず》も無いだろうし——」

「——ああ」

何やら納得《なっとく》した様子でネリンが頷いた。

「だから私に聞いたんですか——『もう別の魔法士を投入したのか』って？」

「そういう事だな」

とレイオット。

「……なあレイ。いやカペちゃんに聞くべきか」

ジャックは腕組みを解《と》いて言った。

「カペちゃんの画才はよく分かったけどさ。この絵はどの程度、現物に忠実なんだろう？」

「……俺《おれ》の記憶《きおく》が確《たし》かなら」

レイオットは額《ひたい》に人差し指を当てて言った。

「写真並《なみ》だ。ほぼ正確と思って貰《もら》っていいと思うが。何か気になる事でもあったか？」

「いや……何というか」

ジャックは何度も何度も首を捻《ひね》りながら言った。

「妙というか——明らかに意味不明の部品が多いんだよな。この絵が確かならただのモールドじゃない。エヴァ姉はどう思う？」

「貴方《あなた》と同意見。というか必然性のあるデザインとは思えないわね。悪いけどモールド・エンジニアが作ったものというより、モールドの何たるかを知らない人間が、自分の知識《ちしき》と想像《そうぞう》力だけで作った様に見えるわ。特に四本脚は本当に意味不明だし。技術《ぎじゅつ》的な挑戦《ちょうせん》という意味では面白《おもしろ》いけれど……」

とエヴァ。

だがそこまで言って彼女は自分の台詞《せりふ》の意味に気付いて付け加えた。

「あ……ごめんなさい、別にカペルテータさんが嘘《うそ》を描《か》いているという意味ではなくて。何というかモールドではないのではないかなって。仮装《かそう》とか」

「……仮装、ですか？」

ネリンが眉《まゆ》を顰《ひそ》めて尋《たず》ねる。

「ええ。最近、若者《わかもの》間でモールドの複製品《レプリカ》の一部を付けて歩くのがちょっと流行してますよ」

「複製品って……」

ネリンの脳裏《のうり》にまず浮《う》かんだのは密造《みつぞう》モールド〈シェル〉である。

だが——

「大抵《たいてい》は形だけの代物《しろもの》で本物と同じ機能はありません。ローランド工房《こうぼう》にもたまに部品を買いに来る人も居《い》ますけども。どうも本物の部品の方が彼等《かれら》の中では『格上《かくうえ》』なんだそうで……とにかくモールドの手甲《てっこう》部分とか長靴《ブーツ》部分とか肩の装甲《そうこう》板とかそういうのを服飾《ファッション》の一部として取り込んでいる人達が居る様です」

鎖《くさり》を身体《からだ》のあちこちに巻いたり、革のジャケットやズボンに鋲《びょう》を打ったり、あるいは髑《どく》髏《ろ》や宗教の象徴印《ホーリーシンボル》を象《かたど》った銀製品《せいひん》を装飾品《そうしょくひん》として身に付ける様な、ある種のファッションとしての流れは以前からあるが……最近はそれにモールドの意匠《いしょう》が加わったという事である。

「使用前の封呪素筒《ふうじゅそとう》や拘束度端子《デュラビットたんし》をペンダントにしてぶら下げている場合もありますね。何にしても『本物の部品を使っている方が格上』と考える傾向《けいこう》がある様ですし、どんな分野でも極論に走って本旨《ほんし》から逸脱《いつだつ》する人は居ますから、こういう形のモールドを自作してしまう人間が居るのかもしれないと――」

「いや……幾《いく》らなんでもそれは無いよエヴァ姉」

苦笑《くしょう》してジャックが言った。

「下手《へた》すると警察《けいさつ》に捕《つか》まるって。それでも模造《もぞう》品着て歩くなんて根性《こんじょう》入った物好きがそうそう居る筈も無いし」

モールドやスタッフは当然ながら魔法士法《ソーサリスト》、都市内魔法行使条例《じょうれい》、魔法工学技術管理法等の対象となる品物である。部品の一部なら確かに一般人《いっぱん》でも購入《こうにゅう》が可能《かのう》だが——きちんと組み立てられて機能する品を資格《しかく》の無い者が持つのは禁《きん》じられている。

当然……たとえ資格があったとしても理由も無くそれを着けて歩くのはやはり騒乱罪《そうらんざい》に相当するとして逮捕《たいほ》される可能性が高い。

着ているのがたとえ形だけの模造品だとしても、そんなものを着けて夜中に歩いていれば確実に通報《つうほう》されてしまうだろう。

また実用的な意味から言っても、全身を覆《おお》い尽《つ》くす様な鎧を着て歩く根性の持ち主はまず居まい。模造品とはいえそれなりに重いし蒸《む》れる上、視界《しかい》が狭《せま》いので、慣《な》れていなければただ歩くのにさえ苦労したりする。

何より……

「既存《きそん》のモールドを真似るっていうのなら四本脚《あし》にする必要は無いだろ」

「……まあそれもそうね」

あっさりとエヴァは認《みと》めた。

「それに」

レイオットがカペルテータを振り返りながら言った。

「格好《かっこう》だけの模造品って事は無い。明らかにこいつはモールドの機能を備えていた。魔法を使っていたからな。カペルテータも確認《かくにん》してる」

「……え？」

「カペちゃんはイマジネーション・バーストを感知する事が出来るんだよ」

怪訝《けげん》そうな表情を浮《う》かべるエヴァにジャックが補足《ほそく》説明を入れた。

「まあ言ってみれば生きた魔力計《まりょくけい》だね」

「…………」

さすがに驚《おどろ》いた様子でエヴァはカペルテータを見つめる。レイオットやネリン、ジャックにとってはもう当たり前の事実であるが、さすがに初めて聞かされれば驚かざるを得ないだろう。

「でもそうなると……どうしてこんな無駄《むだ》の多い形状《けいじょう》になったのか……」

「いや──エヴァ姉。ちょっと待って」

ジャックは改めてその絵を右に左に傾《かたむ》けたりして眺めながら言った。

「逆《ぎゃく》に考えたらどうだろう？」

「──逆？」

「この形状にならざるを得なかったって事」

「必然があるって意味？　こんな——」

言いかけて。

エヴァも何かに気付いた様子で眉《まゆ》を顰《ひそ》める。

「四本脚……機動性……いや……可搬性《かはんせい》？　耐荷重量《たいかじゅうりょう》？　ならば——」

「うん。そうなんだよな。基本的《きほん》な部品配置は済《す》んでいる上で、この形状になっているのなら、それは追加部品の可搬性を考慮《こうりょ》した上での事じゃないかと」

「でも……その場合に、車輛《しゃりょう》でない意味は？」

「町中、特に家屋内での移動《いどう》を想定して……」

「なるほど。でもじゃあその重量配分と、魔力回路の位置分散に関して〈ヴェスタックスの法則《ほうそく》〉の当てはまる範囲《はんい》が——」

………などと。

ジャックとエヴァは二人で何やらぶつぶつと口の中で呟《つぶや》きながら何かを考えている。傍《はた》で見ている限《かぎ》りでは会話が成立しているのかどうかも怪《あや》しい感じなのだが……相互《そうご》に頷《うなず》き合っている事からすればきちんと意思疎《そ》通《つう》は出来ている様だった。

性格《せいかく》はかなり違う様だが、こうなるとやはり同じく優秀《ゆうしゅう》な技術《ぎじゅつ》者——ただ会話しているだけでも素人《しろうと》にはおいそれと割って入れない様な独特《どくとく》の雰囲気が形成されてしまう。

ネリンなどはただただ眼を瞬《しばた》かせて意味不明の会話を聞いているばかりだ。

そして——五分経過《けいか》。

「……おーい。戻《もど》ってこい」

待つのに飽《あ》きたレイオットが呼《よ》ぶと——ようやく二人は気がついた様子で視線《しせん》をレイオット達の方に戻した。

「頼《たの》むから俺達にも分かる言葉で喋《しゃべ》れ」

「……すいません」

「いや、そんな専門《せんもん》用語は使ってなかったけどさ」

エヴァが苦笑《くしょう》を浮《う》かべ、ジャックは肩《かた》を竦《すく》める。

「これって何か特殊《とくしゅ》なシステムでも積んでるんじゃないかな」

「特殊な——システム？」

「据《す》え付け型でもないのにこの体積——スタッフ内蔵《ないぞう》型だとしても、どうもバランスがおかしいというか。だから逆《ぎゃく》に考えたんだけどね。この四つ脚は、普通《ふつう》のモールドには必要の無い重量を運ぶ為《ため》のものなのかな、と」

「それが『特殊なシステム』か？」

「そう。確《たし》かに機動性、運動性を確保《かくほ》しつつ重量を増《ふ》やす場合、四つ脚というのは賢明《けんめい》な選択《せんたく》ではあるんだよ——制御《せいぎょ》出来ればの話だけど」

「……ふむ？」

「恐《おそ》らく車輪になってないのは屋内での機動性を考慮《こうりょ》した結果だろうね。いや、まあトリスタンは元々、坂道と同じ位に街中に階段《かいだん》も多いから、そういう意味でも四つ脚の方が有利かな。まあ歩行制御にしても四本脚なら二脚歩行より遥《はる》かに簡単《かんたん》だからね。動歩行というか『走る』のは困難《こんなん》かもしれないけど——」

「……そういうものなのか？」

「そりゃそうだよ。だって」

ジャックが何処《どこ》からか取り出した薄《うす》い鉄板を作業台の上に置いた。

「普通、支《ささ》えが二本の場合は、前後に倒《たお》れる可能性《かのうせい》が高いだろ。これは支え——脚の部分が『線』だから」

ジャックが手を離すとぱたんとその鉄板は倒れた。

「……それで？」

「これが『面』になればその面に荷重が分散される上に重心がその面の中に収《おさ》まりやすくなるから、当然、支え易《やす》くなる訳《わけ》。薄い板を立たせるより、塊《かたまり》をポンと置く方が楽な理屈《りくつ》は分かる？」

言ってジャックは今度は何かの部品——先の鉄板と同じだが、数か所に突起《とっき》が出ているものを作業台の上に置く。それはジャックが手を離しても突起を数本の『脚』として危《あぶ》なげなく作業台の上に立っていた。

「実際《じっさい》に地面に接《せっ》してるのは点でも、それを結ぶと面になるでしょ」

「……なるほど」

「で——さ。当然一本脚でものを立たせるのは難《むずか》しいよね？」

「そうだな」

「そうすると、二本脚の場合、毎回歩く度《たび》に一本脚で立ってる瞬間《しゅんかん》がある訳だよ」

ジャックはそう言って部品を大きく傾ける。

彼の指の下——たった一本の突起で本体を支える形となったその部品はゆらゆらと安定を失って揺れていた。

「この平衡《へいこう》感覚ってのを機械に代用させるのは非常《ひじょう》に難しいんだよね。意外に人間の脳《のう》は複雑《ふくざつ》な処理《しより》をしてるって事。でも——これが四本脚ならどうだろう？」

「…………」

レイオットは眉《まゆ》を顰《ひそ》めて数秒——黙考《もっこう》。

「…………そうか。三角形の面が残るか」

「正解《せいかい》。たとえ一本の脚を上げたって、三本の脚が面を作って重心をそこに収めるからね——倒れにくい。まあこれが歩行機械の基本《きほん》原理なんだけどさ。もし機械的にモールドを拡張《かくちょう》して動き回る場合、二本脚の巨人を作るより、四本脚の機体を作った方が制御が楽だって事。それにした処《ところ》で、機械で全《すべ》て賄《まかな》うのなら微妙《びみょう》な制御が必要になってくるのは当然だし、『走る』事は出来ないだろうけどね」

「……そうなのか？」

「レイ、犬とか猫《ねこ》が走っている姿《すがた》、思い描《えが》ける？」

「…………」

ふとレイオットはカペルテータの方を振《ふ》り返る。さすがに魔法管理局に寄《よ》ってきた事もあり、今日は彼女の飼《か》い猫のシャロンはスタインバーグ邸《てい》で留守番《るすばん》中である。

レイオットは脳裏《のうり》にシャロンの姿を思い浮かべながら曖昧《あいまい》に頷《うなず》いた。

「多分……」

「一本ずつ脚出してた？」

「…………」

シャロンが走り回っている姿を思い出す。

大人しい猫なのであまり家の中を駆《か》け回ったりはしないのだが、やはり子猫は子猫——

レイオットやカペルテータが紐《ひも》やボールを使って構《かま》ってやると、嬉《うれ》しそうに全身で飛び掛《か》かってくる。

その姿は——

「いや。なんていうか、跳《は》ねるみたいに——」

「そう。互《たが》い違《ちが》いに脚を出すんじゃなくて、背骨《せぼね》と背筋《はいきん》とを活用して、両前足、両後脚を同時に出してはぴょんぴょん跳ねる様にして前に行くだろ。動物の場合も人間の場合も同じなんだけど、静的歩行と動的歩行——走る事はまた違《ちが》うの」

動物は当然ながらこの切り替《か》えを本能《ほんのう》的に行っている。その為に『歩行』から『走行』への移行《いこう》は自然かつ滑《なめ》らかで——切り替えた瞬間というのを、観《み》ている側では意識《いしき》しにくいのだろう。

その辺りの理屈《りくつ》は分かるが……

「……正直こんがらがってきた」

レイオットは呻《うめ》く様に言った。

「まあとにかく、四つ足のモールドってのは、大型化するのと同時に移動性の確保を考えた結果として出てくる形態《けいたい》な訳だな？」

「分かってるじゃないか」

ジャックは笑った。

「制御出来れば、という但《ただ》し書きつきだけどね。ついでに言えばこの部分——」

ジャックが絵の一部を指差す。

半人半馬《ケンタウロス》の脚の付け根にあたる部分。

「車輪みたいな部品がついてるだろ。これは想像《そうぞう》だけど、道路の様な整地された部分では脚を折り畳《たた》んで車みたいに四輪で走行するんじゃないかな。胴体部分にも変形機構っぽいものが見えるし」

「……という事はつまり」

レイオットは顔をしかめて言う。

「このモールドの中身は——少なくとも前足の部分には『中身』が入っていない可能性があるって事か？」

「まあそうなるね」

ジャックが指で絵の一部をなぞる。

「まあ馬の胴体《どうたい》の部分に寝《ね》ころぶみたいにして中に入る事は出来るだろうし。何にしても魔法《ソーサリイ》を使っていたというのなら、中に人間が入っているのは間違いないけども」

魔法を完全に機械化する事は出来ない。

そもそもその原理が完全に解明《かいめい》されていないのだから当然ではある。

「——でもそうなると」

ネリンが口を挟《はさ》む。

「そのモールドに魔族《メレヴエレント》化の為の装置《そうち》とか積めるんじゃないんですか？」

「無論《むろん》、それはそうなのかもしれないけど——」

「……けど？」

「…………」

「何の意味があるのか——という最初の問題は残ります」

何やら妙《みよう》に懊悩《おうのう》の表情を見せて黙《だま》り込むジャックの後を継《つ》いで、エヴァが言った。

「そんな装置を作ってどうするのか。自分自身の安全性をどうやって確保《かくほ》するのか。対象を魔族化させた場合——魔族に最初に襲《おそ》われるのは、当然ながら最も近くに居《い》る自分という事になります」

「あ……そうか。ですよね」

苦笑《くしよう》して頷くネリン。

だが——何にしても可能か否《いな》かと問われれば——細かな問題点は幾《いく》つか残っているものの——理論上は可能ではあるらしい。

他者の強制的《きょうせい》な魔族化《メレヴエレント》。

四本脚《あし》の奇妙《きみょう》なモールド。

もし〈黒騎士《くろきし》〉の噂《うわさ》が事実ならば――『魔法を唱《ソーサリイ》えなくても魔族化する』というこの不安極《きわ》まりない状況《じょうきょう》も解決出来る可能性があった。具体的な原因《げんいん》があるのならばそれを取り除《のぞ》いてしまえば良いのだ。

ただ……

「……うーん?」

どうにも考えがまとまらないのか、ジャックは作業台の上に突《つ》っ伏《ぷ》して唸《うな》る。

「何か……つまらない事を見落としてる感じがするんだよね。なんて言うか――誰《だれ》にでも分かる様な、物凄《ものすご》く単純《たんじゅん》でつまらない事を……」

「…………」

レイオットとネリンは顔を見合わせる。

単純でつまらない事。

此処《ここ》に居《い》る誰もが分かる筈《はず》なのに見落としている何か。

それは――

「ところでジャック」

唸り続ける天才モールド・エンジニアに、ふと思い出した様子でレイオットは言った。

「昨日の仕事でスタッフが潰《つぶ》れたんだが——新しいのを調達出来るか？　出来るとしたらどの程度《ていど》の日数が掛《か》かる？」

「うん？　それは俺《おれ》に設計《せっけい》しろって事？　それとも前にやったみたいに〈アセンブラ〉の量産型スタッフに変換《へんかん》プラグ噛《か》ませろって事？」

一瞬《いっしゅん》前まで抱《かか》えていた懊悩を綺麗《きれい》さっぱり忘《わす》れたかの様に——がばりと身を起こしてジャックは言った。ある種の期待に表情《ひょうじょう》が輝《かがや》いている。

「どっちでもいいが……」

「二週間程——時間をくれ」

ジャックは言った。

「レイが驚《おどろ》く位のもの造《つく》って見せるからさ！」

「いや別に驚かせてもらう必要は無いが……」

「いいや！　絶対《ぜったい》に驚かせる！」

「…………いやまあ……何でもいいが…………二週間か……」

魔法工学機器を零《ゼロ》から設計して製造《せいぞう》するという意味ではむしろそれは破格《はかく》な程に短い時間ではあるだろう。モールドやスタッフは本来、自動車の様に工場で大量生産出来る品とは違う。完全に新規《しんき》設計で造る場合、完成までには最低でも二か月はかかる。既存《きそん》の部品を流用出来る率《りつ》が低いからだ。

この点を可能な限りに改良して造り出されたのが量産型簡易《かんい》モールド——つまりエヴァの〈アセンブラ〉シリーズな訳だが……

「ちょっとそれは困《こま》りますね」

とネリン。

「今のケースSA発生事情だと……スタインバーグさんが二週間、全く仕事が出来ないとなるとちょっと苦しい感じです。本当に余裕《よゆう》が無くなるというか」

「とりあえず以前やった様に変換プラグを間に噛ませて〈アセンブラ〉のスタッフを使う事は出来ると思います。それで一か月を凌《しの》ぐというのはどうでしょう？」

エヴァが提案《ていあん》する。

「多少の性能差は出るとは思いますが……」

「そうしよう——な？　レイ！」

妙に勢《いきお》い込んで言うジャック。

ジャックは以前からレイオットにモールドの新調を勧《すす》めていた。

これは元々レイオットのモールド〈スフォルテンド〉の設計が旧《ふる》い事もあるのだが——

やはりモールド・エンジニアとしてのジャックは単純に自分で零から設計したモールドを造ってみたいという気持ちもあった様だった。特にレイオット・スタインバーグという一流の戦術魔法士《タクティカル・ソーサリスト》専用《せんよう》の——一流の戦術魔法士だからこそ限界まで性能を引き出せる、極めて高品位のモールドを。

だがレイオットは元々〈スフォルテンド〉に愛着があった為《ため》に、今一つジャックの提案に乗り気ではなかった。結果としてジャックは〈スフォルテンド〉の修理《しゅうり》と整備《せいび》に徹《てっ》してきた訳だが……内心ではやはり自分で凝《こ》って凝って凝りまくって設計したモールドをレイオットに使わせてみたいと思っていたのだろう。

無論《むろん》——今回の話はスタッフに限ったものだ。だが別個《べっこ》の魔法機器の様に見えても実際《じっさい》にはスタッフはモールドの一部である。これを零から設計するとなると単なる修理や部分改修とは違う作業になる。

ジャックが勢い込むのも当然といえば当然だった。

「分かった分かった。じゃあ頼《たの》む——〈アセンブラ〉の変換プラグとスタッフの手配も頼めるか？」

「それは私が」

と申し出たのは無論、その〈アセンブラ〉の設計者であり販売責任者《はんばいせきにんしゃ》でもあるエヴァである。元々〈アセンブラ〉はこうした『非常用の予備《ひじょうよび》』としての需要《じゅよう》も見込《みこ》んで造られたものである。以前はレイオットもエヴァから試験用として〈アセンブラ〉を一式借りていたのだが……今はもう返却《へんきゃく》している。

「よし——決まりな！」

両手を打ち合わせて言うジャック。

既《すで》に頭の中では新規設計のスタッフの構想《こうそう》を練っているのか、彼は立ち上がりぶつぶつと呟《つぶや》きながら工房《こうぼう》の中を歩き始める。そんな彼の様子を見ながらレイオット達は苦笑を浮《う》かべた。

ちなみに……

この時点でもうジャックはすっかり先程《さきほど》の懊悩《おうのう》を忘れ去っていた。レイオット達にしてもそれは意識《いしき》の外に一旦《いったん》閉め出されていた。〈黒騎士〉にしろ『原因の見えない魔族化《メレヴェレント》』にしろ……何か明確な証拠《しょうこ》がある訳でもなく、推論《すいろん》や仮定《かてい》に頼っている部分が多過《す》ぎて、今すぐ結論を出せるというものではなかったからだ。

だが——

『此処《ここ》に居《い》る誰《だれ》もが分かる筈《はず》なのに見落としている何か』

それが何なのか。

それが一体どういう結果をもたらすものであるのか。
この数日後……レイオット達は思い知る事となるのだった。

第三章　衆愚は暴走し

SYUUGUHA BOUSOUSHI

ざらざらとした空電雑音《ざつおん》が――不意に途切《とぎ》れる。

代わりに何処《どこ》かくぐもった響《ひび》きの声が押《お》し殺した口調で告げてきた。

『――03から05へ』

「こちら05」

光学照準器《スコープ》の中に注ぐ視線《しせん》はそのままにダリル・ローエングリーン巡査《じゅんさ》は応《おう》じる。

丸く切り取られた視界の中に映《うつ》るのは何の変哲《へんてつ》もない街角の風景。

だが高倍率《ばいりつ》の為《ため》に著《いちじる》しく狭《せば》められたその限定《げんてい》空間こそが彼の戦場であった。わずか数センチメルトル――否《いな》、数ミリメルトルの誤差《ごさ》が、数百分の一秒の遅延《ちえん》が、即座《そくざ》に敗北に直結する。そして敗北は多くの場合に誰かの――彼自身を含《ふく》め――死を招《まね》くのだ。

『目標は予定通り移動《いどう》中――約三十秒後にそちらの可視範囲《かしはんい》に入ると思われる』

「05了解《りょうかい》」

「…………」

傍《かたわ》らのシーニャ・ベーリンゲル巡査が身じろぎする気配があった。

続けて聞こえてきた金属音《きんぞく》は彼女が手にする短機関銃《たんきかんじゅう》の装填桿《ボルトハンドル》を引いた音であろう。

ダリルとその相棒《あいぼう》であるシーニャ――対魔族特殊狙撃隊《メレヴェレントとくしゅそげきたい》SSSの第五班《はん》は四階建て雑居《ざつきょ》ビルの屋上に陣取《じんど》り、既《すで》に一時間近く前から狙撃の瞬間《しゅんかん》を待ち続けていた。既にビルの中の人間は避難《ひなん》させた上で、屋上の落下防止柵《ぼうしさく》の間から対魔族狙撃銃〈サンダー・ボルト〉の銃身を出して二百メルトル余《あま》り離《はな》れた街路に向けている状態《じょうたい》だ。

SSSは基本《きほん》的に二人一組《ツーマンセル》で行動する。

魔族の行動範囲として予測《よそく》された地点に二人一組の班が三班から五班、担当領域《たんとうりょういき》を決めて散開し、それぞれの殺傷可能圏《キルゾーン》内に目標が入ってくるのを待つのが彼等《かれら》のやり方だ。時には三名から五名の遊撃班が魔族を刺激《しげき》して狙撃班の殺傷可能圏に引きずり込む役目を担当する事もあるが――これは遊撃班の死亡率《しぼうりつ》があまりに高い為に、行われる事は少ない戦《せん》術《じゅつ》である。

当然ながら出動しても一発も撃《う》たずに帰還《きかん》する事は多い訳《わけ》だが、今回は『当たり』であるらしかった。

そして――

「……来た」

何処《どこ》か掠《かす》れた様なシーニャの声が告げると同時にダリルは人差し指を用心鉄《トリガーガード》の中に差し込む。だが未《いま》だ引き金には触《さわ》れない。狙撃銃の引き金は恐《おそ》ろしく軽い。引き金を引くその動作で照準が狂《くる》う事を避《さ》ける為だが——その分、暴発《ぼうはつ》し易《やす》く扱《あつか》いには注意を要する。

「05から01へ」

集中を始めたダリルの代わりに補佐《ほさ》役のシーニャが無線機に向かって告げる。先程《さきほど》と同じく短い空電雑音と沈黙《ちんもく》が入り交《ま》じり、01——つまりはSSSの隊長であるブライアン・メノ・モデラート警視《けいし》がやはり低く押し殺した声で応《おう》じてきた。

『こちら01』

「目標を有視界で確認《かくにん》。発砲許可《はっぽうきょか》を求む」

『01了解。発砲を許可する。状況《じょうきょう》に変更《へんこう》無し——目標を捕捉次第射殺《ほそくしだいしゃさつ》しろ』

「05了解、以上」

「…………」

シーニャとブライアンのやり取りを意識《いしき》の片隅《かたすみ》で聞きながらダリルは引き金にそっと人差し指を添《そ》わせた。

『目標』が光学照準器の視界に入ってきたからである。

魔法中毒患者《ソーサリイ・アディクト》――俗称《ぞくしよう》『魔族《メレヴエレント》』。

魔法に冒《おか》され、人間としての在《あ》り方を棄《す》てた人間のなれの果て。

既《すで》にダリルも二十体以上の魔族を目の当《ま》たりにしてきたが――その姿《すがた》は個体差《こたいさ》が激《はげ》しく共通点は殆《ほとん》ど無い。大抵《たいてい》は頭のおかしい画家の描《か》き殴《なぐ》った絵の様に、意味不明のおぞましい形状をしているのだが……基本形態《けいたい》というものが無い為に、一見するとそれが魔族であるのだと理解《りかい》出来ない場合もたまにある。至近距離《しきんきより》であればまた違うのだろうが、光学照準器で離れた処《ところ》から見ていると、臨場感《りんじようかん》の関係からか魔族をそれと認識《にんしき》するのに、一瞬《いっしゅん》の間《ま》を要する場合があった。

その意味では――今回はとても分かり易《やす》い相手ではあった。

街中を直立歩行する体長二メルトルの蛸《たこ》。

こんなものが魔族以外に居《い》る筈《はず》が無かった。厳密《げんみつ》に言えば蛸とは異《こと》なる部分は幾《いく》つもあるが――例えば脚《あし》は十本であるとか、触手《しよくしゆ》には吸盤《きゆうばん》の代わりに眼球《がんきゆう》が並《なら》んでいるとか、本来の眼《め》にあたる部分には昆虫《こんちゆう》の様な触角が生えているとか――大まかに言えばそれは蛸に酷似《こくじ》する輪郭《りんかく》を持っていた。

ちなみに頭足類の言葉通り蛸や烏賊《いか》の正常《せいじよう》な姿勢《しせい》は触手を上にした状態であるから――正確に言えば『逆立《さかだ》ち歩行する蛸』と言うべきであろうが。

「くけっ……くけっ……くけっ……」

魔族《メレヴエレント》の笑い声が響《ひび》いてくる。

シーニャが嫌悪《けんお》感で身を震《ふる》わせるのが気配で分かった。

距離があるからこそダリルもシーニャもまだ落ち着いていられるが、あんなものが眼の前に出現《しゆつげん》したら冷静に対処《たいしよ》出来るかどうかダリルにも自信は無い。その意味でダリルは、時に魔族と数メルトルの距離で相対し、白兵戦すら行う戦術魔法士《タクテイカル・ソーサリスト》達を尊敬《そんけい》していた――単に常識《じようしき》的な感性《かんせい》が摩耗《まもう》しているだけかもしれないが。

「…………」

ダリルは素早《すばや》く体感で周囲の状況を把握《はあく》。

距離およそ二百八メルトル。風速およそ毎秒五メルトル。気温十四度。これらの数値《すうち》を計測器《けいそくき》無しに体に備《そな》わった五感で引き出せるのがダリルの特技《とくぎ》であった。大柄《おおがら》で見るからに頑強《がんきよう》そうな肉体には似合《にあ》わぬ繊細極《せんさいきわ》まりない五感こそが、彼を、SSSでも屈指《くつし》の優《すぐ》れた狙撃手《そげきしゆ》たらしめている最大の資質《ししつ》なのである。

呼吸《こきゆう》を止める。

意識《いしき》を視線《しせん》と指先に集中。引き金は可能な限《かぎ》りに優《やさ》しく――そして素早く。それが狙撃の基本とダリルは考えている。呼吸を止めるのは余計《よけい》な身体《からだ》の動きを全《すべ》て抑《おさ》え込《こ》んで射撃姿勢を極限《きょくげん》まで安定させる為だ。

そして――

銃声。

スコープの中の視界で紅《あか》い飛沫《しぶき》が花開くのを確認。

だがダリルはそこで安心しない。

魔族の脳《のう》は必ずしも頭部に在るとは限らず、また一つとも限らないからだ。戦術魔法士の様に一撃で魔族の肉体を吹《ふ》き飛ばすだけの破壊力《はかいりょく》は〈サンダー・ボルト〉には無い。代わりに手数で完璧《かんぺき》に魔族を抹殺《まっさつ》するのがSSSのやり方だった。

彼は続けざまに引き金を引く。

〈サンダー・ボルト〉そのものの重量と反動軽減器《マズルブレーキ》、それに二脚《バイポッド》のお陰《かげ》で反動やブレは殆《ほとん》ど無い。

狙《ねら》い違《たが》わず、八発の銃弾《じゅうだん》は微妙《びみょう》に位置をずらして魔族の肉体に着弾。爆発《ばくはつ》する様に噴出《ふんしゅつ》した血液《けつえき》が路面を赤く濡《ぬ》らした。

「…………」

未《ま》だ弾倉には二発の残弾があるが、ダリルはそれに拘泥《こうでい》せず、傍《かたわ》らに置いてあった次の弾倉を素早く装塡《そうてん》。様子を見る。

魔族《メレヴエレント》の肉体はぐったりとしたまま、動かない。

更《さら》に確認《かくにん》の為《ため》に一発撃ち込む。

動かない。

そこでようやくスコープから眼《め》を離《はな》すとダリルは傍《かたわ》らのシーニャに頷《うなず》いて見せる。彼女は無線機のマイクを取ってスイッチを入れた。

「05より01へ。対象を射殺。確認を乞《こ》う」

『01了解《りようかい》。07、確認作業に入れ』

『07了解』

五分と経《た》たずに——シーニャと同じく短機関銃《たんきかんじゆう》で武装《ぶそう》した確認役のSSS隊員達が魔力計を片手《かたて》に魔族に近付いていくのが見えた。

魔族が何を考えているかは当の魔族にしか分からない。ただ眼で見た限りでは、たとえ死んだ様に思えても、擬死《ぎし》である可能性《かのうせい》は棄《す》てきれないのだ。

無論《むろん》、ダリルもいつでも再《ふたた》び魔族を銃撃出来る様に、狙撃銃の銃把《じゆうは》は握《にぎ》ったままである。

ちなみに……魔族に対しては殺傷力《さつしようりよく》を発揮《はつき》出来ない筈《はず》の短機関銃を装備しているSSS隊員が多いのは、魔族に対する時間稼《かせ》ぎや足止めの用途《ようと》に使う為である。

多くの魔族は肉体の維持《いじ》や動作にも魔法を用いている。これは半ば不随意《ふずいい》的なものらしく——魔族は機関銃の様な続けざまの攻撃《こうげき》を受けると、まず肉体の修復《しゅうふく》や防御《ぼうぎょ》に魔法の処《しょ》理《り》能力容量《ようりょう》が食われる事になる。その結果として移動《いどう》や攻撃が後回しになる事が多い。

無論これは魔族の魔法処理能力容量が一定以下の場合であって——上級魔族ともなれば立て続けに重機関砲弾を喰《く》らっても平然と動き回る個体《こたい》も居《い》るのだが。

ダリルの補佐《ほさ》役であるシーニャが短機関銃で武装しているのも、万が一、狙撃が失敗して魔族がこちらに向かってきた場合、撤退《てったい》の時間を稼《かせ》ぐ為のものである。

『07より01及《およ》び05へ』

やがて——魔族の死亡を確認出来たらしく、確認役のSSS隊員達がこちらに向けて親指を立てて見せるのが光学照準器越《ご》しに見えた。

『魔力値《まりょくち》の急速な減少《げんしょう》を確認。魔族は死亡《しぼう》しています』

『01より各班《はん》へ。御苦労《ごくろう》——撤収準備《じゅんび》に入れ』

無線機から流れ出るブライアンの声に『了解』と返す各班のSSS隊員達。

「…………」

ようやくここでダリルはスコープから眼を離し——溜《た》め息と共に肩《かた》の力を抜《ぬ》いた。

「お疲《つか》れ」

「お疲れ」

互《たが》いに労《ねぎら》いの言葉を投げ合ってダリルとシーニャは立ち上がる。

作戦開始からおよそ一時間──ずっと同じ姿勢《しせい》で待機していた為か、何気ない動作にも全身の筋肉《きんにく》がミリミリと音を立てて軋《きし》んでいる様な気がした。

「しかし──」

無線機の本体を担《かつ》ぎながらシーニャが言った。

SSS唯一《ゆいいつ》の女性隊員である彼女は一見すると男と見紛《みまが》う様な外見をしている。身長はむしろ小柄《こがら》な方だが、軍人の如《ごと》く短く刈《か》り込まれた赤毛や、制服《せいふく》の袖《そで》からのぞく筋肉に覆《おお》われた腕《うで》は、並《なみ》の男よりも遥《はる》かに逞《たくま》しい印象を彼女の上に醸《かも》し出していた。

実際《じっさい》──格闘技《かくとうぎ》訓練においても彼女は同僚《どうりょう》達にひけをとる事が無く、口の悪い連中からは『雌熊《めすぐま》』の渾名《あだな》が付けられている。もっとも相棒《あいぼう》であるダリルはシーニャが詩集を読むのを趣味《しゅみ》にしている事と、非番《ひばん》の日には絶版《ぜっぱん》詩集を探《さが》しに古書街へと出掛《でか》ける事を知っているが。

「何なんだろうね──この魔族《メレヴエレント》の出現率《しゅつげんりつ》は」

「元から、このトリスタンは、高くはあったがな」

右手に〈サンダー・ボルト〉、左手にその予備《よび》弾倉《だんそう》五本を入れたケースを提《さ》げて歩きながらダリルは応じた。

「それはそうだけれど。ここのところ、夜にばかり、三日に一件《けん》は魔族化が起こってる。ちょっといくらなんでもこれは異常《いじょう》でしょ」

「かもしれないが」

「ちょっとまずいかもね」

「——何が？」

「市民感情って奴《やつ》。噂《うわさ》は聞いてない？」

シーニャが肩を竦《すく》めて言った。

ダリルは数秒考え——

「……あの、魔法を唱えなくても、魔族化するって、話か？」

「そう」

苦笑を浮かべてシーニャは言った。

「そろそろ否定出来なくなってきてる感じがするけど。例の〈黒騎士《くろきし》〉の噂も」

「……そうだな」

未《いま》だ公式発表はされていないが——原因《げんいん》や理由の見えない魔族化事件は既《すで》に三十件を超えている。そしてその事実に気付き不安を募《つの》らせる市民達の数もこの半月余《あま》りで急増《きゅうぞう》していた。

このまま不安感が緊張感《きんちょう》にまで高まればいずれ暴動《ぼうどう》が起きるだろう。既にその片鱗《へんりん》を想《おも》わせる暴力《ぼうりょく》事件は街のあちこちで起きている様だった。

だが原因究明《きゅうめい》は捜査《そうさ》課《か》の領域《りょういき》である。

ダリル達の様な特殊《とくしゅ》部隊は現場に投入されて脅威《きょうい》を排除《はいじょ》する事に特化している。ここで思い悩《なや》んでも仕方がなかった。

「何にしても——」

大きく伸《の》びをしながらシーニャは言った。

「今夜はこれ以上、呼《よ》び出されない事を祈《いの》るわね。一昨日《おととい》なんて二件連続だったもの」

「同感だよ」

巌《いわお》の様な顔にわずかな疲労《ひろう》を滲《にじ》ませてダリルは頷《うなず》いた。

●
●
●

何処《どこ》か空気が違《ちが》う。

買い出しに出てきたレイオットはその事に気付いていた。

「…………?」

見慣《みな》れたトリスタンの街の——リゴレット通りの猥雑《わいざつ》な風景が眼《め》の前に在《あ》る。

別に建物や空模様《もよう》に変化は無い。風景を構成《こうせい》する大半のものは若干《じゃっかん》の変化はあれど——これはまあいつもの事だ——全体としての印象は何ら変わっていない。

なのにまるで知らない街を歩いている様な違和《いわ》感が感じられるのだ。

（……なんだこれは？）

あるいは街中に住んでいればそれは気付かない程度《ていど》の差異ではあったかもしれない。

しかしレイオット達は普段《ふだん》、民家もまばらなトリスタン市の郊外《こうがい》に住んでいる。しかも仕事で呼び出される場合を除《のぞ》けば、街に出るのはせいぜいが週に一度である。毎日僅《わず》かずつ緩《ゆる》やかに変化しているせいで、その直中《ただなか》に居《い》る者は気付きにくいかもしれないが……微《び》細《さい》な変化も七日分が積み重なれば、明確《めいかく》な落差となって見えるという事もあるだろう。

（そういえば先の店でも妙《みょう》な雰囲気《ふんいき》だったが）

レイオットは胸元《むなもと》に抱《かか》えた紙袋《かみぶくろ》の重さを意識《いしき》しながら、先程その中身を買った店での事を思い返した。

別に何か特別な出来事があった訳《わけ》ではない。ただシャロン用の缶詰《かんづめ》を十缶ばかり買って店員に金を払《はら》っただけの事である。初めて入る店ではないし、特に店員と会話があった訳でもなかった。

だが……何か店員の反応《はんのう》にぎこちない印象があったのだ。

（……あれはまるで……）

こちらの隙《すき》を窺《うかが》っているかの様な。

こちらを見つめてくる視線《しせん》。合計金額《きんがく》を告げる口調。貨幣《かへい》を受け取る手の動き。いずれもが何か奇妙《きみよう》な緊張感を漂《ただよ》わせていた。緊張していながらそれを悟《さと》られまいとして余計に緊張の度合いが増《ま》しているかの様な——奇妙な悪循環《じゆんかん》がそこには感じられた。

（……別にカペルを見てという訳でも無さそうだしな……）

いくらフードで顔を隠《かく》しているとはいっても、その気になって覗《のぞ》き込《こ》めば彼女の異形《いぎよう》は一目で分かる。店員の緊張感の原因はカペルテータがCSAである事に気付いたから——と考える事も出来ないではない。

しかし何故《なぜ》……今更《いまさら》なのか。

あの店で買い物をしたのは今回が初めてではない。気付くならもっと前に気付いていてもおかしくはないのだ。だが今回の様に、奇妙な緊張感の漲《みなぎ》る態度《たいど》は前回までは見られなかったものだ。

しかも——

（街全体となるとな……）

眉《まゆ》を顰《ひそ》めてレイオットは周囲を見回す。

「……………」

ただそれだけで視線がぶつかる相手が何人も居た。彼等《かれら》はレイオット達と眼《め》が合うと慌《あわ》てて顔を背《そむ》ける。レイオットが気付いていないだけで、あるいはもっと多くの人間に見つめられているのかもしれない。

無論《むろん》——いずれも覚えの無い顔だ。

一体何事か。

やはりレイオットやカペルテータの何処《どこ》か胡散臭《うさんくさ》さの漂う格好《かっこう》が彼等の視線を引き付けたという考え方はできる。確かに目深《まぶか》にフードを被《かぶ》ったカペルテータの格好はいかにもいわくありげであるし……共に歩くレイオットも堅気《かたぎ》の人間には見えないだろう。

だがこれとて先程の店と同じで——前回リゴレット通りを訪《おとず》れた際《さい》には無かった反応である。あるいはあったにしてもレイオット達が気付く程《ほど》に顕著《けんちょ》なものではなかった。

そもそもプーランク通りならばともかく、元より雑然《ざつぜん》とした下町風情《ふぜい》の強いリゴレット通りでは、奇矯《ききょう》な風体《ふうてい》の者も多く、多少の事ではいちいち注目を浴びたりしない。むしろレイオットやカペルテータの姿《すがた》はこの繁華街《はんかがい》の雑然たる雰囲気によく馴染《なじ》み溶《と》け込んでさえいる。

では——この妙に絡《から》み付いてくる人々の視線の意味は何なのか。

「カペル」

「はい」

ＣＳＡの少女はいつもの如《ごと》く抑揚《よくよう》に乏《とぼ》しい声で応じてくる。

「俺《おれ》の気のせいかもしれないが——妙に俺達、注目を浴びてないか？」

「私達だけが注目を浴びている訳ではないと想《おも》います」

即座《そくざ》にカペルテータは言った。

一瞬《いっしゅん》の黙考《もっこう》も挟《はさ》まずに答えてきたという事は……どうやらこの少女もレイオットと同じ事を考えてはいたのだろう。

「多くの人が自分以外を気にしています」

「…………」

レイオットは歩きながら他の通行人の様子を観察する。

そこで……ようやく彼は気付いた。

人々がレイオット達に向けているのは単に『変わった姿格好の人間を見て反射的《はんしゃ》に眼で追う』視線ではない。彼等はレイオット達以外にも同じ様に粘《ねば》っこい視線を送っている。

互《たが》いに互いの様子を窺っている。

警戒心《けいかいしん》をのせた無数の視線がまるで網《あみ》の目を成すかの様に飛び交《か》っている。

まるで自分以外の人間は——全員が敵《てき》であると考えているかの如く。

平静を装《よそお》いながら、日常《にちじょう》を取り繕《つくろ》いながら、心の何処《どこ》かで自分以外の人間を怖《おそ》れている。

「……まさか」

レイオットは呻《うめ》く様に呟《つぶや》いた。

『魔法《ソーサリイ》を使わないのに魔族化《メレヴェレント》する』

『次は誰《だれ》が魔族化するか分からない』

ならば——

「早めに用事は済《す》ませた方が良いかもな」

言いながらレイオットは行きつけの雑貨《ざっか》店に向かう。此処《ここ》で日用品の補充《ほじゅう》分を購入《こうにゅう》すれば今回の買い物は終了《しゅうりょう》だ。後はジャックの処《ところ》に寄《よ》ってとりあえず修理《しゅうり》と調整の済んだモールドを引き取ってくるだけである。

そんな事を考えていると——

「——おっ？」

レイオット達の鼻先で——雑貨店の扉《とびら》が自ら開いた。

「おや……？」

眼を瞬《しばた》かせながら立っているのは何処か木訥《ぼくとつ》な雰囲気《ふんいき》の小柄《こがら》な男であった。

人の顔を覚えるのが不得意なレイオットではあるが、さすがに五日前に会った相手の顔位は覚えている。印象的な相手ならば尚更《なおさら》の事である。

カール・メイスン——救命魔法士《きゆうめい》。

「御兄様《おにいさま》？」

兄の陰《かげ》から妹の声もする。

カールが脇《わき》にどくとその背後《はいご》には車椅子《いす》に乗ったミュリエナの姿《すがた》も在った。

恐《おそ》らくカールは先に扉を開けておいてから彼女の車椅子を押《お》して店を出るつもりだったのだろう。そのあたりの事情を察したレイオットがカペル共々脇にどくと、カールは『どうも』と頭を下げつつミュリエナの車椅子を押して店の外に出てきた。

「ええと……スタインバーグさんとフェルナンデスさんでしたかしら？」

ミュリエナが微笑《ほほえ》みながら言った。

「こんにちは。そちらもお買い物ですか？」

「まあそんな処だが」

曖昧《あいまい》に頷《うなず》くレイオット。

「あんたら、この辺に住んでるのか？」

「ええ——まあ」

ぼんやりした笑みを浮《う》かべて頷くのはカールの方である。

「ここから少し行った処のアパートに。育ちの良い妹には少々手狭《てぜま》で申し訳ないのですがね。私の稼《かせ》ぎではさすがに――」

「御兄様」

責《せ》める様にミュリエナが言う。

「ああ御免《ごめん》よ。言わない約束だったねえ」

カールは微笑《びしょう》を苦笑に切り替《か》えて言った。

基本的《きほん》にあまり似《に》ていない兄妹《きょうだい》だが何処か世間ずれしていないというか、妙におっとりした雰囲気は共通している。

「魔法士《ソーサリスト》なんだろう？」

「駆《か》け出しですから」

言って後頭部を掻《か》くカール。

モールドやらモールド・キャリアやら、その他魔法士として活動する為の装備《そうび》一式を揃《そろ》えると相当な金額になる。救命魔法士の場合はモールドの他にも様々な道具を使う事が多く、特に初期投資《とうし》は高額になりがちだ。何らかの元手があれば別だが、順調に仕事をこなしている魔法士でも最初の一年か二年は借金を抱《かか》えている事だろう。

「スタインバーグさんは地元の方なんですか？」

「多分な。孤児《こじ》だったもんで生まれは分からないが」

というか——レイオットは十歳《さい》以下の幼《おさな》い頃《ころ》の記憶《きおく》が無い。

自分の両親の顔や生まれた家の事も思い出せない。

そもそも自分の年齢《ねんれい》自体が曖昧《あいまい》なのだ。何となく二十代半ばと考えているし他人の眼《め》から見てもそう見えるので、表向きは年齢を聞かれると『二十五』と答えているが。

「自慢《じまん》じゃないがこの街に住んで十五年になる」

「なるほど」

カールは頷き——そしてふと思い出した様に尋《たず》ねてきた。

「地元の方なら——この近くに何処か、良いハルシュタット料理の店は無いですかね？妹が好きなのですがこちらではあまり見掛《みか》けないので……」

「ハルシュタット料理ね——」

レイオットは首を傾《かし》げる。

ハルシュタットというのはアルマデウスから見てかなり東方の国である。国名としてはしばしば聞くが、アルマデウスから出た事の無いレイオットとしては、身近に感じる要素も無く、異世界と変わりない。ハルシュタット料理というのも聞き覚えはあるが——さてどんなものなのだと問われるとレイオットは答えられなかった。

要するに食べた事も無ければ見た事も無く、当然、店など知る筈《はず》がない。というか――トリスタンにハルシュタット料理の店が存在《そんざい》するのかどうかすら分からないのが実情《じつじょう》だ。

だが――

「プーランク通りの端《はし》に一軒《けん》存在します」

答えたのはカペルテータだった。

「…………」

振《ふ》り返るレイオットの視線など全く気にした様子も無く、紅《あか》い眼の少女はフードの奥《おく》から淡々《たんたん》とした口調で言った。

「店名は〈ヴィオレット〉。定休日は水曜日。価格《かかく》帯はランチが10ドルクから、ディナーが20ドルクからです」

挙《あ》げ句《く》――電話番号からメニュー各種までずらずらと列挙していく少女をレイオットは怪物《かいぶつ》でも見る様な眼で眺《なが》めた。

「……なんでそういう事まで知ってるんだ？」

「七日前の新聞の広告欄《らん》に出ていました」

「新聞の隅《すみ》から隅まで眼を通してるのか、お前は」

「レイオットは通していないのですか」

「…………」

黙《だま》り込むレイオット。

代わりに──ミュリエナが澄《す》んだ笑い声を上げた。

「あ──ごめんなさい。なんだか微笑《ほほえ》ましくて」

「……左様で」

「アンコールしてもよろしい？」

「勘弁《かんべん》してくれ」

溜《た》め息混《ま》じりにそう言うと──ミュリエナは澄んだ声を上げて笑った。

「面白《おもしろ》い方達ね。ねえ──御兄様《おにいさま》」

「そうだね」

穏《おだ》やかにカールが同意する。

「折角《せっかく》ですからお茶でも御一緒《ごいっしょ》にいかがですか──と言いたい処なのですが」

彼はポケットから懐中時計《かいちゅう》を取り出して言った。

「僕達《ぼくたち》はちょっと用があるのでもう出ます。またお会い出来るといいですね」

「……かもな」

とレイオット。

正直——彼としてはどうでも良い感じではあったが。

「ではまた——」

礼儀《れいぎ》正しく一礼してからカールは言った。

「御縁《ごえん》がありましたら」

「ごきげんよう」

こくんと可愛《かわい》らしく兄に倣《なら》う様に一礼するミュリエナ。

そしてカールは妹の乗る車椅子《いす》を押してレイオット達の前から去っていった。

その姿《すがた》をしばし見送り——

「……なんだ？」

レイオットは呟《つぶや》いた。

何か違和《いわ》感がある。あの兄妹だけ周りの風景から浮《う》いている様に見える。

それは単に彼等《かれら》がこの街にとって、特に猥雑《わいざつ》なリゴレット通りにとっては馴染《なじ》み切れていない新参者というだけの事なのかもしれないが——

（……そうか。あの二人には緊張《きんちょう》感が無い）

街全体を覆《おお》う緊張感。

それが彼等には無い。少なくとも伝染《でんせん》していない。

本来——緊張感というものは伝染する。場に漂《ただよ》う緊張感は連鎖《れんさ》的にその場に居《い》る人間の緊張感を掘《ほ》り起こす。たとえ他者の緊張そのものに気付かずとも、緊張で強張《こわば》った空気に触《ふ》れていると人間は無意識《むいしき》の内に緊張を覚えざるを得ない。

レイオットがそうであった様に。

だが……あのメイスン兄妹にはそれが無かった。

単に兄妹揃《そろ》ってひたすら呑気《のんき》なのか。あるいはとことん鈍感《どんかん》なのか。

それとも……もっと何か別の理由があるのか。

「…………まあどうでもいい事だが」

呟《つぶや》いてレイオットは店の中に入った。

●　●　●

執務机《デスク》の上の電話が鳴る。

ロミリオ・ポロ・プロフェット男爵《だんしゃく》はプリンを食べる手を止めて電話機の方を見た。

音もなく受話器が持ち上がり——まるで見えない手が運んでくるかの様に受話器が飛んできてロミリオの手の中に収《おさ》まる。

普通《ふつう》の人間が見たら眼を剝《む》く光景だろう。

だが、生憎《あいにく》と今この部屋にどんな意味でも『普通の』人間は居なかった。いや……人によってはそもそもこの部屋に人間など居ないと言うかもしれないが。

「――もしもし？」

『〈影法師《シルエット》〉？――私です』

雑音混じりで微妙《びみょう》に歪《ゆが》んだ響《ひび》きの声が受話器から漏《も》れてくる。

盗聴防止《とうちょうぼうし》と声質変換《へんかん》用の装置を間に嚙《か》ませている為《ため》、音質が犠牲《ぎせい》になっているのである。無論《むろん》――ロミリオは電話越《ご》しに音楽を聴《き》く趣味《しゅみ》も無いので実用上は何の問題も無い。

「これはこれは」

ロミリオは愉《たの》しげに応《おう》じる。

「御活躍《ごかつやく》の噂《うわさ》――伺《うかが》っておりますよ〈黒騎士《くろきし》〉殿《どの》」

『そう呼《よ》ばれているらしいですね』

引きつる様な呻《うめ》く様な声が漏れる。

どうやら電話の向こうの声の主は笑っているらしかった。

「で――結果は？」

『それなりの検証《けんしょう》結果は出ました。ただしやはり効率《こうりつ》は良くない』

「個体差《こたいさ》がありすぎますか」

『呪素《じゆそ》はあくまでその呪文詠唱者《じゆもんえいしようしや》の変質を促《うなが》すものですから。一種の適合《てきごう》不全の様な現象が発生します』

「それでも使えない事は無いのでしょう？」

『無論。しかしやはり特定個人の呪素を他者にバイパスする場合、血縁者《けつえん》のものの方が遺《い》伝《でん》的な意味合いから言っても効率的とは思われます』

「ふむ……」

ロミリオは首を傾《かし》げる。

彼は部屋の隅《すみ》で黙々《もくもく》と銃《じゆう》を磨《みが》いている陰気《いんき》な男にちらりと視線を投げてから、言葉を続けた。

「分かりました。で――もう一つ、〈プロムナード〉機関《システム》の方は？」

『ヴォックス・ユニットと各種エフェクタを組み合わせる事で効果時間の引き延《の》ばしを図っております。既《すで》に実用段階《だんかい》には達していますが、コネクタの問題が未《いま》だ少々残っていますが、これらはいずれも調整次第《しだい》かと。既《すで》に実用段階《だんかい》には達しています』

「素晴《すば》らしい」

プリンを一口食べてからロミリオは言った。

「貴方《あなた》に御願いして良かった」

『光栄です』

「しかし気を付けてください？　どうもトリスタン全体が焦《こ》げ臭《くさ》いですよ？」

『計算の内ですとも』

やはり奇怪《きかい》な声で笑いながら相手は言った。

『混乱《こんらん》すればもっと多くの実験サンプルが得られる』

「それはそうかもしれませんね。成《な》る程《ほど》」

『それよりも』

ふと――変換器を介《かい》してさえ消しきれない卑《いや》しい響《ひび》きが混じる。

『約束の件……お忘《わす》れではないでしょうね？』

「勿論《もちろん》ですとも」

ロミリオは冷ややかに笑いながら言った。

どうせ電話の向こうの人間にはこちらの表情など分からないし、声すらも歪《ゆが》んでいて微妙な口調や声音《こわね》の変化など伝わりようが無い。

「貴方を〈昇華《しょうか》〉させる許可《きょか》は上にもう取ってあります。完成の暁《あかつき》には貴方は老いも病も死すらも超越《ちょうえつ》した我等《われら》〈資格者《クオリファアイア》〉の仲間となる」

『ならば結構です。再来月には確実《かくじつ》な成果をお見せ出来るでしょう』

「期待しております」

『では』

「では」

ぷつりと接続《せつぞく》の切れる音と共に定期連絡《れんらく》の会話は終了した。

ロミリオは改めて部屋の隅に——ソファに座《すわ》って、テーブルの上で分解《ぶんかい》した銃の部品を磨き、油をさしている隻眼《せきがん》の男へ視線《しせん》を向けた。

「やはり他人を使うのは難《むずか》しい様ですね」

「……それならそれでやりようはある」

幽鬼《ゆうき》の様な白髪《はくはつ》を僅《わず》かに揺《ゆ》らしながら——しかしたった一つの視線は決して銃から上げる事無くその陰気《いんき》な男、即《すなわ》ち戦術魔法士《タクティカル・ソーサリスト》アルフレッド・スタインウェイは言った。

「というと？」

「……分からないか？」

アルフレッドは感情《かんじょう》のこもらぬ声で言った。

「いや。分かりますけどね」

「貴様《きさま》の想像《そうぞう》している通りだ」

「はは――アレはその為に集めた訳ですか」

愉《たの》しげにロミリオは笑う。

彼の視線《しせん》は、一瞬《いっしゅん》自分の足下《あしもと》を――地下室の在る辺りを見てから、再び隻眼の戦術魔法《タクテイカル・ソーサリ》士《スト》に向けられた。

「いや――実に面白《おもしろ》い。面白いゲスですね、君は」

「……褒《ほ》め言葉と受け取っておこう」

「無論褒めているんですとも」

ロミリオは頷《うなず》いた。

「人を人とも思わない。つまらない喜怒《きど》哀楽《あいらく》などまるで関係が無い。悲哀どころか恐怖《きょうふ》すらも無い。ははは――素晴らしい。本当に面白い。ひょっとしたら貴方も〈資格〉があるのかもしれませんね。いや面白い」

「俺《おれ》は別に面白くない」

「まあ本人にとってはそうでしょうねえ」

ロミリオは微苦笑を浮かべて言ってから――ふと窓《まど》の外を眺《なが》めた。

「〈龍《ロン》〉の御《ご》老体もしばらくは動けますまい。さて――ならば気になるのは後一人。もう一人の面白い御仁《ごじん》は、この状況《じょうきょう》でどう反応《はんのう》しますかね」

●
●
●

一通りの買い物を終えたレイオット達は、リゴレット通りの外れに停《と》めたモールド・キャリアに向かって歩いていた。

漂《ただよ》う緊張感《きんちょうかん》は変わらない。

人々は互《たが》いに監視《かんし》し合う様に落ち着きの無い視線を投げ合っている。一見すればいつもと変わらぬ情景ながら……そこを行き交う者達の表情はまるで三流役者の芝居《しばい》の様なぎこちなさがあった。まるで誰《だれ》もが『普段《ふだん》の自分』を無理矢理《むりやり》に演《えん》じているかの様だ——表面上は取り繕《つくろ》われていても、その実、とっくに破綻《はたん》している茶番劇《げき》の如《ごと》くに。

「……近道するか」

呟《つぶや》いてレイオットは中央通りではなく一本逸《そ》れた路地へと入った。

こちらにも店は並《なら》んでいるが、やはり中央通りよりは多少寂《さび》れた印象がある。もっともそれだけに規模《きぼ》が小さく隙間《すきま》狙《ねら》いの様ないかがわしい感じの店が——どう考えても盗品専《とうひんせん》門《もん》としか思えない骨董屋《こっとうや》や、大人の玩具《おもちゃ》の店、あるいは素人《しろうと》には正体不明の、錆《さび》さえ浮いているくせに妙に高い金額《きんがく》の値《ね》札《ふだ》が付いた機械部品を大量に並べている部品屋など——ぽつりぽつりと並んでいる。

もっともそれらの店も大半が閉店《へいてん》しており、まだ昼間だというのにひどく閑散《かんさん》とした印象がそこには澱《よど》んでいた。

そして――

「…………」

レイオットとカペルテータは揃《そろ》ってその真ん中に立ち止まる。

ほぼ同時に路地の前後――つまりは入り口と出口を塞《ふさ》ぐ様な形で幾《いく》つかの人影《ひとかげ》が湧《わ》いた。

「……ふむ？」

レイオットは壁《かべ》を背《せ》にする様にして立ちながらゆっくりと左右を振《ふ》り返った。

「…………」

路地の出入口に立っているのはそれぞれ数人ずつ。

老若男女《ろうにゃくなんにょ》の区別はつかないが体付きから判《はん》じれば、恐《おそ》らくはいずれも男であろう。

彼等《かれら》は――仮面《かめん》を被《かぶ》っていた。

精巧《せいこう》な造《つく》りのものではない。明らかに大量生産品――どこぞの土産物屋《みやげものや》ででも商《あきな》っていそうな布製《ぬのせい》の代物《しろもの》である。人の顔を大まかに模《も》しながらも、白地に原色で描《えが》かれた記号を配するといった突飛《とっぴ》な意匠《デザイン》は、道化師《どうけし》を基《もと》にしている様だった。

何かの象徴《しょうちょう》や意思《いし》表示《ひょうじ》という訳《わけ》ではなく、単に顔を隠《かく》す為だけのものなのだろう。

「……いたぞ」

誰かが呟《つぶや》く様に言った。

だが誰が言ったのかは分からない。区別する意味も特に無いのだろうが。

「半魔族《ハーフ・ブルート》だ」

「出来損《できそこ》ないだ」

「知ってるぞ」

「横の男は魔法士《ソーサリスト》だ」

「無資格《モグリ》の魔法士だ」

「どっちも危険《きけん》だ」

「今の内に――」

口々に何か聞き捨《ず》てならない台詞《せりふ》を仮面の男達は呟いている。

罵詈《ばり》雑言《ぞうごん》の類《たぐい》に対して今更《いまさら》、憤怒《ふんぬ》や屈辱《くつじょく》を覚えるレイオットやカペルテータではない。

だが……それらの台詞が何処《どこ》か思い詰《つ》めた様な声音《こわね》と口調で出てくれば、あまり歓迎《かんげい》すべき事態《じたい》でない事はすぐ理解《りかい》出来る。

「何か用か？」

腰《こし》の後ろに手を回しながらレイオットは言った。

いつもの如くホルスターには愛用の回転弾倉式拳銃〈ハード・フレア〉が収められている。だが正直言ってそれだけでは心許《こころもと》なかった。男達はざっと見た限《かぎ》り十人余《あま》り。仕事中ならばともかく、普段《ふだん》は予備《よび》の弾《たま》を持ち歩かないので——元々護身《ごしん》用なのだ——たとえ一人一発で倒《たお》せたとしても四人は残る。

しかも……男達は全員が武装《ぶそう》していた。

さすがにライフルを持っている者は居《い》ないが——街中で見咎《みとが》められずに持ち歩くのは不《ふ》可能《かのう》に近いだろう——全員が銃で武装している。もっとも口径《こうけい》や形式がてんでばらばらな処を見ると、別にどこぞの軍隊や警察《けいさつ》の秘密《ひみつ》部隊が民間人に擬装《ぎそう》している訳ではなく、単なる素人《しろうと》の集団《しゅうだん》なのだろう。

とはいえ——

(……まずいな)

素人の方が恐ろしい場合もある。

素人は引き際《ぎわ》というものを知らない。玄人《くろうと》であれば目的から外れた無意味な撃ち合いや、予定以上の損害《そんがい》の出る状況《じょうきょう》を避《さ》けようとする。だが興奮《こうふん》した素人にはその辺りの道理が通じない。

レイオットは〈ハード・フレア〉の銃把《じゅうは》には未《ま》だ手を掛《か》けていない。

拳銃《けんじゅう》を抜《ぬ》く機を計るのが難《むずか》しいのだ。

かなり濃密《のうみつ》な緊張と興奮がこの路地裏《ろじうら》には張《は》り詰《つ》めている。下手《へた》にこちらが反抗《はんこう》する意志を示《しめ》せば、仮面の男達はその瞬間に、半ば反射《はんしゃ》行動として引き金を引くだろう。しかも遮蔽物《しゃへいぶつ》の無い場所では多勢《たぜい》に無勢——三人も撃ち倒せない内にこちらがハチの巣になる。

「……カペル」

レイオットは傍《かたわ》らの少女を自分の後ろに行く様、手で押《お》して促《うなが》す。もっとも左右から銃弾の雨を浴びせられれば彼女とて被弾《ひだん》せずにはおれまい。レイオットがたとえ身を挺して銃弾の群《む》れから彼女を庇《かば》ったとしても、男達はレイオットの息の根を止めた後で改めてカペルテータに銃弾を撃ち込むだけだろう。

だからこれは言ってみれば……気分の問題でしかない。

しかし——

「…………」

不思議そうにカペルテータはレイオットを見上げ、そして素直に従《したが》った。

「で——何なんだ、あんたらは？　差別主義者《しゅぎしゃ》の人か？」

レイオットの言葉に……しかし仮面の男達は答えない。

ただ撃鉄《げきてつ》を起こす音や安全装置《そうち》を外す音だけが返ってきた。

（やはり口先でどうこう出来る状態ではない――か）

明らかにもう男達は殺意を固めてしまっている。

「何か誤解《ごかい》があると思うんだがね」

言いながら相手を刺激《しげき》しない様にコートの内側に手を差し込んでいく。

〈ハード・フレア〉の銃把に指が触《ふ》れる。

その時――

「――レイオット」

カペルテータが呟く様に言う。

「どうして戦うのですか」

「……お前ね」

レイオットは、まるで状況《じょうきょう》が分かっていないかの様な少女の台詞にある種の脱力感《だつりょく》を覚えながら――囁《ささや》く様に言った。

「この状況で他にどうしろってんだよ」

「レイオットは自分の生命《いのち》に執着《しゅうちゃく》を持っていないのではないのですか」

「………………」

少女の口から出るとそれはやはり辛辣《しんらつ》な響《ひび》きを帯びる――それがたとえ人形の如《ごと》くに無

表情な少女の、物音の様に無感情な声であったとしても。

それは彼自身の罪悪感《ざいあく》の反射であるから。

「それとも」

カペルテータは続けた。

「私を庇う為《ため》ですか」

「……かもな」

「それは罪滅《つみほろ》ぼしの為ですか」

無様な死。

贖罪《しょくざい》の死。

こんな有り触れた場所で。誰かも分からない連中に。理由も不明なままに殺される。

それはある意味でレイオットがかつて望んでいた結末であったろう。

自分の育ての親を殺し、カペルテータの両親を殺し、魔族《メレヴェレント》化した人々を殺してきた自分に相応《ふさわ》しいのは、こんな惨《みじ》めな死に様であるのだと――そうでなければ世の中は不公平すぎると思っていた。

だが――

「レイオット。私は――」

「黙《だま》ってろ」

レイオットはそう言って――〈ハード・フレア〉を抜《ぬ》き放った。

「――!!」

男達が愕然《がくぜん》と銃を構《かま》え直す。

自分達が銃を持ちだしているのだから相手も――こんな簡単《かんたん》な想像にすら思い至《いた》る事が出来なかったらしい。呆《あき》れる程《ほど》に考え方が一方的だ。

だがそこにつけ込む隙《すき》はありそうだった。

レイオットは仮面《かめん》の男達の動揺《どうよう》が収《おさ》まらぬ内に左手を伸《の》ばし、傍らのカペルテータの身《から》体《だ》を無理矢理《むりやり》に抱《だ》きかかえる。同時に素早く左右を見て――そして彼は右側へ向けて走り出した。

右側の方が人数が少ないせいか、男達の動揺が濃《こ》い。既《すで》に銃口の向きが逸《そ》れたり腰《こし》が引けていたりする者も居《い》る。

それはほんのわずかな差かもしれないが――

「――うおっ!?」

「遅《おせ》えよ」

レイオットの呟《つぶや》きと同時に〈ハード・フレア〉が吼《ほ》える。

狙《ねら》いは太股《ふともも》。腹部《ふくぶ》を狙った方が制圧効果《せいあつこうか》は高いが、殺してしまう可能性《かのうせい》が高い。

正直、街中で徒党《ととう》を組んで銃《じゅう》を向けてくる相手の生死などレイオットにすれば知った事ではないのだが……後々の事を思えば出来るだけ殺さない方が面倒《めんどう》が無くていい。

まして──

「ぐあっ！」

悲鳴を上げて転倒《てんとう》する男が一人。

狙い違《たが》わず、太股から大量の血を出して地面をのたうち回った。転んだ拍子《ひょうし》に被《かぶ》っていた仮面が外れ、恐怖《きょうふ》に歪《ゆが》み眼《め》に涙《なみだ》さえ浮《う》かべた男の顔が露《あら》わになる。恐らく普段は目立たぬ平凡《へいぼん》な一般《いっぱん》市民であろう男は、恥《はじ》も外聞も無く『痛《いた》い痛い』と泣き叫《さけ》んだ。

「……！」

男達の物腰に怯《ひる》みの色が浮かぶ。

レイオットの目論見《もくろみ》通りではあった。

下手に殺すよりも、悶絶《もんぜつ》させて他の者の恐怖心を煽《あお》った方が隙が出来やすい。死体はただそこに転がるだけだが、怪我《けが》人は悲鳴を上げ、血を噴《ふ》いて視覚と聴覚《ちょうかく》の両方から側に居る者の恐怖を喚起《かんき》する。

無論──レイオットは容赦《ようしゃ》せず続けざまに引き金を引いた。

次々と男達が転倒する。

距離《きょり》が距離だけに、精密《せいみつ》射撃は必要無い。〈ハード・フレア〉を使い慣《な》れたレイオットにすれば照準器《しょうじゅんき》に頼《たよ》らなくてもそれなりの精度で相手に当てる事が出来る。それは銃を撃つというより狙点《そてん》を指差す様な感覚に近かった。

だが――

「う……撃て！　撃て！」

「くそ――死ね！」

その一方で、一旦《いったん》、恐慌状態《きょうこうじょうたい》に陥《おちい》った男達は、まともに狙いをつける事さえ出来ない。

乾《かわ》いた銃声が散発的に響くが――いずれも銃弾はレイオット達をかすりもしない。この、著《いちじる》しく動きを制限《せいげん》される狭《せま》い路地の中に在ってすら、運動目標を狙い撃つ事は簡単《かんたん》な事ではないのだ。

しかも――

（だから素人《しろうと》なんだよな）

路地の出入口を挟《はさ》んで挟撃《きょうげき》をしたのが男達にとっては裏目《うらめ》に出ていた。

そもそも『撃たれる』という事の恐怖は、刃《は》物傷《ものきず》のそれに比《くら》べると普通の人間には割《わり》と縁遠《えんどお》い。刃物での怪我なら大抵《たいてい》の人間が経験《けいけん》があるが、銃創《じゅうそう》となると眼にした事も無い者が多い。そして刃物は傷を作る過程《かてい》が目視出来るが——銃弾は視認出来ない分、現実味が薄い。

だから実際に銃撃戦を経験した事の無い人間は、超音速で飛来する死の礫《つぶて》の恐ろしさが実感として把握《はあく》しにくい。

だが——実際に実例を見る事で被弾の恐怖は具体化される。

しかもレイオットの〈ハード・フレア〉は四五口径のマグナム弾を使用するので——まともに命中すれば肉が弾《はじ》ける。骨《ほね》が砕《くだ》け肉片《にくへん》が弾け飛ぶ大口径マグナム弾の銃創を見せ付けられれば、どれだけ想像力が欠如していてもやはり怯まざるを得ない。

そしてようやく彼等《かれら》は実感するのだ。

銃弾が自分達に当たるかもしれないという現実の可能性に。

それは即《すなわ》ち——

「や……やめろ、撃つな！」

「やめ……ひいっ？」

左側に——今はレイオットにとって背後だが——居た男達が悲鳴じみた声をあげる。

レイオット達に向けて撃たれ、しかし命中する事無く彼等の脇《わき》を通り過《す》ぎた弾丸が、仮《か》面《めん》の男達の側で壁や地面に当たって跳弾《ちょうだん》と化しているのだ。この状態に至《いた》って初めて、彼等は仲間の銃弾で死傷《ししょう》する可能性に思い至った様だった。

無論、狭い路地なので銃弾を撃ち込む角度にさえ気を付ければ同士討《う》ちを避《さ》ける事は難《むずか》しくない。だが現に銃を構えて迫《せま》り来るレイオットの姿を前に、そんな余裕《よゆう》は無く――しかし乱射《らんしゃ》する事による同士討ちの可能性も無視出来ず、男達は一瞬ではあるが身動きのとれない状態になった。

既に、彼我《ひが》の隔《へだ》たりは距離にすればわずかに五メルトル余り――一瞬の停滞《ていたい》でもその距離を走破《そうは》するには充分《じゅうぶん》だった。手の届《とど》く距離まで近付いてしまえば、背後からの銃弾は最《も》早警戒《はやけいかい》する必要は無いし、眼の前の連中同士が同士討ちを怖れて尚更《なおさら》発砲出来なくなる。

「おおっ――」

「――おあっ」

男達の間から悲鳴とも怒声《どせい》ともつかぬものが漏《も》れる。

構わずレイオットは彼等の間に無理矢理割り込むと、〈ハード・フレア〉の銃把で手近な相手をぶん殴《なぐ》った。

混乱《こんらん》と焦燥《しょうそう》の余《あま》りに銃を暴発《ぼうはつ》させる者も居たが、たとえ超至近距離とはいえ狙《ねら》いも定めずに撃った弾丸が命中する事はごく稀《まれ》だ。破壊範囲《はかいはんい》が『線』として顕《あらわ》れ脅威《きょうい》が継続《けいぞく》する刃物と異なり、あくまで破壊範囲が『点』であり『瞬間』でしかない銃器は闇雲《やみくも》に振り回しても偶然《ぐうぜん》で相手を傷付《きずつ》ける可能性《かのうせい》は著しく低い。

しかし――

（……ちっ）

轟音《ごうおん》と共に頬《ほお》を擦過《さっか》する銃弾の感触《かんしょく》を感じつつレイオットは顔をしかめた。

可能性の問題。

それはつまりどれだけ低くても決して零《ゼロ》にはならないという事でもある。

だが此処《ここ》で躊躇《ためら》っていては本当に進退窮《しんたいきわ》まる。いくら仮面の男達が愚《おろ》かでも、こちらがぐずぐずしていれば落ち着きを取り戻して混乱から脱《だっ》するだろう。その前に大通りへ出てしまえば生き延《の》びる可能性は格段《かくだん》に跳《は》ね上がる筈《はず》だった。数を頼《たの》み、顔を隠《かく》し、銃を持ち、しかも人通りの少ない路地で不意を打って挟み撃ち――こんな戦法を採《と》ってくる以上、人目の多い往来《おうらい》で堂々と襲《おそ》い掛かってくる筈が無い。

レイオットは男達の間を強引《ごういん》にすり抜けて走る。

あと三メルトル。二メルトル。一メルトル。

そして――

「――！」

脇腹《わきばら》に――衝撃《しょうげき》。

次に感じたのは熱さだった。激痛《げきつう》が駆《か》け上がってきたのは更《さら》に一瞬後の事である。

(——しまった)

ぐらりと世界が傾《かたむ》く。

否《いな》——レイオット自身が傾いているのだ。

元々カペルテータを抱《かか》えたままで不自然な体勢《たいせい》だった事が災《わざわ》いし、レイオットは受け身を取る事も出来ずに転倒《てんとう》する。だが走っていた勢《いきお》いはそのままに、レイオットはカペルテータ共々表通りへと転がり出る事になった。

カペルテータと〈ハード・フレア〉が共に自分の手から離れるのを実感するが——動けない。視界も赤黒く染《そ》まって周りが歪《ゆが》む。恐らく倒れた際に胸《むね》を打って肺《はい》の空気を叩《たた》き出されてしまったせいだろう。

どうやら命中したのは大口径の弾《たま》だったらしい。あるいはマグナム弾や対物破壊力を強化した軟弾頭《なんだんとう》であったのか。何にしてもレイオットは自分の脇腹から大量の血が流れ出ていく感触を覚えた。

「やった！」

「畜生《ちくしょう》、殺せ！　殺せ！」

男達の叫《さけ》び声が妙《みょう》に遠くに聞こえる。

辛《かろ》うじて動く首を動かすと、男達は路地から飛び出してレイオットを取り囲もうとしている処《ところ》だった。どうやら興奮《こうふん》して周囲の状況《じょうきょう》さえ見えなくなっているらしい。

当然そうなれば周囲の通行人達は——

（……!?）

通行人達に騒《さわ》ぎ立てる様子は無かった。

銃で武装《ぶそう》した暴徒《ぼうと》が路地から出てきたというのに通行人達は平然としている。むしろそれまで漂《ただよ》っていた緊張感《きんちょうかん》が緩《ゆる》んだ気配すらあった。

（……これは……）

通行人達が恐怖《きょうふ》と嫌悪《けんお》の視線《しせん》を向ける——レイオット達に。

その意味に気付いてレイオットは傍《かたわ》らを振り返る。

「……カペル……ッ！」

そこには——素顔《すがお》を露《あら》わにしたカペルテータの姿《すがた》が在った。どうやら転倒した際にフードが脱《ぬ》げてしまったらしい。普通《ふつう》の人間には有り得ない髪《かみ》と眼の色に加え、眉《まゆ》の代わりに備《そな》わる異形《いぎょう》の器官——紅《あか》い球面二つが白日の下《もと》に曝《さら》されていた。

「手こずらせてくれたな、バケモノ共め」

「魔族《メレヴエレント》になってしまわない内に処理《しょり》してやる。感謝《かんしゃ》しろ」

恐ろしく勝手な事を言いながら、男達は改めて銃口をレイオット達に向ける。

だが周囲の通行人達は——十重《とえ》二十重《はたえ》とその場を取り巻《ま》きながらも、止めようとする様子は無かった。仮面《かめん》を被《かぶ》り、銃で武装した男達が往来で人間に銃口を向けているというのに、それを怖《おそ》れる様子が全く無いのだ。

それはつまり——

(自分達とは違《ちが》う——からか)

通行人達には分かっているのだ。

男達が狙《ねら》っているのが自分達でないという事を。

無差別に目についた人間を殺す通り魔《ま》ならば彼等も慌《あわ》ててこの場から逃《に》げるだろう。だが自分達はレイオット達と明らかに違っていて、その違いが自覚できている以上、男達の銃口が自分達に向けられる事も無いのだと彼等は分かっている。

要するに対岸の火事なのだ。

自分達に飛び火してくる事が無いのが分かっている。だからこそ、彼等は平然と見物していられる訳《わけ》だし、わざわざ川を渡って火中に飛び込む様な愚《ぐ》は冒《おか》さないという事だろう。

「市民の皆《みな》さん。お騒がせして申し訳ない」

仮面の男達の一人が何処《どこ》か芝居《しばい》がかった仕草で一礼した。

「我等《われら》は〈憂国騎士団《ゆうこくきしだん》〉です。人類社会に仇《あだ》なす怪物《かいぶつ》の萌芽《ほうが》を駆逐《くちく》せんと活動中でありま
す。見ての通りそこの子供《こども》は半魔族《ハーフ・ブルート》、そしてこの男は無資格《モグリ》の戦術魔法士《タクティカル・ソーサリスト》です。共に
魔族《メレヴエレント》化して人々の生活を脅《おびや》かす連中です――」
どうやらレイオットやカペルテータが魔族化するというのは彼等の中では既定事項《きていじこう》であ
るらしい。単に市民の好感情を得《う》る為《ため》か――本気でそう思っているのかは分からないが。
「馬鹿《ばか》か……」
レイオットは心底から呆《あき》れて言った。
「魔法士《ソーサリスト》は……ともかく……CSAが魔族に……変異《へんい》するなんてのは迷信《めいしん》……だ……そん
な事も……知らないの……か」
「貴様《きさま》こそ馬鹿か」
嘲《あざけ》りを満載《まんさい》した声が告げる。
銃を向けられれば怯《おび》える。相手が血を流して倒れていれば嘲る。
分かり易《やす》いといえばとことん分かり易い者達ではあった。
「今や、魔法《ソーサリイ》に日常的《にちじょう》に接《せつ》している人間や、半魔族はいつ、何のきっかけで魔族化する
かも分からないというのが常識《じょうしき》だぞ」
「……………」

ここ最近頻発《ひんぱつ》する『魔法とは関係ない』人々の魔族化《メレヴエレント》。

口コミで。あるいは雑誌で。

それらの断片的《だんぺん》な情報《じょうほう》が伝言に伝言を重ねて流布《るふ》していけばどうなるか。

（そうか——成《な》る程《ほど》な）

いつ誰《だれ》が魔族になるか分からない。

それは間違いなく日常生活を揺《ゆ》るがす恐怖だ。

だから人々はその『分からない』中にも無理矢理《むりやり》に判別法を持ち込もうとする。魔族になる可能性のある人間と無い人間を峻別《しゅんべつ》する方法を確立《かくりつ》しようとする。無論《むろん》そんなものはありはしない——あれば最初からこの状況《じょうきょう》は発生しない——のだが、恐怖に促《うなが》される人間は理性を麻痺《まひ》させたままその判別法にすがる。

自分は魔族にならない——と保証《ほしょう》してくれる都合の良い判別法を選んで信じる。

更に重要なのは分かり易さだろう。分かり易ければそれは広まりやすい。広まれば同志《どうし》が増《ふ》えてそれはまるで不動の事実であるかの様に語られる事になり、それを信じる者の安心に繋《つな》がる。

そういう意味で——『魔法士《ソーサリスト》やCSAといった普段から魔法に触《ふ》れている人間が魔族化し易い』という判断基準《きじゅん》が支持《しじ》される事になるのだ。ここで重要なのは『魔法に触れている』『魔法に近い』という部分である。此処《ここ》が曖昧《あいまい》ならば、解釈《かいしゃく》はいくらでも広げる事が出来るし狭《せば》める事も出来る。自分達の信じる基準と矛盾《むじゅん》する事実が出てきても、解釈を広げてしまえば矛盾を消す事が出来るのだ。

つまり。

全く魔法と関係の無い人間が魔族化するとする。

この場合、徹底《てってい》して魔法との繋がりを調べれば良い。例えば二軒隣《となり》に魔法士が住んでいるとか、その程度《ていど》の事でも良いのだ。『魔法士は呪素《じゅそ》に普段から触れていて、そのせいで周りの人間も汚染《おせん》し易い』などという分かった様な分からない様な理屈《りくつ》を立てて主張《しゅちょう》すれば、それが通ってしまう。

「……そうか……」

レイオットは皮肉な笑みを浮かべた。

「あんたら……怖い訳か……いつ誰が……魔族化するか……分からないから……魔族化しそうな奴《やつ》ってのを……勝手に自分達で断定して……それを私刑《リンチ》にかけて回る事で……安心したい訳か……」

「……何ッ？」

男達が色めき立つ。

圧倒的《あっとう》優位《ゆうい》に立ちながらもレイオットの言葉を笑い飛ばす事が出来ない。それはつまり──彼等が自覚しているかどうかはともかく──レイオットの読みが図星を突いているという証拠《しょうこ》でもあった。

「つまり……」

レイオットは薄笑《うすわら》いを浮《う》かべながら言った。

畳《たた》み掛けるとすれば今しかない。

「……確信が……持てない訳だ……未《ま》だ……」

「……何を言っている？　貴様──」

「……いい……のか……？　俺達《おれたち》なんぞに……かまけてて……ひょっとしたら……自分の……隣に居《い》る奴も……魔族《メレヴエレント》化する……かもしれんぞ……？　なあ……？」

「…………」

男達が身を強張《こわば》らせるのがはっきりと分かった。

それは一度は想像《そうぞう》した事なのだろう。想像して──どうしようもないので忘《わす》れる事にした恐怖であったのだろう。

だが──

「……仮面《かめん》を被《かぶ》ってたら……顔が歪《ゆが》んでても……分からないよな……知ってるか……？

魔族の変異《へんい》ってのは……まず顔面から……始まるんだ」

「……だ……黙《だま》れ！　いい加減《かげん》な事を言うな！」

不安のざわめきが野次馬《やじうま》達の間に広まっていき——慌《あわ》てた様子で仮面の男達が喚《わめ》く。

「……自覚症状《じかくしょうじょう》が無い場合も……あるな」

痛《いた》みに荒《あ》れる息の下から自信たっぷりにレイオットは言った。

男達はレイオットの素性《すじょう》を知っている。レイオットが対魔族戦の専門家《せんもんか》であり——魔族を現場《げんば》で何度も見てきた人間だという事は知っている。

専門家の言葉は重い。

権威《けんい》だの流行だのに踊《おど》らされる人間にとっては特に。

「……自分が魔族化した……事にさえ……気付かないで……徘徊《はいかい》していた奴だって……居《い》た……そういうもんだ……魔族化ってのは……個人差《こじんさ》が激《はげ》しい……からな……」

「黙れ、魔族め！」

仮面の男の一人が喚いた。

もう彼にとってレイオットは魔族と認定《にんてい》されているらしい。

「我々を動揺《どうよう》させようとしても、無駄《むだ》だ！」

「……左様で……」

レイオットは肩《かた》を竦《すく》めて言った。

「ならばさっさと……撃《う》て……その代わり……魔族事件《じけん》は……自分達で……きっちり解決しろ……よ？」

「…………」

新たな動揺が男達の間に——そして市民達の間に広がるのが感じ取れた。

「……ただでさえ……戦術魔法士《タクティカル・ソーサリスト》が……足りないんだ……俺がしょっちゅう……引っ張り出されて……るのが……その証拠だ……一人戦術魔法士が減《へ》って……で……魔族の発生件数が……処理限界を上回らなければ……いいがね……」

「魔族は、魔族化が終わる前に射殺《しゃさつ》すれば——」

「そう……よく知ってる……な……ちなみに……魔族化に要する……平均《へいきん》時間が……およそ三分って……知ってる……か……？」

「……黙れ」

「……大変だな……あんたらも……トリスタンの全人口が……何人か俺も知らないが……全員から三分以上眼《め》を離《はな》したら……魔族化してるかも……しれんぞ……？」

「……黙れ」

「じゃあ……まあ……頑張《がんば》って……くれ……」

言ってレイオットは脇腹《わきばら》を押さえながら身を起こす。

当初の——着弾《ちゃくだん》と転倒の際《さい》の衝撃《しょうげき》はもう完全に通り過《す》ぎている。痛みと——そして流血による重く硬《かた》い疲労《ひろう》感が腹部《ふくぶ》に残ってはいるが、辛《かろ》うじて動く事は出来そうだった。

「どうした……？　撃たないの……か……？　撃たないと……いつ魔族化するか……分からんぞ……？」

「…………黙れ」

「早くしろよ……さもないと……お前の隣……魔族化が始まってる……ぞ……？　三分って……のは……覚えてる……か？」

「黙れと言っているんだ、魔族！」

癇癪《かんしゃく》を起こしたかの様に仮面の男達が喚いた。

無論——レイオットの台詞《せりふ》は単なるハッタリである。本気で彼等《かれら》もレイオットの言葉を信じた訳《わけ》でもなかろう。しかし……そもそもが噂《うわさ》に踊らされて此処までの事をしてしまう様な連中である。最後の最後、『ひょっとしたら』という疑念《ぎねん》が棄《す》てきれない彼等の声には色濃い動揺が滲《にじ》んでいた。恐らく仮面の下では傍らの仲間の様子を窺《うかが》う様に、視線を右《う》往左往《おうさおう》させている事だろう。

「——おい、まずい」

ふと――仮面の男の一人が後方を振り返って言った。

「警察《けいさつ》が来る」

その台詞と同時に――警察車輛《しやりよう》のサイレンがリゴレット通りに響《ひび》き渡《わた》った。

「…………」

男達が仮面越《ご》しに顔を見合わせる。

「……警官にも……言ってみる……か？『僕達《ぼくたち》は……魔族になりそうな……人間を……片《かた》っ端《ぱし》から……殺して……回る……正義《せいぎ》の味方なんですよ』……ってな……」

「……貴様《きさま》」

ようやく男達もレイオットの挑発《ちようはつ》する様な台詞が時間稼《かせ》ぎであった事に気付いた様だった。いくら付近の通行人がレイオット達の窮地《きゆうち》を見て見ぬふりをするとはいっても、銃声《じゆうせい》が轟《とどろ》けば誰かが通報《つうほう》する。

そして仮面を被っている以上――男達も自分達が後ろ暗い事をしている自覚はある筈《はず》なのだ。警察が来れば逃《に》げざるを得ない。

「……くそっ！」

男達は銃を振《ふ》り回して野次馬《やじうま》達の壁《かべ》を割《わ》ると、そそくさと雑踏《ざつとう》の中に紛《まぎ》れ込んでいった。

どうやら慣《な》れているのか――その逃げっぷりの鮮《あざ》やかさだけは素人離《しろうとばな》れした印象である。

野次馬達も次第《しだい》にその包囲を薄《うす》めて通りのあちこちへ散っていく。

そして……

「……レイオット」

声を掛けられて振り返ると、カペルテータが側に立っていた。

紅《あか》い髪《かみ》の少女はやはり紅い眼《め》で——感情《かんじょう》のこもらぬ冷淡《れいたん》とも言うべき眼でレイオットを見つめている。少なくともその表情を見る限《かぎ》り、助けられた事への感謝《かんしゃ》も庇《かば》われた事への感動も無ければ——傷《きず》を負ったレイオットを心配する様子も無い。

ただ……彼女は短く天気を確認《かくにん》するかの様にあっさりした口調で尋《たず》ねた。

「大丈夫《だいじょうぶ》ですか」

「……あまり大丈夫じゃない……かもな……お前は？」

「私は打ち身や擦《す》り傷以外は特に」

「そりゃ結構《けっこう》——」

出血の為か——急速に冷える身体《からだ》と暗さを増す視界を意識《いしき》しながら、レイオットは回転灯の光を撒《ま》きながら近付いてくる警察車輌の方を眺《なが》めていた。

●

●

●

浮浪者《ふろうしゃ》トム・パーマは建物の陰《かげ》を縫《ぬ》う様にして移動《いどう》していた。

虐《しいた》げられる者独特《どくとく》の鋭敏《えいびん》な感覚で彼は街の様子が変わってきた事を察知していた。浮浪者仲間の間では〈黒騎士《くろきし》〉だの魔族《メレヴエレント》だのの剣呑《けんのん》な噂《うわさ》が流れているが——何にしても街の連中がぴりぴりと気を立てている様子はトム本人にも分かっていた。

こういう時に真っ先にやり玉に挙がるのは彼の様な社会的弱者である。

無論——普段から浮浪者狩《が》りの様なものは『自称《じしょう》・善良《ぜんりょう》な一般《いっぱん》市民』の一部によって行われているが、ここ昨今の街の空気はそんなものすら生ぬるく思わせるものがあった。

実際、パルムンという名の浮浪者の仲間が一人、仮面《かめん》を被《かぶ》った一団《だん》に射殺されている。

理由は『顔付きが異様で魔族に近いから』だそうだ。

元々移民の子孫だというパルムンは、いわゆる『ヒラメ顔』——眼と眼の間がかなり離れている顔付きで、確かに見慣《みな》れなければ異相ではあった。それに加えてやはり浮浪者、顔は汚《よご》れきり、老人斑《はん》も顔に浮かんできていたので、御世辞《おせじ》にも美しいとは言えない面相だった。パルムンを見た子供《こども》達が怖《こわ》がって逃げていく事もあった。

だが……よく見ればパルムンは草食動物の様な優《やさ》しい眼をしていたし、同じ浮浪者仲間の間でも、新参者の面倒見《めんどうみ》が良かったり、手先の器用さを生かして仲間のボロの繕《つくろ》いをしてくれたりと、何かと慕《した》われていた人物でもあった。

だが仮面の一団は『顔が変』というそれだけの理由でパルムンを射殺した。

警察は——いつもの浮浪者狩りの一例としてしか見ておらず、真面目《まじめ》に捜査《そうさ》しようという様子も無い。もっとも、そもそも税金《ぜいきん》で運営《うんえい》されている組織《そしき》が、税金を1センテも払《はら》わない者達の為《ため》に献身《けんしん》的に働いてくれる筈も無い訳だが。

次は誰が殺されるのか。

そんな不安が浮浪者達の間にも広がっていた。

だからトムも昼間は出来るだけ人の居ない廃棄《はいき》区画に潜《ひそ》み、夜中に食料を漁《あさ》るべく出てきていたのである。

だが——

「……うん？」

ごそりと背後《はいご》の物陰《ものかげ》で音がする。

大きな業務《ぎょうむ》用ゴミ箱の陰。

そこに何かが居た。

「…………」

野良犬《のらいぬ》か。野良猫《ねこ》か。前者ならば噛《か》まれないように注意しなければならない。浮浪者は狂犬病《きょうけん》にかかっても病院はまず診《み》てくれない。恐らく浮浪者そのものがゴキブリや鼠《ねずみ》の様な病原媒体《ばいたい》に見えるのだろう。

身構《みがま》えるトム。

彼はゆっくりとゴミ箱を回り込んで――

「――へっ⁉」

そこで腰《こし》を抜《ぬ》かしそうになった。

一人の老人がそこに座《すわ》り込《こ》んでいる。黒いインバネス・コートを身に纏《まと》い、山高帽《ぼう》を被ったその姿《すがた》は、ぱっと見れば何処《どこ》かの社交場に居そうな品の良い紳士《しんし》に見えた。

だが――

「な……なな……」

老人の顔は大きく爛《ただ》れていた。

まるで何かタチの悪い病にでも――梅毒《ばいどく》とか――かかっているかの様に、顔の肉がたるみ、輪郭《りんかく》が大きく崩《くず》れているのだ。単眼鏡《モノクル》が塡《はま》り込んでいるお陰で片目はまだきちんと見えているが、もう一方の眼は溶《と》けかかり垂《た》れ下がった肉の下に埋《う》まって見えない。

一体これはどうした事か。

恐怖感が先《ま》ず先に立ったが――しかし次の瞬間《しゅんかん》、トムはその老人に駆《か》け寄《よ》っていた。

あるいはパルムンの事が脳裏《のうり》を過《よ》ぎったからかもしれない。トムが去年の冬を越《こ》せたのは、彼が纏ってくれたコートがあったからだ。それが無ければトムはきっと何か月も前に路上の空き缶《かん》と同じ位に冷たくなっていただろう。

「お……おい。大丈夫《だいじょうぶ》か？　あんた？」

さすがに病気が移《うつ》ると怖《こわ》いので触《さわ》りはしない。

しかしとりあえずそう声を掛けてみた。

正直、あまり返事は期待していなかったのだが——

「……うむ。大丈夫だ、驚《おどろ》かせてすまない」

意外にはっきりとした返事が返ってきた。

「私とした事が……思った以上に損害《ダメージ》が大きくてな……此処まで戻《もど》るのにも随分《ずいぶん》と時間が掛かってしまった」

「へ……？」

「あ、いや、気にしないでくれ」

顔の溶けかかった老紳士はそう言って肩を竦《すく》めて見せた。

「本来の肉体を棄《す》てたとはいえ未《ま》だ俗界《ぞくかい》に身を置く以上、生々流転《るてん》の定めからは逃《のが》れられん……情《なさ》けない話だ」

「はあ……？」

「そこの君。済《す》まないが、水を一杯何処《いっぱいどこ》かからか頂《いただ》けまいか。泥水《どろみず》で構《かま》わない」

「み……水か？　ま、まっててくれ、すぐに」

トムは近くのレストランの裏《うら》に回ると、空き瓶《びん》を一本拝借《はいしゃく》し、同じ場所に在った蛇口《じゃぐち》から——元々はバケツとかを洗《あら》う為《ため》のものらしいが——瓶に水を溜《た》めて戻る。

しかし——

「で、ど、どうしよう」

飲ませようにも口元が溶けていて開きそうにない。

いや、そもそも一体この老紳士はどうやって声を出しているのか。

「上からかけてくれ」

「へ？　そ……そんなんでいいのか？」

「構わない。幾《いく》つかの物質《ぶっしつ》や微量《びりょう》元素が不足しているだけだ。水を電気分解して再《さい》構築すれば代用は利《き》く」

「……はあ」

よく分からなかったが声音《こわね》や口調を聞く限《かぎ》り、至極《しごく》老人は冷静で——錯乱《さくらん》している様子も無い。何やら酷《ひど》い仕打ちをしている様で気が引けるが、仕方なくトムは瓶の水を老人の頭上からかけた。

すると――

「な……な……なんだ⁉」

老人が――濡《ぬ》れない。

いや、濡れはする。一瞬《いっしゅん》、水がかかってしめる。だがそれらの跡《あと》が瞬間的に消滅《しょうめつ》していくのだ。まるで砂漠《さばく》に水を撒《ま》いているかの様に、水は吸《す》い込まれ、乾《かわ》いて、瞬《また》く間に消えてしまった。

「…………」

不気味である。

正直、今すぐ逃げ出したい気持ちもあったのだが、トムはその場に留《とど》まった。

老人の声がとても理性的で……それこそ浮浪者狩《ふろうしゃが》りの連中なんかよりも遥《はる》かに話が通じやすそうだったからである。

「……君は、私を怖《おそ》れないのか」

ふと何か思い付いた様に老紳士が言ってくる。

「いんや。怖いよ」

「ならば何故《なぜ》、私を助けてくれる？」

「弱ってるみてえだからよ」

「…………」

「あんたが何者かしらねえけどな。まあ気にしないでくれ……もしあんたが死んでたら、悪いけど、俺《おれ》は身ぐるみ剝《は》いで質屋に駆け込んでただろうしな。悪いけど生きていくためにはそうせんと……」

「……成《な》る程《ほど》」

くぐもった笑い声が響《ひび》く。

「確かに生きるとは本来そういう事ではあるな」

「……は？」

「いや、失敬《しっけい》。世話になりついでと言っては何だが——しばらく私の事は誰《だれ》にも黙《だま》っていてくれると有り難《がた》い」

「しばらく？」

「完全になるまでにあと一日余《あま》り……それで動ける様にはなるだろう。再調整とその他にはまた何週間もかかるかもしれないがね」

「じゃあとりあえず見張《みは》っててやるよ」

トムは言った。

「その様子じゃ、下手《へた》に街の連中に見つかったら殺されちまう」

「そ……その代わり、あんた、金もってんだろ？　元気になったら飯たらふく喰わせてくれや」

「承知《しょうち》した。安いものだ」

苦笑《くしょう》じみた声でその老紳士《しんし》は言った。

●　●　●

ジャーナル・トリスタン紙はトリスタン市内において一位の販売実績《はんばいじっせき》を誇《ほこ》る新聞である。

トリスタンの市名を冠《かん》されてはいるものの、単なる地元密着型《みっちゃくがた》の地方紙ではなく、その報道《ほうどう》対象は多岐《たき》に亘《わた》り、トリスタン内部だけでなく、更に広範囲《こうはんい》——国内、国外を問わず各種事件《じけん》を報道する。元より市民の数も多く経済《けいざい》活動も盛《さか》んなトリスタンではこうした新聞の販売量も多く、その結果として多額《たがく》の予算的余裕《よゆう》を持ったジャーナル・トリスタン紙は情報媒体《ばいたい》としては非常《ひじょう》に優秀《ゆうしゅう》で、他の地域《ちいき》の住民も定期購読《こうどく》をしている者が多い。

当然——その内部の記者達はその評判《ひょうばん》を守る為《ため》に非常な努力を強《し》いられる。

正規《せいき》の編集《へんしゅう》部員と記者の他に、ほぼそれと同数の編集部員と記者を抱《かか》えているこのジャーナル・トリスタン紙内部では、常《つね》に熾烈《しれつ》な実績争いが続いている。この実績がもろに収入に反映《はんえい》するからである。

　無論、この編集者や記者という仕事は極めれば極める程に一種《いっしゅ》の職人芸《しょくにんげい》的な側面を持ってくる。この為——ぽっと出てきた新人がベテランを追い抜《ぬ》く事は殆《ほとん》ど無い。競争の激しいジャーナル・トリスタン紙において大抵《たいてい》のベテランは有能だからだ。無能な者は三年と務《つと》めていられない。

　だが例外というものはどんな分野にも必ず存在《そんざい》する。

　その端的《たんてき》な一例が——いわゆる『特ダネ』をモノにしてきた記者達である。

　当然ながらその記事一つで新聞の売り上げが数割《わり》も——場合によっては数倍にも——変わる様な記事を書き上げたり、写真を撮《と》ってきた者は、特別賞与《しょうよ》を授《さず》けられると共にその待遇《たいぐう》が劇《げき》的に変化する。典型的な一発逆転の図式であり、実力社会の喜怒《きど》哀楽《あいらく》が凝縮《ぎょうしゅく》した一例でもあった。

　そういう訳で——

「うー……」

　眠気《ねむけ》覚ましに車から降《お》りて深呼吸《しんこきゅう》する。

　夜の寒気を肺《はい》に吸《す》い込《こ》んでから——くたびれたフライト・ジャケットのポケットを探《さぐ》る。

　くしゃくしゃになった煙草《たばこ》の紙箱が出てきた。指先で探ると中身はただ一本だけ残っている様子だった。かなりの数を買っておいた筈《はず》なのだがもうこれが最後になってしまったらしい。

「畜生《ちくしょう》——あと五箱は買っとくべきだったかな」

呟《つぶや》きながらジャーナル・トリスタンの記者にしてカメラマンである処《ところ》のヤーセン・フォークスライトは小さく身を震《ふる》わせた。

ポケットに紙箱を握《にぎ》り潰《つぶ》して戻し、更にライターを捜《さが》してあちこちをまさぐる。ポケットが多い軍用フライト・ジャケットは、何かと小物の多い記者やカメラマンには便利なのだが……ヤーセンの様に雑《ざっ》な性格《せいかく》だとライター一つ捜すにも何処に入れたかとあちこち己《おのれ》の上着を叩《たた》いて回る事になる。

だが——

「——おっ」

独特《どくとく》の涼《すず》やかな金属《きんぞく》音と共にオイル・ライターの炎《ほのお》が煙草の先端を包み込んだ。

「——どうも」

くわえ煙草のまま火を貸《か》してくれた警官《けいかん》に頭を下げる。

見れば二名の制服《せいふく》警官がヤーセンの傍《かたわ》らにコートを着て立っていた。背の高いのと低いのと。ライターを差し出していたのは背の高い方の警官だった。

「……大変だな」

「仕事ですからね」

苦笑を浮《う》かべて言ってくる警官——背の低い方だ——にやはり苦笑で応《おう》じる。

彼等が居《い》るのはトリスタン市街の南側区画である。

高級住宅《じゅうたく》の密集するこの辺りは、やや高台になっていて市街地を大きく見渡せる。今は夜間という事もあって市街地風景は半分以上が闇《やみ》の中に沈《しず》んで見えないが、星空の様に幾《いく》つもの光の点が足下《あしもと》の闇の中に瞬《またた》いていた。

「そっちこそお疲《つか》れ様です」

「……君みたいなのが減るとこっちの苦労は少し減るんだがな」

背の低い方の警官が言った。

「すいませんね。でもこっちも仕事なもんで」

ヤーセンは苦笑しながら後頭部を掻《か》いて見せた。

彼が狙《ねら》っているのは『魔族《メレヴエレント》の写真』である。

実はここ十数年の間、魔族をきちんと捉《とら》えた報道写真というものは殆《ほとん》ど無い。あっても公開される事は少ない。表に出てくるのは大抵が超《ちょう》望遠で撮られた曖昧《あいまい》な画像である。

元より魔族事件《じけん》の現場《げんば》には限《かぎ》られた人間しか入れないし、魔族の発生自体は突発《とっぱつ》的なので狙《ねら》って撮れるものでもない。

更には写真があっても警察が圧力《あつりょく》を掛けてくる場合もある。

これは魔族《メレヴェレント》になった者の人権《じんけん》――正確《せいかく》には魔族には人権は認《みと》められないのでその家族の人権だが――に配慮《はいりょ》した結果であると同時に、無意味な社会不安を煽《あお》らない為の処置である。その変異の仕方によっては魔族は人間だった頃《ころ》の顔形を残している場合もあり、写真でその素性《すじょう》が特定されてしまう事も有り得るからだ。

だが――公開されていないとなれば見たがるのが人間だ。

故《ゆえ》にちらほらと魔族の写真は新聞や雑誌《ざっし》で公開される様になってきている。ある種の慣《な》れというか感覚の麻痺《まひ》が社会全体に起こっているのである。魔族の写真といえば詳細《しょうさい》構わず握《にぎ》り潰《つぶ》されていた時期に比《くら》べれば、大きな変化であると言える。

だがそれでも――綺麗《きれい》に撮られた魔族の写真は少ない。

例えばそれなりの機材を使い、鮮明《せんめい》で、魔族の姿《すがた》がきっちり把握《はあく》出来る様な写真を撮れれば、それだけでも大変貴重《きちょう》なものとなる。

そして――夜の魔族事件が頻発《ひんぱつ》している今が好機ではあるのだ。

そういう訳でヤーセンは警察無線をつけっぱなしにして、更に車のエンジンも掛けっぱなしで、毎夜毎夜こうして待機《たいき》しているのである。根本的に交通量の減《へ》っている夜間なら、昼間と違《ちが》って道さえ選べば事件発生の報を聞いてからでも警察の先回りをする事が可能《かのう》だと踏《ふ》んでいるのだ。

とはいえ……

こんな風にして毎晩《ばん》、車で出歩いていれば不審《ふしん》がられるのも当然である。

そういう訳でヤーセンは何度か警邏《けいら》の警官達に職務質問《しょくむしつもん》を受けているのだが、毎晩毎晩こうして同じ場所に陣取《じんど》って事件を待っていると、この辺りを担当区域《たんとうくいき》にしている警邏の警官とも顔見知りになってくる。そして、決して彼の様な特ダネ狙いの報道《ほうどう》関係者を警官は歓迎《かんげい》しないが——それでも何度となく顔を合わせていると、奇妙《きみょう》な親しみが生まれてくるものだ。

「今夜は出ますかね？」

「そうそう期待されてもね」

肩《かた》を竦《すく》める警官。これも背《せ》の低い方。

背の高い方の警官は我《われ》関せずといった様子で街の夜景を眺《なが》めている。

「そろそろ何かこう、大ネタ摑《つか》まないと契約《けいやく》切られちまうんですよ」

「他のネタを狙ったらどうだね。正直、魔族の写真狙いなんざあまりいい趣味《しゅみ》とは言えないだろ」

「下品さでいったら、政治家の汚職現場《おしよくげんば》だの事故現場だのの写真もあんまり変わらないと思いますけどね——ああ、それは好んで見る側の感性って意味ですが」

報道側は求められるものを供給《きようきゆう》するだけの事だ。

新聞発行も商業活動としての側面を持つ以上、上品だろうと下品だろうと需要《じゆよう》があれば供給する。社会の体制が自由主義《しゆぎ》かつ資本《しほん》主義である以上、それはどうあっても否定《ひてい》出来ない理《ことわり》である。

「……まあそれもそうだがね」

溜《た》め息をつく警官。

「どうもな……最近、市民の間にも不穏《ふおん》な動きが多いし、我々としては報道関係者にも自《じ》重《ちよう》して欲《ほ》しいんだよ。公式見解《けんかい》とか、そういうのではなく、個人《こじん》的な意見だがね。昨日の昼間も何やらリゴレット通りの方で大きな揉《も》め事があったみたいだが」

「……はあ」

そんな事を言われても、はいそうですかと引き下がる訳にもいかない。

「まあ元より魔 族《メレヴエレント》事件の増加《ぞうか》に伴《ともな》って、治安は乱《みだ》れ気味だったんだがね」

「何か原因《げんいん》でもあるんですかね」

時と共にモールドやスタッフに代表される魔法工学関連の技術《ぎじゆつ》も進化はしている。本当ならば安全性の向上に伴って魔族事件は減っていってしかるべきなのだ。

だが現実には魔族事件は増え続けている。

以前、ヤーセンは調べた事があるが、この二年余りで魔族事件は倍以上に増えている。これは何か原因でも無ければ有り得ない数字ではあった。無論、その原因の一つは以前、裏《うら》社会にばらまかれた密造《みつぞう》モールド〈シェル〉や、その後に出回った〈黒本〉が原因ではあるのだろう。

だが――

「まるで――誰かが」

ぼそりと低い声が割り込む。

「世界そのものを滅《ほろ》ぼしたがっているみたいです」

背の高い方の警官の台詞《せりふ》に――ヤーセンと背の低い方の警官が顔を見合わせた。

唐突《とうとつ》と言えばあまりに唐突、突飛《とっぴ》といえばどこまでも突飛な発想ではある。

だが魔族というものはその発想を現実に引きずり降ろすだけの脅威《きょうい》だ。ヤーセンも背の低い方の警官も、背の高い警官の言葉を笑う事は出来なかった。

この国に住む人間で――否《いな》、この文明世界に居る人間で、〈イエルネフェルト事変〉とそこに現《あらわ》れたと言われる〈魔王《ルシフェル》〉級魔族の存在を知らぬ者は居ない。当時に生まれていなかった人間にもその爪痕《つめあと》は、この国の政治《せいじ》に、経済《けいざい》に、文化に様々な形でくっきりと残っているのだから。

「世界そのものを滅ぼす――か」

ヤーセンが呟《つぶや》く。

その時――

「……!?」

鋭《するど》い声が夜気をつんざいて響《ひび》き渡《わた》った。

「なんだ!?」

警官達は腰《こし》の銃《じゅう》に手を掛《か》けて身構《みがま》え、ヤーセンは咄嗟《とっさ》に車の中に上半身を突っ込んで、助手席に置かれていたカメラを引っ張り出した。殆《ほとん》ど反射的《はんしゃ》な――それぞれ職業意識《しょくぎょういしき》がもろに出た反応《はんのう》である。

「何処《どこ》だ――?」

慌《あわ》てて警官達が辺りを見回している。

明らかにあの声は悲鳴――否、絶叫《ぜっきょう》だった。

何があったにせよただ事ではない。

「…………」

ヤーセンはカメラの望遠レンズを調整しつつ街を見下ろした。

高価《こうか》なレンズを装着《そうちゃく》しているお陰《かげ》で、下手《へた》な双眼鏡《そうがんきょう》を覗《のぞ》くよりもはっきりと遠方の様子が見て取れる。声の聞こえた方角を大体見当つけてから、彼はカメラ越《ご》しに視線を眼下《がんか》の街並《まちな》みに這《は》わせていった。

「……おい。何か見えるか？」

「いや。今のところは――」

言いかけて。

ヤーセンはカメラを動かす手を止めた。

街灯の下に佇《たたず》む――異形《いぎょう》。

カメラの視界《しかい》の中に何かヤーセンの記憶《きおく》とは全く合致《がっち》しない――車でも人でも建物でも何でもない、まさしく異形の何かが映《うつ》り込んでいた。

「…………え？」

我知らずヤーセンは間の抜《ぬ》けた声を漏《も》らしていた。

それは――ただの都市伝説だとヤーセンですら考えていたものを連想させたからだ。

明らかに人間と異《こと》なる下半身の輪郭《りんかく》。

上半身は未《いま》だ人間としての基本形《きほんけい》を備《そな》えているが、下半身はまるで神話の半人半馬《ケンタウロス》の様に人間のそれとは明らかに異なる形状《けいじょう》を見せていた。しかも上半身の姿《すがた》は遠目にも明らかに『鎧《よろい》』を連想させる角張った線が幾《いく》つもある。角度によってはそれは、馬の上に跨《またが》る騎士《きし》の姿にも見えただろう。

「〈黒騎士〉……!?」

しかも〈黒騎士〉は、ただ一人そこに佇んでいる訳ではなかった。

その右手から突き出された槍《やり》──だろう多分──はその先端に一般《いっぱん》市民らしき女性《じょせい》を突き刺《さ》していた。

若《わか》い。年齢《ねんれい》は未《ま》だ二十代半ばといった処《ところ》か。必死の形相で逃げようとしているのだが、右の太股《ふともも》を刺し貫《つらぬ》かれている為《ため》に殆《ほとん》ど身動きがとれず、実際《じっさい》には無意味に爪先《つまさき》が地面を掻《か》いているだけである。

「……まさか」

レンズの倍率を上げながらヤーセンは呻《うめ》く様に呟《つぶや》いた。

〈黒騎士〉の噂《うわさ》はヤーセンも知っている。

『黒騎士に呪《のろ》われると魔族《メレヴエレント》になる』──

「そんな──」

恐怖《きょうふ》と……そして同時にどうしようもない位の興奮《こうふん》がヤーセンの視線をその光景に釘付《くぎづ》

けにする。自分が今観《み》ている光景が、必死に求めてきた特ダネそのものであると彼はもう完全に確信《かくしん》していた。

カメラのシャッターをモーター・ドライブのモードに合わせると彼は立て続けにシャッターを切る。

「おい——一体何を撮《と》ってるんだ」

警官の声も無視してヤーセンは写真を撮り続ける。

四十八枚撮りのフィルムは瞬《また》く間に減《へ》っていったが——

「ははっ——はははははっ！」

成功の喜悦《きえつ》に思わず笑い声を漏らすヤーセン。

そして……

「ははは！　やったぜ！　はははははは！」

ファインダーの中で女性の顔がぐにゃりと大きく歪《ゆが》んだ。

●　●　●

モールドがジャックの処に整備《せいび》及び修理《しゅうり》に出されていた事が先《ま》ず災《わざわ》いした。

単純《たんじゅん》な貫通銃創《かんつうじゅうそう》ならばレイオットは医療《いりょう》用魔法《ソーサリイ》で自ら強制的に高速治癒《ちゆ》させる事が出来

る。戦闘現場《せんとうげんば》では傷《きず》による戦力低下は憂《うれ》うべき事態《じたい》である。それ故《ゆえ》に戦術魔法士《タクテイカル・ソーサリスト》達は大抵《たいてい》、傷の治癒や止血、そして部分麻酔《ますい》の医療用魔法を心得ている。スタッフに呪文書式《じゆもん》板を挿入《そうにゆう》していなくとも、呪文形式さえ覚えていれば口頭詠唱《リアルキャスト》で魔法を実行する事が出来るからだ。

もっとも他者ではなく自己《じこ》に医療用魔法を施《ほどこ》す行為《こうい》は、呪素《じゆそ》が体内に蓄積《ちくせき》される可能性《かのうせい》が高いとして法律《ほうりつ》では禁《きん》じられているのだが——正規《せいき》の戦術魔法士ですら馬鹿《ばか》正直にそれを守っている者は少ない。

何にせよ……手元にモールドの無かったレイオットは出血による貧血状態《ひんけつじようたい》でその場から動く事すら出来なくなっていた。

更《さら》に。

レイオットが自己防衛《ぼうえい》とはいえ相手に発砲《はつぽう》していた事が問題となった。

無論、相手は顔を隠《かく》して襲《おそ》ってくる様な暴漢《ぼうかん》の集団《しゆうだん》だが、レイオットはレイオットで無資格《モグリ》の戦術魔法士である。警察《けいさつ》にしてみれば状況がよく分からない内は、どちらを被害者《ひがいしや》でどちらを加害者として断定《だんてい》して良いかも分からない。

そういう訳《わけ》で——レイオットは傷の治療の為に警察病院に搬送《はんそう》された。

カペルテータも一緒《いつしよ》である。

そして——

「……とうとう来るべき時が来たという印象だね、俺《おれ》は」

ベッドに横になっているレイオットを見下ろしながら——やってきたジャック・ローランドは苦笑《くしょう》して言った。

見舞《みま》いと——そして現場に置かれたままだったモールド・キャリアを引き取り、ついでに修理・調整の終わった〈スフォルテンド〉を積み直して届《とど》けてくれたのである。

ちなみにレイオットの傷は既《すで》に適切《てきせつ》な処置を終えている。

盲管《もうかん》銃創の場合は摘出手術《てきしゅつしゅじゅつ》が必要だが——不幸中の幸い、レイオットのそれは貫通銃創で内臓《ないぞう》にも傷が付いていない。実際には内臓を収《おさ》める腹腔《ふっこう》すれすれをかすめていった感じで、腹部の肉は多少削《けず》られたが、言ってみればそれだけだった。

傷口の処置は終わり、現在は抗生物質《こうせいぶっしつ》の投与《とうよ》中である。

ただ出血量が多かった為かレイオットは処置終了後もなかなか意識《いしき》が戻《もど》らず——彼が目覚めたのは事件から丸一日以上が経過《けいか》した夜の事であった。

「一般《いっぱん》市民を負傷《ふしょう》させたらさすがに魔法管理局も庇《かば》いきれないだろ」

呆《あき》れた口調でジャックが言う。

「だったらさっさと逮捕《たいほ》すれば良いだろうに——警察は何も言ってこないんだよな」

苦笑を浮かべてレイオットは言う。

「ふむ？」

「此処《ここ》に運び込まれた直後にはモデラート警部——いや警視か。彼も事情聴取《じじょうちょうしゅ》に来たんだがね。てっきり大喜びで手錠《てじょう》はめてくるかと思ったら、苦い顔してそのまま帰った」

「あのおっさんはいつも苦虫嚙《か》み潰《つぶ》した様な顔してるけど」

「そりゃそうだが」

とレイオット。

「実際に——」

ふと思い付いた様子でカペルテータが言った。

「『被害者』が名乗りでなければ事件として成立しないという事かと思います」

「まあそんな処だろうな」

言ってレイオットは肩《かた》を竦《すく》め——顔をしかめた。

さすがに未《ま》だ迂闊《うかつ》な動きをすると激痛《げきつう》が脇腹《わきばら》に走る。

「襲ってきたのは仮面《かめん》付けた連中だって？」

「ああ」

男達の付けていた仮面を思い出しながらレイオットは頷《うなず》いた。

「あれかな。また市民の正義《せいぎ》団体かな――〈憂国騎士団《ゆうこくきしだん》〉とか」

「そういえばそんな風に名乗ってたな……なんだ、それは？」

「居《い》るんだよ、前から。市民の安全な生活を守る為とか、この国を守る為とか、まあ色々言いながら魔法関係者《ソーサリイ》やらCSAやらを私刑《リンチ》にかけていた『正義の味方』が。その中の一つがそういう風に名乗っているらしいよ」

「……まあそういう連中の話は聞いてるが」

　レイオットは言った。

　名前を持ち名簿《めいぼ》を造《つく》って活動する様な『本格派《ほんかくは》』から、知人友人数人でふと思い付いて結成されるものまで、その手の集団というのはトリスタン市内だけでも何十何百と存在している。大人しい連中はせいぜいがCSAや魔法士《ソーサリスト》の家族に嫌《いや》がらせの電話を掛ける位のものだが、行き着く所まで行き着いてしまった様な連中は、武装《ぶそう》して相手を取り囲み、半殺しにしてしまうという。

「前から魔法関連の人間を蔑視《べっし》する風潮《ふうちょう》は珍《めずら》しくないがな。特にCSAの私刑事件なんざ珍しくもないが――」

　今回の〈憂国騎士団〉には明らかな殺意があった。

「その手の連中がここしばらく、どんどん過激《かげき》になってきてるってさ」

ジャックは肩を竦《すく》めて言った。

「……そうなのか？」

「ラジオの報道《ほうどう》やら警察《けいさつ》無線やら——気になって一通り情報《じょうほう》収集《しゅうしゅう》してみたけども。ここ一週間程《ほど》で、立て続けに五件、同様の集団暴行《ぼうこう》事件が起こってる。表沙汰《おもてざた》になってないのも含《ふく》めればその倍はあるんじゃないかな。いずれも被害者は死亡《しぼう》で——公称《こうしょう》六件目にして初めて生き残ったのがレイ達みたいだよ」

暴走する正義は狂信《きょうしん》と同じ位にタチが悪い。

大きな動きは勢《いきお》いがつくと止めようが無いのは同じだが——正義や信仰《しんこう》を盾《たて》に無茶をする者達は自分の行動に更《さら》に興奮《こうふん》して加速する傾向《けいこう》にある。

「……幸運だったと喜べと？」

「そこまでは言わないけどさ」

苦笑《くしょう》に苦笑を返してジャックは言った。

「CSAや魔法士《ソーサリスト》、それにケースSAで魔族《メレヴエレント》化した魔法士の親族や友人、労務省《ろうむしょう》魔法管理局の職員《しょくいん》など……そういった魔法関連の人間が次々に襲われてる。しかもどうも今までの偶発《ぐうはつ》的な事件と違うみたいなんだよね。徒党《ととう》を組んで——組織《そしき》的に『天誅《てんちゅう》』を加えて回っている連中が居る上に、市民感情もむしろそれを後押《あとお》しする方を向いている」

「……そうみたいだな」

レイオットは事件の際の通行人達の反応《はんのう》を思い出して頷《うなず》いた。

「例の〈黒騎士《くろきし》〉とか、それにまつわる一連の動きだよ。一般人《いっぱんじん》の間ではもう常識《じょうしき》になりつつあるよ。魔法を使わなくても魔族になる場合があるって」

「常識って言ってもな」

とレイオット。

世間的には単なる噂《うわさ》だ。それが現実《げんじつ》であるにせよ実証《じっしょう》された事実ではない。

だが人間は自分の信じたいものを信じる傾向にある。証拠《しょうこ》と呼《よ》ぶにはあまりに断片《だんぺん》的でも、それに矛盾《むじゅん》しない現実があれば尚更《なおさら》だ。市民にとって魔法を使わなくても魔族《メレヴェレント》になるという噂は、既《すで》に疑《うたが》いようの無い事実なのだろう。

「レイ。魔法士、特に戦術魔法士《タクティカル・ソーサリスト》の身に着けてるモールドは、騎士の鎧《よろい》に見えなくもないでしょ？」

「まあよく喩《たと》えられるな。それが？」

「だからさ、〈黒騎士〉は最近じゃ『某国《ぼうこく》の魔法実験の犠牲者《ぎせいしゃ》』だの『魔族になりきれなかった魔法士の復讐《ふくしゅう》』だの色々言われてる」

「………………成《な》る程《ほど》」

荒唐無稽《こうとうむけい》な都市伝説も、多少の現実的な——正確には現実味を帯びている様に見える単語で補強《ほきょう》してやれば、途端《とたん》に信憑性《しんぴょうせい》を増《ま》すという事か。

「さすがにシモンズ監督官《かんとくかん》以外の人間も、『他者の魔族化《メレヴェレント》』が可能かどうかを本気で調べ始めてるみたいだね。うちのクソババの処《ところ》にも昨日、警察が来て技術《ぎじゅつ》的な質問《しつもん》を幾《いく》つかしていったらしい」

ジャックが言う処の『うちのクソババ』とはローランド工房《こうぼう》の女主人であるルイーゼ・ローランドの事だ。ジャックは祖母《そぼ》の工房に顔を出すのを嫌がっているので、恐《おそ》らくはエヴァ辺りに聞いた情報なのだろう。

「実際に騎士に呪《のろ》われて魔族化云々《うんぬん》はともかく、どう見ても魔族化しそうにない人間の魔族化が続いているのは事実みたいだしね——でもどうも後手に回ってる感じが否《いな》めない」

「しかし……」

レイオットは先日のネリン達との会話を思い出しながら言った。

「魔族を作ってどうする？」

「自分の危険《きけん》すら顧《かえり》みない理由があるか——あるいはもっと他の利点があるかだね。何にしても捜査《そうさ》は遅々《ちち》として進展《しんてん》してないみたい」

ただでさえ噂の出所がはっきりしない上に、魔族事件は肝心《かんじん》の『犯人《はんにん》』が例外なく死亡している為に事情聴取も万全を期す事が出来ない。

そもそも『魔法《ソーサリイ》と関係の無い人間が魔族化』といった処で、その魔族化した人間が何処《どこ》かに〈黒本〉を隠《かく》し持っていて、発作的に『自殺』したくなったという可能性は棄《す》てきれないのだ。頭のおかしい奴《やつ》が意味不明の理由で首をくるのは別に昨日今日に始まった事ではない。

ただ——

「といってもまさか、神経質《しんけいしつ》で用心深く、なおかつ家族に隠れて違法《いほう》な品を持つ事に喜びを覚えていた奴等が、一斉《いっせい》に自殺願望に取り憑《つ》かれたって訳《わけ》でも無いだろうしな」

とレイオット。

〈黒本〉は基本《きほん》的にそれだけでは魔法を使えない。

ある種の魔力回路を脳内《のうない》に構築《こうちく》する必要があるのだが——正確に言えば魔力回路を描《えが》き出す為《ため》の意識座標設定《フォーマット》を行う必要があるのだが、それにはある種の幻覚剤《げんかくざい》が必要になってくる。

これは無論《むろん》、麻薬や酒でもある程度《ていど》は代用出来る訳だが、何にしてもそうなれば〈黒本〉だけでなくそうした薬や酒の存在がその人物の近辺から出てこなければおかしい。

そうした痕跡《こんせき》を〈黒本〉を含《ふく》めて完全に消してしまえる様な人間が、発作的な自殺に及《およ》ぶとは考えにくいし——何より自殺するのならばわざわざ痕跡を消してしまう必要もなかろう。あるいは——身辺整理をする様な気持ちで諸々《もろもろ》の証拠《しょうこ》を処分《しょぶん》してしまっているのかもしれないのだが。

何にしても。

それだけ魔族《メレヴエレント》事件が頻発《ひんぱつ》すれば、魔族化した人間の遺族《いぞく》、被害者《ひがいしゃ》の遺族といった関係者も増《ふ》える。また今回の一連の事件は主に真夜中に発生している事から、出動を要請《ようせい》される戦術魔法士《タクティカル・ソーサリスト》達もかなりの負担《ふたん》を強《し》いられている様だった。

「今回のレイ達の一件は氷山の一角だと思うよ。その下には恐《おそ》らく洒落《しゃれ》にならん位のでっかいのが控《ひか》えてる可能性が高いかな」

「暴動《ぼうどう》でも起きるか？」

「小規模《きぼ》なものならもう何回か起こってるって話だよ」

「…………」

「幸か不幸かすぐに鎮圧《ちんあつ》出来たみたいだけど。何にしても、市民の間の不安感を払拭《ふっしょく》しない事にはどうにもならないと思うね」

「相手がもとより『噂』だからな」

レイオットが呆《あき》れた様な口調で言う。

そこに――

「――スタインバーグさん」

ノックの音と共に聞き慣《な》れた声が響《ひび》いてきた。

ネリンである。

「開いてる。ついでに言えばジャックも居る」

「失礼します――」

言って――若干《じゃっかん》顔色を青ざめさせたネリンが入ってくる。

「大丈夫《だいじょうぶ》――ですか？」

「見ての通りだよ。モールドを使わせてくれるのなら、さっさと自分で治して退院《たいいん》してしまうんだがね――」

言ってレイオットは肩《かた》を竦《すく》め――そして脇腹《わきばら》を走る激痛《げきつう》に顔をしかめた。

医療系《いりようけい》の――治癒《ちゆ》系の魔法《ソーサリイ》を使えば単純《たんじゅん》な貫通銃創程度《かんつうじゅうそうていど》ならば即座《そくざ》に治療が完了《かんりょう》する。内臓《ないぞう》や神経《しんけい》の修復《しゅうふく》となるとさすがに専門医《せんもんい》、即《すなわ》ち医療魔法士《ソーサリスト》でないと手に負えない事も多いが、傷口《きずぐち》の消毒と癒着《ゆちゃく》程度ならレイオットの様な門外漢でも充分《じゅうぶん》に可能だ。

「すいません、もっと早く来れれば良かったんですが」

ネリンは律儀《りちぎ》にそんな事を気に病んでいるらしい。

「運ばれた直後に一度来たんですけど——スタインバーグさん、意識《いしき》が無くて」

「気にしなくていい。まあ折角《せっかく》の機会だからゆっくりするさ」

レイオットは退院まで一週間と言い渡されている。

傷口の処理《しょり》は一応《いちおう》終わっているが、大口径《こうけい》の銃弾《じゅうだん》で撃《う》たれた為に傷《きず》が大きく——完全に癒着しきるまでには絶対《ぜったい》安静を命じられていた。手術《しゅじゅつ》用接着剤《せっちゃくざい》と手術用糸で何とか傷口を縫《ぬ》い止めてはいるのだが……腹圧《ふくあつ》や筋肉《きんにく》の関係もあって傷口が開きやすく、開けば大量の流血は避《さ》けられない、との事だった。

「魔法治療なら五分で終わるんだがね」

医療系魔法士による魔法治療は病院側に却下《きゃっか》された。

基本《きほん》的に医療用魔法は極《きわ》めて困難《こんなん》な手術か余程《よほど》に切羽《せっぱ》詰《つ》まった状況《じょうきょう》でしか使われない。

まず費用効果《コスト》が合わないという事と、人体に直接効果を及《およ》ぼす魔法は本来、非常に面倒《めんどう》な手続きの末に行使されるものだからである。

更に言えば……元々医療系魔法士の数が限《かぎ》られている事も魔法治療がなかなか行われない理由ではある。通常処置でも治療可能な患者《かんじゃ》にまで魔法を使うと、いざ本当に必要な時に魔法士が魔法を使えないという事態《じたい》に陥《おちい》りかねないからだ。

「その事なんですが——」

言ってネリンが表情を曇《くも》らせる。

「……どうかしたのか？」

レイオットの問いに、彼女は持参していた鞄《かばん》から一枚《まい》の書類を取り出して見せた。

「魔法管理局からの魔法治療要請書《ようせいしょ》です」

「……？」

「レイオット・スタインバーグさんは即座《そくざ》に魔法治療を受け、その後、カペルテータ・フェルナンデスさん共々『〈黒騎士《くろきし》〉対策《たいさく》本部』に出頭するように――と」

「……なんだって？」

さすがに驚《おどろ》いてレイオットは聞き返す。

傍《かたわ》らに黙《だま》って座《すわ》っていたカペルテータも顔を上げてネリンの方を見つめている。

「ちょっと待て――〈黒騎士〉対策本部って言ったか？」

「二時間程前の事ですが」

ネリンは別の書類を取り出して言った。

数枚の複写《ふくしゃ》されたと思《おぼ》しき写真と、報告書《ほうこくしょ》らしき紙が数枚。カペルテータが受けとり、それをレイオットに手渡してきた。

「……これは」

数枚の写真。

そこには——レイオットが先日眼《め》にした異形《いぎよう》のモールドと、そしてそのモールドのすぐ前で魔族《メレヴエレント》に変異《へんい》して行く人間の姿《すがた》が克明《こくめい》に記録されていた。色調や背景《はいけい》からして、同じ場所、同じ時間に連続して撮《と》られた写真であるのは間違《まちが》いない。そのまま繋《つな》げれば映画《えいが》用のフィルムとして使えそうだった。

「取材中の新聞社のカメラマンが、通行人を捕《と》らえて魔族化させる騎馬《きば》の様な姿の存在《そんざい》を目撃し、写真に収めたものです」

「…………」

レイオットは改めてその写真に視線を落とす。

確《たし》かに此処《ここ》まではっきりと証拠《しようこ》写真があれば警察《けいさつ》や魔法管理局としても〈黒騎士〉の存在を——『魔族化させる』という事も含めて——認《みと》めるしかない。

「遠距離《きより》からの撮影《さつえい》なので粒子《りゆうし》は粗《あら》いのですが、モーター・ドライブ付きの写真機だったもので、一連の行動は——〈黒騎士〉が人間を魔族化させる様子はきっちりと撮影されています。更に撮影現場には警察官も居たので、これが悪質《あくしつ》なトリック写真の類《たぐい》ではない事は保証《ほしよう》されています」

「……成る程」

「急遽《きゅうきょ》——半時間程前に、トリスタン市警内に魔法管理局と共同で対策本部の設立《せつりつ》が決定され、貴重《きちょう》な目撃者兼対策戦力という事で、スタインバーグさんにも招集《しょうしゅう》が掛かっています。無論、形式的にはスタインバーグさんは魔法士《ソーサリスト》ではないので、書類上の記載《きさい》としては事情聴取目的になっていますが」

「しかし——」

そもそも普段《ふだん》から動きの鈍《にぶ》い役所にすれば異様な程の対応速度である。レイオットを招集する際の動きは強引《ごういん》ですらある。警察と魔法管理局——どちらの主導《しゅどう》で対策本部が置かれたのかは分からないが、責任者《せきにんしゃ》はかなりのやり手ではあるのだろう。

「対策本部としては、この〈黒騎士〉事件に関しては可及的《かきゅう》速《すみ》やかな解決《かいけつ》を望んでいます。多少の事は犠牲《ぎせい》にしてでも」

少々苦い口調でネリンが言う。

こういう『目的の為《ため》に手段を選ばず』という考え方はあまり彼女の好む処ではない。

だが……

「どういう事だ？」

「スタインバーグさんも身を以《もっ》て御存知《ごぞんじ》でしょう——市民の間の不安感がもうそろそろ限界に達しています。警察の予想ではいつ大規模な暴動《ぼうどう》が起きてもおかしくありません」

「…………」

「挙げ句に、『顔の形がちょっといびつ』とか『手が長い』とかそういう些細《ささい》な肉体的特《とく》徴《ちょう》をあげつらって何の関係もない一般《いっぱん》市民を私刑《リンチ》にかける団体《だんたい》や、CSA関係者を襲《おそ》っている集団が出てきています。しかも市民感情としてはこれを歓迎《かんげい》する向きも出ているみたいで——」

「……つまりあれか。出来るだけ早くこの〈黒騎士〉を捕《つか》まえるなり殺すなりして、『原《げん》因《いん》はこいつです』と発表せにゃならん——と」

「……身も蓋《ふた》もない言い方をすれば、そうなります」

ネリンは溜《た》め息混《ま》じりにそう言った。

「それに」

「……まだあるのか？」

「現在《げんざい》もケースSAは進行中です。一般市民の魔族《メレヴエレント》化事件が五件、立て続けに発生し、戦術魔法士《タクティカル・ソーサリスト》が動員されていますが……五体の魔族の発生で、トリスタン市街北部は大混乱《こんらん》に陥っています」

「…………」

五体の魔族。

トリスタンに在留《ざいりゅう》する戦術魔法士はおよそ十名強。

連日の事件発生やモールドの整備・調整にかかる手間隙《てまひま》の事を思えば、現場に駆け付ける事が出来る魔法士は三名前後という処だろう。これはSSSの戦力を考えても処理出来るぎりぎりの数だ。そして処理が遅《おく》れればそれだけでも魔族は成長し、進化し、より手強《てごわ》くなっていく。

しかも――この〈黒騎士〉の魔族を『製造《せいぞう》』する能力がどの程度のものなのかが分からない。今は未《ま》だ五体でも短時間に十体二十体と製造されてしまえば戦術魔法士やSSSでは太刀《たち》打ちしようがない。

「出来れば対策《たいさく》本部での打ち合せの後、スタインバーグさんにも現場《げんば》に出て頂《いただ》く事が望ましいと。対魔族戦において一対多の戦闘《せんとう》を経験《けいけん》している戦術魔法士は、ごく少数なので」

「……まあそうなるか」

基本的に対魔族戦は一人一殺である。魔法能力において圧倒《あっとう》的に魔族に劣《おと》る人間が戦うのだから当然と言えば当然の事だ。逆《ぎゃく》に言えば一対多の戦闘経験が豊富《ほうふ》だというのはレイオットがいかに無茶な仕事をこなしてきたかという証拠ではあった。こういう部分はやはり無資格《モグリ》の戦術魔法士ならではとも言える。

「ともあれ――急ぎます。御承諾《ごしょうだく》を」

「…………分かった」

肩を竦《すく》めてレイオットは言った。

●　●　●

トーマス・パラ・ビーチャム戦術魔法士《タクテイカル・ソーサリスト》は夜の街を疾走《しっそう》していた。

愛用のモールド〈カヴァレッタ〉を装着《そうちゃく》した純然《じゅんぜん》たる戦闘状態《せんとうじょうたい》である。無音詠唱《ダムキャスト》は未《ま》だしていないが左腕《ひだりうで》の自動装塡《そうてん》式散弾銃《さんだんじゅう》は既《すで》に薬室に第一弾を装塡し、いつでも撃《う》てる状態にある。

だが――

「……さすがにきついか」

息が上がってきているのが自覚出来る。

〈カヴァレッタ〉はモールドの中では比《ひ》較《かく》的重装備だが、軽合金や樹脂《じゅし》を多用した構造《こうぞう》で基本乾重量は二十五キログロムと平均《へいきん》的なモールドよりは軽い。またモールドは己《おのれ》の身体《からだ》に添《そ》う様にして動く為に、数字程には重量を感じない場合が多い。

だが逆に言えばそれは、自分で身体に積もっていく疲労《ひろう》を予《あらかじ》め計算しにくい――ペース配分がしにくいという事でもある。

軽いと言ってもトーマス本来の体重は六十キログロム、モールド装備した総重量は八十五キログロム――つまりは四割以上重量の増加した身体を彼は動かしている事になる。多少鍛《きた》えていたとしてもこの状態で長距離《きょり》を走るのはとても無理だ。

まずい。

これではいざ獲物《えもの》に追いついても満足に戦えない可能性《かのうせい》がある。

「……速い」

およそ二十メルトル余《あま》り前方を走る影《かげ》を見てトーマスは呟《つぶや》いた。

〈黒騎士《くろきし》〉である。

「何なんだあれは――」

ぼやく様に呟くトーマス。

それが普通《ふつう》のモールドでない事は分かっていた。

夜の闇《やみ》に紛《まぎ》れる様な色彩《しきさい》である為に、詳細《しょうさい》を見て取るのは難《むずか》しいが、明らかにその輪郭《りんかく》は人間のそれを大きく逸脱《いつだつ》している。特に四本の脚を備える下半身はその典型だろう。

一見すればそれはただの異形だが――実際には恐ろしい程の高機動性を発揮する。

そもそも単純な移動に限っての話なら二本脚よりも四本脚の方が安定が遥《はる》かに優《まさ》るのだ。

人間が四つ脚の動物に比べて優《すぐ》れているのは前脚を両腕に進化させ『道具』を扱える様に

なったと同時に、直立歩行の結果として肥大化した頭脳容積を支える事が出来る様になったからである。

だが単に移動するというだけに限って言えばこれはどちらも関係が無い。

また……舗装《ほそう》された道路に限れば車の方が高い速度を叩き出すのは簡単だが、段差や障害物があった場合はこの限りではない。車輪よりは遥かに小さな全幅を思えば車よりも小回りが利く。更には低い壁ならその脚力で跳躍《ちょうやく》すらして見せる。不整地歩行用自動二輪《フロードバイク》と同等——いや状況によってはそれ以上の高い機動性をこの〈黒騎士〉のモールドは可能にしているのだった。

トーマスが此処《ここ》まで追跡《ついせき》出来たのはむしろ奇跡《きせき》に近い。

「最初から〈ブレイド〉を使うべきだったか——」

追撃用に使う自動二輪車《バイク》もモールド・キャリアには積んであるのだが——勿論《もちろん》、今更《いまさら》取りに戻《もど》っている暇《ひま》は無い。もっとも自動二輪車でもこの〈黒騎士〉の移動に対応出来たかどうかは疑問《ぎもん》だった。細い路地や石段はともかく、自動二輪車で塀《へい》を乗り越えるのはさすがに無理だ。

「一体何なんだ——あれは」

モールドというよりは小型の装甲車輌《しゃりょう》と考えるべきなのかもしれない。魔法《ソーサリイ》を使うとは言われているものの、トーマスが見ている限りでは未だあの異形は魔法を一度も撃ってきてはいない。

何にせよ——そろそろトーマスの体力も限界だ。

無理を覚悟《かくご》で足止めするしかない。出来れば何処《どこ》かに追い詰めてより確実《かくじつ》に仕留《しと》めたかったが……この際、流儀云々《りゅうぎうんぬん》を気にしている場合ではないだろう。

幸い相手は魔族《メレヴエレント》ではない。

ならば拘束度数《こうそく》を消費して魔法《ソーサリイ》を使わずとも、補助武装《ほじょぶそう》で事足りる。トーマスは左腕の拘束装甲《そうこう》にボルト直付《じかづ》けで装備《そうび》された自動装填式散弾銃の安全装置を外した。

左手の手首に折り畳まれていた銃把《じゅうは》が起きあがって掌《てのひら》の中に握《にぎ》り込まれる。同時に銃把の一部が開いて引き金が露出《ろしゅつ》した。

散弾銃とは言っても中に詰《つ》められているのは熊狩《くまが》り用の一発弾《スラッグ》だ。〈黒騎士〉の装甲厚がどれ程のものかは分からないが——たとえ貫通出来なくとも、重量のある一発弾ならば着弾の衝撃だけで充分《じゅうぶん》に相手に損害《ダメージ》を与《あた》える事が出来るだろう。

「止まれ！」

念の為にと三度目の警告《けいこく》を発するが——〈黒騎士〉に反応《はんのう》は無い。変わらぬ速度で移動している。

「警告はしたよ」

呟《つぶや》いてトーマスは引き金を引いた。

轟音《ごうおん》と共に強烈《きょうれつ》な反動がトーマスの左腕を駆《か》け上る。

放たれた銃弾は――


「……ッ⁉」


目標に命中する事無く近くの建物の壁に命中した。

〈黒騎士《くろきし》〉が急にその動きを変えたからである。

急制動《ブレーキ》をかけて地面に轍《わだち》の跡《あと》を刻《きざ》みながら〈黒騎士〉は通りに直行する路地の一つに飛び込んでいく。鋼鉄製《こうてつせい》の車輪に削《けず》られた石畳《いしだたみ》が耳障《みみざわ》りな音と火花を散らしていた。

「小癪《こしゃく》なッ！」

トーマスは叫《さけ》びながら〈黒騎士〉を追って路地に飛び込む。

そして――


「――！」


そこでトーマスは愕然《がくぜん》と立ち止まった。

「貴様《きさま》……」

逃《に》げずに〈黒騎士〉はそこに居《い》た。

変形は瞬時《しゅんじ》に可能《かのう》なのか——既《すで》に騎馬形態で。

しかも一人の老婆《ろうば》をその腕で捕《つか》まえて。

「な……あ……」

突然《とつぜん》の出来事に理解が追いつかないのか、そのぼろぼろの服とも呼《よ》べない様な布《ぬの》を纏《まと》った老婆は、意味の無い呻《うめ》き声を漏《も》らすばかりである。

こんな時間に一般市民が薄暗《うすぐら》い路地裏をうろうろしているとも思えない。恐《おそ》らくは残飯漁《あさ》りの浮浪者《ふろうしゃ》であろう。

「ひあっ⁉」

老婆が悲鳴を上げる。

鉤爪《かぎづめ》の様な〈黒騎士〉の指が老婆の身体《からだ》に食い込《こ》んだのだ。

「……人質《ひとじち》のつもりか？」

トーマスは低い声でそう問う。

だが〈黒騎士〉からの答えは無い。

もし人質なのだとしたら愚《おろ》かな事をしたものである。身の丈《たけ》が三メルトル近い〈黒騎士〉がどれだけ身を縮《ちぢ》めても、小柄《こがら》な老婆の陰《かげ》に隠れきれる筈《はず》も無い。たとえ精度《せいど》の低い散弾銃《さんだんじゅう》と言えど、彼我《ひが》の距離《きょり》はおよそ五メルトル——トーマスの腕で的を外す可能性は零《ゼロ》に等しい。彼ならば二十メルトルの距離でも散弾銃の一発弾で1ドルク貨幣《かへい》を撃《う》ち落とせる。

だが――

「た……助け……」

老婆が皺《しわ》だらけの顔を恐怖《きょうふ》で更《さら》にくしゃりとしかめながら乞《こ》うてくる。

トーマスは銃口を〈黒騎士〉の頭部に照準《しょうじゅん》したまま言った。

「苦し紛《まぎ》れの無駄《むだ》な真似《まね》は止《や》めろ。貴様《きさま》が何者かは知らないが、その御《ご》老人を解放して投降《とう》するのならば、こちらも攻撃《こうげき》はしない。だがその御老人を傷付《きずつ》ければ――」

「………」

〈黒騎士〉は無言。

代わりに――その手を老婆から離《はな》し、続けて掌《てのひら》で老婆の背中《せなか》を押《お》した。

「ああっ……あああ……」

泣きながらよろよろと老婆はトーマスの方に歩いてくる。

そして――

「ああ……あ?」

湿《しめ》った音を立てて老婆の胸《むね》から飛び出してきたものがある。

血に塗《まみ》れる銀色の先端《せんたん》。

槍《やり》の——穂《ほ》先《さき》だ。

〈黒騎士〉が瞬間《しゅんかん》的に右腕の槍を展開《てんかい》——そのまま老婆を後ろから刺《さ》し貫《つらぬ》いたのである。

「——貴様ッ!!」

トーマスは怒声《どせい》を発しながら右手を伸ばす。

彼のスタッフは右腕に固定されている。しかも内蔵《ないぞう》されたモーターにより左手で散弾銃を保持《ほじ》したまま無音詠唱《ダムキャスト》が可能だ。出来れば銃で威嚇《いかく》して無傷か軽傷《けいしょう》で捕獲《ほかく》……と最初は考えていたが、考えが変わった。

だが——

(……!?)

ぞわりとトーマスの全身が理由も無く総毛立《そうけだ》った。

あるいはそれは彼の生存本能《せいぞんほんのう》が次に来るものを予知していたのかもしれない。

彼は半ば反射《はんしゃ》的に散弾銃を手放してスタッフの呪文書式板選択器《スペルタグ・セレクター》を操作《そうさ》、先に選んでいた〈ブラスト〉から〈デフィレイド〉に呪文を変更して無音詠唱《ダムキャスト》。

「イグジスト!」

「——イグジスト」

狭隘《きょうあい》な路地に撃発音声《トリガーヴォイス》が響《ひび》いたのは全くの同時だった。

だが——

「ぐがっ——？」

あろう事か、トーマスは次の瞬間——〈デフィレイド〉の遮蔽《しゃへい》力場平面を維持《いじ》したまま後方に吹《ふ》っ飛んでいた。

（——馬鹿《ばか》な！）

〈デフィレイド〉はただの『盾《たて》』ではない。

そもそも戦車砲《ほう》や野戦砲の直撃を防《ふせ》ぐ事を目的として記述《きじゅつ》開発されたこの魔法《ソーサリイ》は、ただ単に力場平面でその威力《いりょく》を遮蔽するだけのものではない。いくら砲弾そのものの貫通を防いでも、その熱や衝撃《しょうげき》が力場平面を保持している魔法士《ソーサリスト》へ伝わってしまえば死傷は免《まぬが》れないからだ。

〈デフィレイド〉は一定以上の破壊《はかい》的な熱及《およ》び衝撃波を力場により相殺《そうさい》、あるいは方向性《ベクトル》を変えて周囲へ拡散《かくさん》させる効能《こうのう》を持っている。これを展開している魔法士を力場平面ごと吹っ飛ばすとなれば——それは〈デフィレイド〉の処理《しょり》能力以上の破壊力を相手に叩《たた》き付けている事になる。

（そんなものを追加呪文《プラグイン》詠唱無しで？）

咄嗟《とっさ》にそんな思考を展開しつつ——しかし為《な》す術《すべ》も無く地面で跳《は》ね、更に近くに在った
ゴミ箱に激突《げきとつ》するトーマス。自慢《じまん》の〈カヴァレッタ〉の蒼《あお》い拘束装甲《こうそくそうこう》にぼそぼそと異臭《いしゅう》を
放つ生ゴミが覆《おお》い被《かぶ》さった。

屈辱《くつじょく》的と言えばこれ以上無い程《ほど》の屈辱だが、激突した先が建物の壁や金属製《きんぞくせい》の街灯でな
かった事は幸いだろう。下手《へた》をすればモールドが損壊《そんかい》していた可能性がある。

「ぐ……う……」

呻《うめ》きながらトーマスは身を起こした。

強力無比の——強力過《す》ぎる一撃だ。

もし〈デフィレイド〉を展開していなければトーマスはモールドごと五体バラバラにさ
れて路面にぶちまけられていただろう。

（……なんだ……こいつは……？　どうやってあんな魔法《ソーサリイ》を——）

強すぎる。

増幅度《ぞうふくど》を限界値《げんかいち》まで設定《せってい》しても、あんなに強力な指向性衝撃波を——〈デフィレイド〉
の防御さえ防御ごと吹っ飛ばせる様な——撃ち込める魔法など限られている。まして追加
呪文無しでとなるとほぼ皆無《かいむ》だ。

無論——特製の大型呪文書式板を使って専用《せんよう》の詠唱端子《キャストたんし》で高速無音詠唱《ダムキャスト》させれば理論上、

不可能ではないだろう。だがその場合は拘束度《デュラビット》の消費が多過ぎてとても実用的ではない。

「た……たす……け……」

老婆《ろうば》が嗚咽《おえつ》混じりに救いを求めてトーマスに手を伸《の》ばす。

驚《おどろ》いた事に――胸を貫かれたにも拘《かかわ》らず彼女は未《ま》だ生きていた。大量の血を傷口や口や鼻からこぼしつつ、四肢《しし》を力無く動かして――

「たす……け……」

冷たい金属音と共に老婆の胸から槍が抜ける。

濡《ぬ》れたボロ雑巾《ぞうきん》の様にべしゃりと老婆は地面に倒《たお》れ込む。

そして。

「け……け……けて……けてててて……けてけて」

恐怖によってくしゃくしゃに歪《ゆが》んだその顔が――

「てけ…………てて………」

限界を超《こ》えてぐにゃりと歪んだ。

熱しすぎた蠟細工《ろうざいく》が溶《と》けるかの様にその輪郭《りんかく》が緩《ゆる》み……ずるずると流動しながら別の何かへと変化していく。

「――なっ⁉」

愕然《がくぜん》とするトーマス。

眼の前の現象が何なのか——無論、戦術魔法士《タクティカル・ソーサリスト》たる彼は知っている。〈黒騎士《くろきし》〉の噂《うわさ》そのものも聞き及んではいた。だがそれでも一瞬、彼は眼の前の事実が信じられなかった。

「……魔族化《メレヴエレント》……！」

かちん——と金属音を立てて〈黒騎士〉はその槍を折り畳み、自分の右腕に収納《しゆうのう》する。続く動作で悠然《ゆうぜん》と踵《きびす》を返すと、灰暗色《かいあんしよく》の異形は新たな異形をその場に残して夜の闇《やみ》の中へと紛《まぎ》れ始めた。

「き……貴様《きさま》！」

慌《あわ》てて追おうとするトーマスの前に変異途中《とちゆう》の魔族が立ち塞《ふさ》がる。

未《いま》だ老婆の意識《いしき》が残っているのか——それは既《すで》に別の器官へと変貌《へんぼう》しつつある両手を前に出し、尚《なお》も救いを乞《こ》うかの様に呻き声をあげながらトーマスの方へと近寄《ちかよ》ってきた。

「……け……て……け……て……て……てけ……け……」

「…………！」

トーマスは短い間ながら、逡巡《しゆんじゆん》した。

老婆の姿《すがた》は既に異形のそれであり、既に人間とは呼《よ》べない代物《しろもの》であった。だが、苦悶《くもん》するかの様に身を震《ふる》わせるその姿は、懇願《こんがん》する様に歪んだ唇《くちびる》から漏《も》れる掠《かす》れ声は、見る者にある種の同情と憐憫《れんびん》を誘《さそ》わずにはおれなかった。

だが――

「……御老人……！」

トーマスは躊躇《ためら》わずに散弾銃《さんだんじゅう》を拾って相手を射殺《しゃさつ》するべきだった。

そうすれば少なくとも〈黒騎士〉を続けて追撃出来たかもしれない。

「け……え……て…………けて……て……け……て……」

ぶるぶると震えながら肉塊《にくかい》が呻き声を漏らす。

それが――ふと変わった。

「て……け……てけて……け……てけてけ」

「――！」

「てけてけて～てってけて～けけけけけ」

飛び退《の》いたトーマスの前で急速に相手の姿が変化していく。

びちびちと皮膚《ひふ》の裂《さ》ける音を立てながら老婆の身体《からだ》は内側から破裂《はれつ》するかの様に膨《ふく》れあがり、吹《ふ》けば飛ぶかの様だった矮軀《わいく》が見る間に身長二メルトルを超《こ》す巨体《きょたい》へと変化していく。

「てってけて～てけてって、てってけてってって～、てってけて～てけてって、てってけてってって〜」

楽しげに何かの旋律《せんりつ》にのせて歌いながら、老婆だったものは変異を完了《かんりょう》した。

平べったい亀《かめ》の様な体軀。冗談《じょうだん》の様に短い手足。やはり短い尻尾《しっぽ》。とどめに犬の様に大きく突《つ》き出た鼻先。のっぺりした皮膚。挙げ句にその全身はけばけばしい明緑色。お洒落《しゃれ》のつもりか何なのか、足首だけが朱色《しゅいろ》だ。

だが何より異様なのはその胴体《どうたい》が——輪状になっている事だろう。

要するにずんぐりむっくりな胴体の真ん中に、穴《あな》が開いているのだ。まるで——ドーナツの様に。しかもその穴の真ん中では何か小さなものが高速で回転している。

「うぱあっ！」

ぎゅち——と音を立てて回転する物体が魔族《メレヴェレント》本体から遊離《ゆうり》する。

よく見ればそれは小さな——子供《こども》の拳程《こぶしほど》の大きさの肉塊だ。

「——!?」

反射的に再度《さいど》〈デフィレイド〉を無音詠唱《ダムキャスト》。間髪《かんはつ》入れず撃発音声《トリガーヴォイス》をトーマスが詠唱《えいしょう》した瞬間、その肉塊が真《ま》っ直《す》ぐに突っ込んできた。

「ぬっ!?」

べしゃりと力場平面の上で広がる肉塊。

次の瞬間――

「――！」

轟音《ごうおん》が路地を吹き抜けた。

肉塊が爆発《ばくはつ》したのである。

「……生体……爆薬か……？」

それはつまり――生きたロケット砲弾《ほうだん》なのだろう。

魔族《メレヴエレント》が制御《せいぎょ》出来るのは己《おのれ》の魔力圏《ドメイン》内の物体のみである。故《ゆえ》に今の爆発は魔力そのものによって引き起こされたものではない。まさか『成り立て』の魔族に五メルトル以上もの魔力圏は無いだろう。

恐《おそ》らく魔族は体内で爆薬を――ニトログリセリン液《えき》に相当する様な物質を精製《せいせい》、それを己の肉に包んで撃ちだしているのだ。攻撃法としては単純《たんじゅん》だが、魔力圏の外側にまで射程が伸《の》びるのは厄介《やっかい》であった。

「てってけてってけ――おやがめこがめまごがめひまごがめ～」

魔族が歌いながら腹《はら》を突き出す。

その環状《かんじょう》の胴体からびちびちと音を立てて肉塊が分離する。それも三つ。それらは胴体の穴の中で回転を始める――

「くっ――」

トーマスは全身に残る痛《いた》みを意志《いし》力でねじ伏《ふ》せ、散弾銃を拾って前進。遠隔《えんかく》攻撃の撃ち合いになれば魔力圏による無限防御が可能な魔族の方が圧倒《あっとう》的に有利だ。

「イグジスト！」

選択呪文《せんたくじゅもん》は〈ジャミング〉。

妨害《ぼうがい》された魔力圏が歪《ゆが》み――肉弾の回転が鈍《にぶ》る。

トーマスはその瞬間《しゅんかん》を狙《ねら》って散弾銃を発砲した。自動装填《そうてん》式ならではの三連射。三発の銃弾が肉弾に命中する。

――爆音。

顔の前に両腕をかざして爆風と衝撃《しょうげき》をやり過《す》ごすトーマス。〈カヴァレッタ〉の拘束装《こうそくそう》甲《こう》のあちこちに微細《びさい》な肉片《にくへん》や血液が付着した。

魔族の穴《あな》の中で爆発した肉塊は、魔族自身の肉体を半ば以上吹っ飛ばしたのである。

爆煙《ばくえん》の向こう側を透《す》かし見れば、魔族は下半身をごっそり失って地面に転がっている。

人間ならば――いや、普《ふ》通《つう》の動物ならば確実《かくじつ》に即死《そくし》の傷《きず》だった。

しかし……

「てけえ……てっけえええええええええええっ!!」

魔族の叫びに——周囲が応《おう》じた。

辺りに漂《ただよ》っていた煙《けむり》や、散乱《さんらん》していたゴミや、あちこちに付着していた肉片が動き出し、その身体に集まっていく。まるで映画《えいが》の逆《ぎゃく》回しを見ているかの様に、集まった諸々《もろもろ》の物質が溶《と》け合い、性質《せいしつ》を組み替《か》えられ、瞬《まばた》きする間に魔族の肉体を再構成《さいこうせい》していく。

悪夢《あくむ》のおぞましさを超えて——それは冗談《じょうだん》の様に滑稽《こっけい》な情景《じょうけい》であった。

「……御《ご》老人」

トーマスは仮《か》面《めん》の下で顔をしかめながら言った。

貴族《きぞく》の出の彼は、懐古《かいこ》趣味《しゅみ》の両親によって善くも悪くも旧来《きゅうらい》の因習《いんしゅう》を——年功序列《じょれつ》等も含《ふく》め——叩《たた》き込まれて育った。それ故《ゆえ》に彼は年長者への畏敬《いけい》に厚《あつ》い。

「悪いが僕《ぼく》は貴女《あなた》を助けてやれない。せめて生き恥《はじ》そのものその姿《すがた》、長く晒《さら》さぬ様、迅《じん》速《そく》に殲滅《せんめつ》する故《ゆえ》、どうか……それを以《もっ》て弔《とむら》いとされよ」

時代がかった口調でそう言うと、トーマスはホルスト教の聖印《せいいん》を指先できり——そして右腕のスタッフを構えた。

「てけ——」

魔族が再び肉弾を生み出す。

その数——五。

同時にトーマスもスタッフを無音詠唱《ダムキャスト》。

そして――

「イグジストッ!!」

「てけえっ!!」

撃ち出された魔族の肉弾とトーマスの攻撃魔法が空中で激突《げきとつ》した。

●　●　●

医療魔法士《いりようサーサリスト》による治療《ちりよう》は実質的に五分で終了した。

元々魔法《ソーサリイ》による治療は準備《じゆんび》に時間が掛かるだけで作業そのものは一瞬と言って良い。極論《きよくろん》を覚悟《かくご》で言えば、魔法は魔法士《ソーサリスト》の望んだ現実《げんじつ》を強制《きようせい》的に具現《ぐげん》化する技法《ぎほう》だが――これはつまり魔法士が治療結果を明確に意識《いしき》出来ていなければ治療どころか肉体を損壊《そんかい》する結果になりかねないという事でもある。この為《ため》に医療魔法士は魔法治療を行う際《さい》に患者《かんじゃ》の肉体に対する詳細《しようさい》な資料《しりよう》を読み込んで、『完治した患者』の想像形《イメージ》に現実の患者を移行《いこう》させていく過程《かてい》を自分の中に構築《こうちく》しておかねばならないのだ。

医療系魔法士に魔法士資格とは別に医師《いし》資格《しかく》が必要なのはこの為だ。

医療知識の無い者が医療系魔法を使えば、あるいは細部のいい加減《かげん》な想像を基《もと》に治療を行えば、それこそ治療箇所《かしょ》に癌細胞《がんさいぼう》を大量に植え付けかねない。

とはいえ——

「…………」

レイオットは治療を担当《たんとう》した医療魔法士の表情を思い出しながら、自分の脇腹《わきばら》に服の上から触《ふ》れてみる。

特に問題は無い様だ。

ただし急激《きゅうげき》に魔法によって傷が消滅《しょうめつ》した為《ため》に、神経《しんけい》が一部混乱しているらしく、痛みとも痒《かゆ》みともつかない感覚が僅《わず》かに傷の部分に残ってはいるが。

元々通常の医療処置は終わっていたので、レイオットが受けたのは破《は》断《だん》した組《そ》織《しき》の癒着《ゆちゃく》を促進《そくしん》する程度《ていど》の——魔法治療としては初歩的なものだ。余程《よほど》の事が無い限り失敗は有り得ない。

ただ……医療系や産業系魔法士には『魔法士全体の品位を落とす』と嫌《きら》われているレイオットである。『ついうっかり』治療をしくじられるのではないかという危惧《きぐ》も実を言えばあった。だが担当の医療魔法士も、さすがにわざわざ自分の評判《ひょうばん》を落としてまで嫌がらせをしてくる程、馬鹿《ばか》では無かったらしい。

レイオット達は現在《げんざい》——警察《けいさつ》病院を出て魔法管理局へと向かう途中《とちゅう》である。

ネリンが自分の乗ってきた公用車で先導《せんどう》し、レイオットがジャックの持ってきたモールド・キャリアを運転している。ちなみにジャックはモールド・キャリアに載《の》せてきた自分の自動二輪車《バイク》で帰ったので、モールド・キャリアの運転席に乗っているのはレイオットとカペルテータのみであった。

警察病院から魔法管理局トリスタン支局《しきょく》まではおよそ三十分程の道のりである。直線距離《きょり》としては近いのだが、トリスタンのあちこちには車で通れない路地や、再開発計画の関係で整備中の道が数多くあり、目的地との相対的な位置関係によっては、どうしても遠回りになってしまうのである。

「――しかし」

ハンドルを握《にぎ》るレイオットはふと思い出した様に言った。

「本当に……その〈黒騎士《くろきし》〉ってのは何を考えているんだかな。テロにしては回りくどいだろうし……」

「分かりません」

あっさりとそう答えるカペルテータ。

元よりレイオットも彼女の答えに期待していた訳《わけ》ではないが――

「気になるのですか」

「――色々とな。この間の島の事を覚えているか？」

「はい」

愚問《ぐもん》ではあった。

レイオットが覚えている事を彼女が覚えていない筈《はず》が無い。

「〈黒本〉の事、源流魔法使《ルート・ソーサリアン》の事、〈完全体《パーフェクタント》〉の事……世間には知られていない様な事も含《ふく》めて、全部まとめて思い出してみれば、何かが、俺達《おれたち》の背後《はいご》で動いている様な気がしてな」

「それが気になるのですか」

「…………」

紅《あか》い瞳《ひとみ》に見つめられて――レイオットは黙《だま》り込んだ。

気にならなかっただろう、以前の彼ならば。

自分の死に場所を捜《さが》しているだけの人間に、世界がどうなろうと興味《きょうみ》が湧《わ》く筈も無い。

無論《むろん》、もう自ら死を求める様な気持ちはレイオットには無いが、それでも積極的に自らの未来を心配する気にもなれない。はっきり言ってしまえばレイオットにとっては自分の命はたいして価値《かち》のある様なものには思えなかったし――自分の命ですらさしたる価値を見出《みいだ》していない者に、他の者の命やそれを取り巻《ま》く環境《かんきょう》を心より案じる事は出来ない。

「気に――なるかもな。正直、どうしてかはよく分からないが」

「そうですか」

カペルテータは興味があるのか無いのかも分からない様な口調でそう言い、視線《しせん》を前方に戻《もど》す。

その紅い瞳が何を見ているのかレイオットには分からない。

だが――

「……お前はどうなんだ？」

「…………」

カペルテータは改めてレイオットを振《ふ》り返り、言った。

「気にはなりません」

「……そうか」

それも予想出来た答えではあった。

この少女の人間的な感情《かんじょう》は、何年も前のあの日――レイオットが彼女の両親を殺した日に死んでいる。カペルテータはかつてレイオットに対し『自分は復讐者《ふくしゅうしゃ》ではない』と言ったが、それも考えてみれば道理、感情の死んだ者に復讐などという激情《げきじょう》の最たるものが宿る筈も無かったのだ。

では何故《なにゆえ》にカペルテータはレイオットの側に居《い》るのかと問われれば、レイオットにはやはり分からないのだが。ひょっとしたらカペルテータにも分かっていないのかもしれない。

ただ——

「今は——まだ」

ぽつりと少女はそう呟《つぶや》く。

「………………」

その意味を、問い質《ただ》す事も出来たが——

カペルテータの声にレイオットは視線を前方に戻した。

「——レイオット」

彼女の僅《わず》かな口調の変化が何を意味するのか、彼は知っていたからだ。

そして——

「——！」

前方の公用車——ネリンの乗る車が悲鳴じみた急ブレーキの音を立てた。

急速に迫《せま》り来る公用車を見つつ、レイオットは何処《どこ》か冷静な表情でブレーキを踏《ふ》む前にまずハンドルを切った。

充分《じゅうぶん》に速度が乗っている場合、下手《へた》に停《と》まろうとするよりも避《よ》ける方が早い。

ぎりぎりで――バンパーの左端《ひだりはし》で公用車の右後端をかすめながら、レイオットのモールド・キャリアはその前に出る。

そこで――

「――！」

既視感《デジャヴュ》。

眼前《がんぜん》を横切る灰暗色《かいあんしょく》の影《かげ》は――瞬間《しゅんかん》的に半人半馬《ケンタウロス》の異形《いぎょう》に結像《けつぞう》する。

迫るモールド・キャリアの鼻面《はなづら》を滑《すべ》る様にして避け、〈黒騎士《くろきし》〉と正式に呼ばれる様になった異形は、素早《すばや》く走り去っていく。どうやって制御《せいぎょ》しているのか、まるで本物の馬が中に入っているかの様な滑《なめ》らかな動きだった。

モールド・キャリアは路面にタイヤ跡《あと》を焼き付けながら停車。

レイオットは反射的に運転席から飛び降《お》りるが――〈黒騎士〉は停まる事無く、闇《やみ》の中に走って消えようとしていた。

「――スタインバーグさん⁉」

ネリンが公用車から身を乗り出しながら叫ぶ。

「今の……！」

「シモンズ監督官《かんとくかん》」

レイオットはモールド・キャリアの後部貨物室《かもつ》へと回り込みながら言った。

「済《す》まないが運転を代わってくれるか。カペルにやらせる訳にもいかんだろ」

「…………」

一瞬ネリンは目を瞬《しばたた》かせ――

「――はい！」

頷《うなず》いて彼女は公用車から降りた。

●　●　●

重量級の物体が背後《はいご》に迫ってくる気配があった。

〈黒騎士〉は――今や一般人《いっぱんじん》のみならず公僕《こうぼく》達からも正式にそう呼称《こしょう》されている存在《もの》は視界確保《かくほ》用の曲視鏡《ペリスコープ》を背後に向けた。

先《ま》ず視界に入ってきたのは一台の蒸気《じょうき》式トラックである。

先程、接触《せっしょく》しかけた車だ。見た限りかなり旧《ふる》い年式のものだが、よく整備《せいび》されているのか、猛烈《もうれつ》な勢《いきお》いで加速して〈黒騎士〉との距離を詰《つ》めつつあった。

だが最も〈黒騎士〉の注意を引いたのはトラックそのものではなかった。

ずんぐりしたその車体の上――正確に言えば運転席の後ろ、貨物部の上に片膝《かたひざ》をついて乗っているいびつな人影に〈黒騎士〉は曲視鏡《ペリスコープ》の焦点《しょうてん》を合わせた。

鋼《はがね》の拘束装甲《こうそくそうこう》を帯びた現代《げんだい》の魔《ま》法使《ほうつか》い。

「……戦術魔法士《タクティカル・ソーサリスト》」

先にしつこく〈黒騎士〉に追い縋《すが》ってきていた戦術魔法士とはまた別口の様だった。接《せっ》触《しょく》しかけた際《さい》の対応《たいおう》ぶりからすれば、〈黒騎士〉を追ってきたのではなく、たまたまモールドを積んで移動《いどう》中、偶然《ぐうぜん》に出会ってしまったのだろう。

運が悪いとしか言い様がない。

「……哀《あわ》れな」

〈黒騎士〉のではなく――その戦術魔法士の。

出会わねばもう少し生きていられたろうに。

既《すで》に〈黒騎士〉は活動限界《げんかい》時間が近い。〈羊《ゴウト》〉さえ居《い》れば活動時間はまたいくらでも引き延《の》ばせるが……さすがに夜中とあって通りに人通りは無く、建物の中に押し入ってまで確保《かくほ》している余裕《よゆう》は無い。

正直――今回は色々と誤算《ごさん》が重なった。

いつもの通りに実験を終えて撤収《てっしゅう》しようとした処《ところ》に、待ちかまえていたかの様に現《あらわ》れた戦術魔法士《タクティカル・ソーサリスト》。白と紫《むらさき》の優美《ゆうび》な拘束装甲を帯びたその戦術魔法士は予想外の難敵《なんてき》で――辛《かろ》うじて退《しりぞ》けたものの、装備していた呪文書式板《じゅもんしょしきばん》の一枚《まい》を破壊《はかい》されてしまった。

〈ディスガイズ〉である。

いざとなればこれで逃《に》げられる――という目論見《もくろみ》が崩《くず》れた。

その結果として〈黒騎士《くろきし》〉は次々に現れる戦術魔法士や警察《けいさつ》の特殊《とくしゅ》執行部隊SESの攻撃をかわしつつ、三時間近くトリスタン市街を逃げ回る事になったのである。

だがそろそろ限界ではある。

〈プロムナード〉機関にしてもその中核《ちゅうかく》たるヴォックス・ユニットにしてもそろそろ作動限界時間が近付いている。元々が動作試験用のこれらの装置は、耐久性《たいきゅうせい》に不安があった。

限界を超えればどうなるかは〈黒騎士〉自身にも分からない。

この際《さい》――邪魔《じゃま》な追尾者《ついびしゃ》は、振《ふ》り切るよりも始末してしまった方が確実《かくじつ》で安全だ。

そう判断《はんだん》して〈黒騎士〉は予備武装《ぶそう》の一つである短機関銃《たんきかんじゅう》の安全装置を外した。

〈黒騎士〉の――正確には特殊実験モールド〈アルカトラ〉の腹部《ふくぶ》が開いて短機関銃が顔を出す。装塡《そうてん》してあるのは徹甲弾《てっこうだん》だ。元々貫通《かんつう》力に劣《おと》る短機関銃とはいえ、モールドや警邏車輌《パトカー》程度《ていど》の薄《うす》い鋼板《こうはん》なら充分《じゅうぶん》に撃《う》ち抜《ぬ》ける。

カチカチと歯車の嚙《か》み合う音と共に短機関銃が回転し後方へと銃口を向ける。

その時──

「停まりなさい！」

女の声が響《ひび》いた。曲視鏡《ペリスコープ》の角度と倍率《ばいりつ》を微《び》調整して見れば──魔法監督官《かんとくかん》の制服《せいふく》を着た若《わか》い娘《むすめ》が、運転席から身を乗り出して怒鳴《どな》っているのが確認《かくにん》出来た。

「そこの──ええと……四本脚のモールド！　停まりなさい！　さもないと貴方《あなた》を攻撃する事になります！」

「…………」

〈黒騎士〉は声も無く薄笑《うすわら》いを浮《う》かべた。

威嚇《いかく》の用を成していない。相手を自分の意に従《したが》わせたいなら先ず何らかの攻撃を仕掛けて自分達の威力を相手に知らしめてから言葉を掛けるべきだ。力を伴《ともな》わない言葉などに従う馬鹿《ばか》は居ない。

わざわざ警告《けいこく》を与えている時点で、相手が自分を生け捕《ど》りにしようとしているという事が分かる。ならば少なくとも初撃は必殺を意図したものではあるまい。

トラックの上で戦術魔法士が散弾銃《さんだんじゅう》らしきものを構《かま》える。

だが〈黒騎士〉の読み通りその銃口は〈アルカトラ〉そのものを向いていない。まず一発空にでも向けて撃ってから──と考えているのだろう。

悠長《ゆうちょう》な話だ。

「停まりなさい――」

娘の叫びを――短機関銃の銃声が引き裂《さ》いた。

軽快《けいかい》とも言うべき銃声が響《ひび》き渡《わた》ると同時に、蒸気《じょうき》式トラックのフロント・グラスが数カ所――円状に白く曇《くも》り、バンパーやラジエータ・グリルに火花が飛び散る。

タイヤの破裂によって車体が大きく傾《かたむ》き、制御《せいぎょ》を失ったトラックは横滑《よこすべ》りを起こしながら街灯にぶつかって――停止した。

しかし……

「――!?」

〈黒騎士〉は眉《まゆ》を顰《ひそ》める。

あまりに少ないのだ――着弾が。

確実に三十発は叩《たた》き込んだ筈《はず》なのに蒸気式トラックに残った着弾痕《こん》はフロント・グラスのそれを含めても僅《わず》かに数か所。

どうやら蒸気式トラックのフロント・グラスは防弾だった様だが――それでも徹甲弾を完全に弾《はじ》き飛ばす程の硬度《こうど》など有り得ない筈だ。これはバンパーやラジエータ・グリルに関しても同じ事が言える。

では残りの二十発余りは一体何処《どこ》に消えた？

「まさか――」

そして気付いた。

居《い》ないのだ――トラックの上に戦術魔法士《タクティカル・ソーサリスト》が。

慌《あわ》てて〈黒騎士〉は曲視鏡《ペリスコープ》を動かして周囲を見渡すが、元々が筐体《きようたい》の大きさ故《ゆえ》に避《さ》けようも無く生じる視《し》野《や》の死角を補《おぎな》うものである為、そう視界は広くない。

そして――

「――鎧《よろい》を帯びた騎馬って言うよりは、小型の装甲車か」

愕然《がくぜん》と〈黒騎士〉は曲視鏡を操作《そうさ》。

右真横を向いたその曲視鏡の視界に――〈アルカトラ〉の真横数メルトルの位置に黒いモールドの姿《すがた》が在った。

道路沿《ぞ》いに立ち並《なら》ぶ街灯の一本の真下である。悠然《ゆうぜん》と大型拳銃《けんじゆう》を構えているモールドの脇《わき》で――先程《さきほど》戦術魔法士が構えていた散弾銃らしきものが、銃口を上に向けたまま、空中でふらふらと揺《ゆ》れていた。

「しかし改めて見ると妙《みよう》な形してるな。何なんだこれは。〈黒騎士〉――まあ確《たし》かにそう見えなくはないか」

よく視《み》れば銃口付近からは黒い鋼紐《ワイヤー》が伸《の》びていて、それが街灯の一部に繋《つな》がっている。銃が空中に浮かんでいる様に見えたのはこの鋼紐《ワイヤー》で街灯からぶら下がっているからだろう。

「…………成る程」

〈黒騎士《くろきし》〉は悟《さと》った。

先にあの戦術魔法士《タクティカル・ソーサリスト》が構えていたのは散弾銃ではない。〈アルカトラ〉にも同様のものが装備されているが――鉄条銃《ワイヤー・ガン》と呼ばれる鉄条《ワイヤー》の射出機だ。恐らく最初からこの戦術魔法士は銃撃をするつもりなのではなく、このワイヤー・ガンの鋼紐《ワイヤー》を〈アルカトラ〉の脚《あし》に巻《ま》き付けて転倒《てんとう》を誘《さそ》うつもりだったのだろう。

だが〈アルカトラ〉の向ける銃口に気付いて咄嗟《とっさ》に対処法を変更《へんこう》。スタッフを無音詠唱《ダムキャスト》して〈デフィレイド〉を展開《てんかい》し――それでも数発分は間に合わなかった様だが――攻撃を遮断《しゃだん》。同時にワイヤー・ガンの鋼紐《ワイヤー》を手近な街灯に絡《から》み付かせ、それにぶら下がりながらトラックから離脱《りだつ》、慣性《かんせい》を利用して一気に〈黒騎士〉の側へと降り立ったのだ。

「シモンズ監督官《かんとくかん》――無事か？」

戦術魔法士が声を掛けると――蒸気式トラックの運転席から魔法監督官の制服《せいふく》を着た娘《むすめ》がまろび出てきた。娘は赤く腫《は》れた額《ひたい》の辺りを左手で押《お》さえてはいるが、とりあえず流血だの骨折《こっせつ》だのを負っている様子は無かった。

「な……なんとか。カペちゃんの方も」

「結構」

戦術魔法士はスタッフを構えたまま頷《うなず》く。

〈黒騎士〉は——凍《こお》り付いていた。

戦術魔法士の構えに全く隙《すき》が無いのだ。

しかも先の一連の行動からすればこの戦術魔法士の素早《すばや》さは尋常《じんじょう》ではない。恐らく迂闊《うかつ》な動きを示《しめ》せば即座《そくざ》に攻撃《こうげき》魔法なり銃弾《じゅうだん》なりが撃ち込まれてくるだろう。スタッフは背中《せなか》に背負っている様だが、既《すで》に無音詠唱が済《す》んでいるのだとすれば、撃発音声《トリガーヴォイス》を詠唱《えいしょう》するのは一瞬だ。

だが——

(仕方ない……あまり自分の分は使いたくなかったが)

〈黒騎士〉は戦術魔法士に気付かれぬ様——そっと〈アルカトラ〉に装備されている三基の内蔵型スタッフの内の一つを操作。文字通りの無音詠唱と同時に改めて〈アルカトラ〉の周囲に新規《しんき》の〈随意領域《ずいいりょういき》〉の構築《こうちく》を開始する。

今まで〈アルカトラ〉を動かしていた〈随意領域〉を解除し新たに構築された〈随意領

域〉は、新型の〈ヴォックス・ユニット〉を用いた〈プロムナード機関〉より、時間にすればおよそ三十分間の可動を可能とする。

無論これはより複雑で非常識な動きを〈アルカトラ〉に強《し》いれば、短くなっていくものではあるが——

「あんたが何者か知らないが」

戦術魔法士《タクテイカル・ソーサリスト》は言った。

「ぽんぽん気易《きやす》く魔族《メレヴエレント》なんぞを量産してくれると、こっちは怪我《けが》してもおちおち入院させて貰《もら》えないんだよ。そっちはそっちで何かの都合で動いてるんだろうけどな、悪いけどこっちの都合優先《ゆうせん》で叩きのめさせて貰うぞ」

「…………」

「ついでに言うと俺《おれ》は対魔族戦が専門《せんもん》で人間相手の戦闘《せんとう》はあまり経験《けいけん》が無いんだよ。だもんで何処《どこ》まで手加減《てかげん》出来るかわからん。さっさと投降《とうこう》してくれるとお互《たが》いの為だとは思うがね？」

「…………」

〈黒騎士〉は答えず、短機関銃を操作。

その銃口が戦術魔法士を捕捉《ほそく》——

「やめとけ」

宣告《せんこく》と同時に――銃声。

戦術魔法士の放った大口径マグナム弾が〈アルカトラ〉に向けて飛来。狙《ねら》っていたのは恐らく短機関銃そのものであったのだろう。

だが――

「――!?」

次の瞬間、愕然《がくぜん》と戦術魔法士は後方に飛び退《の》き、背中に背負っていたスタッフを構え直していた。良い反応である。並の反射神経ではこうはいくまい。

「なんだと……?」

戦術魔法士《タクティカル・ソーサリスト》と〈黒騎士〉――その中間。

そこに浮《う》かんでいるものがあった。

銃弾だ。

戦術魔法士の撃ったマグナム弾が空中で静止しているのである。

「魔族の魔力圏《ドメイン》!?」

呟《つぶや》く戦術魔法士の声に驚愕《きょうがく》が色濃《こ》く滲《にじ》んでいるのを聴《き》き取って〈黒騎士〉はほくそ笑んだ。そう。これは〈デフィレイド〉の様な防御《ぼうぎょ》魔法ではない。恐らく余人には魔族の纏《まと》う絶対防衛領域《ぜったいぼうえいりょういき》——即《すなわ》ち魔力圏と同様に見える事だろう。

実際《じっさい》、原理は同じものだ。

故《ゆえ》に——

「…………」

次の瞬間——マグナム弾は射線を逆方向に辿《たど》って戦術魔法士の元へと殺到《さっとう》していた。戦術魔法士は咄嗟《とっさ》に回避《かいひ》行動を採《と》るも、かわしきれず、銃弾はその肩《かた》の拘束装甲をかすめて火花を咲《さ》かせた。

「……成《な》る程《ほど》」

短い沈黙《ちんもく》の後——戦術魔法士が唸《うな》る様に言った。

「悪かったな。ちと見くびっていた」

「…………」

「手加減《てかげん》はいらないか」

〈黒騎士〉は肯定《こうてい》の意図を込めて〈アルカトラ〉を戦術魔法士に向き直させる。

正面から相対する戦術魔法士と〈黒騎士〉。

殺気を込めて向かい合う異形と異形。

そして——

『——イグジスト！』

双方《そうほう》の撃発音声《トリガーヴォイス》と共に必殺の威力を込められた攻撃魔法が空中で激突《げきとつ》した。

〈つづく〉

あとがき

〈黒騎士〉。それは孤独な魂を漆黒《しっこく》の仮面に隠し、ありとあらゆる妨害や誹謗中傷《ひぼうちゅうしょう》をもはね除《の》けて、己の信念に殉《じゅん》じる一人の男である。その生き様はただただ気高く——そして美しい。

というのは無論、嘘《うそ》です。

というわけで、どうも、軽小説屋の榊《さかき》です。

毎度随分とお待たせしております、「ストレイト・ジャケット ～イケニエのヒツジ～」をお送り致しまする。

あとこちで言われておりますが、本当にもうちっと速いペースで出せれば良いんですけど……本当に申し訳ない。どうもこの話は心の中に一定の暗黒分みたいなのが溜《た》まらないと書けないと言うか。短編の方はそうでもないんですが。

しかも今回、上下巻。

一応連続刊行の予定なんですが、本当に大丈夫だろか（他人事のよーに）。

そういえばこれを書くちょいと前に、「ストレイト・ジャケット」のアニメ企画の売り込みが始まっておりまして。「アニメ化決定」ではなくあくまで「アニメ企画の売り込み」なのがミソ。∨なのか？

普通、ライトノベル（という言い方を好まない人も居ますが、とりあえず一番通りが良いのでこの表現で勘弁《かんべん》）がアニメ化される場合、出版社主導のメディアミックス戦略の一環として行われる事が多い訳ですが——それ以外の方法を模索《もさく》しよう、みたいな形で今回、「ストレイト・ジャケット」というお話そのものを、メディアミックス企画として色々な処にプレゼンする事になりました。

実際に何をしているかというと、海外の業者も来る様な『見本市』みたいな処で、プレゼンテーションする訳ですな。「こんな小説が在りますよ。アニメ化、映画化、どうッスか？」てな感じで。

で——

今回このプレゼンを御願いしたエージェント会社（なのか？）のティー・オーエンタテ

インメントさんが、プレゼン用に造ってくれたプロモーションビデオが在るんですが。

これがもう……

ものすげぇカッコイイのよ！

いや身内びいきとかそーゆーの抜きにして！　マジでマジで！

映像も音楽もよくぞここまでと！　何処のハリウッド映画の予告編かと！

そういう訳で別にアニメ化が決まった訳でも何でもないのにホクホクしている私が此処に居たりするのでした。自著の映像化は、既に（それも相当な高レベルで）経験しておりますが、やっぱし何度見ても嬉《うれ》しいものは嬉しいのでした。それが実質五分余りのプロモーションビデオでも、です。

楽天的な『もし《イフ》』の話をするのはみっともなくて嫌いなんですが、『バリバリにCG使って、海外のスタジオが実写で造ってくれねーだろーか』とか、それでも夢が膨らむ感じで、たのしゅうございまする。これで何処のスタジオも見向きもしなかったら大笑いだけどね（苦笑）。

なんか元から初期プロット（五巻で終わる筈だった）に無い話を挿入したりして（2巻、6巻、本巻は元々の計画に無かった話です）畳《たた》む時期が見えない本シリーズですが、お陰で益々《ますますみ》見えない状態に。

それでもお話はやはり生き物、立ち止まってはおれませぬ。

本巻でも色々と動き出しております。

担当のたなぽん。

絵師の藤城さん。

TOE社のSさん。

他の諸々の関係者の方々。

そして何より読者の方々。

もうちょいと——そのちょいとがどれ位になるか、『あとちょっとだけ続くんじゃよ』とか言いつつ数年連載が続いた某漫画並に分かりませんが、どうかよろしくおつき合いの程を。

ではでは、また次の本——つーかとりあえず下巻でお会いしましょう。

２００６／２／１９

ＢＧＭ：無し

ＭＡＣＨＩＮＥ：ペンティアム４　２・４Ｇhz　ＲＡＭ　１ＧＢ

富士見ファンタジア文庫

ストレイト・ジャケット 7
イケニエのヒツジ
~THE SACRIFICE 1st. HALF~
平成18年3月25日　初版発行

著者──榊《さかき》　一郎《いちろう》

発行者──小川　洋
発行所──富士見書房
〒102-8144
東京都千代田区富士見1-12-14
電話　営業　03(3238)8531
　　　編集　03(3238)8585
振替　00170-5-86044

印刷所──暁印刷
製本所──BBC
落丁乱丁本はおとりかえいたします
定価はカバーに明記してあります
2006 Fujimishobo, Printed in Japan
ISBN4-8291-1797-4 C0193

© 2006 Ichirou Sakaki, Yoh Fujishiro

富士見ファンタジア文庫

ストレイト・ジャケット1

ニンゲンのカタチ

~THE MOLD~

榊　一郎

魔法を使いすぎた人間の“なれの果て”を狩る戦術魔法士たち。人々は彼らを、恐怖と嫌悪の念をこめて〈ストレイト・ジャケット〉と呼ぶ。

　レイオット・スタインバーグ。超一流の腕を持つ、一匹狼のストレイト・ジャケットだ。危険を友に、孤独を胸に闘う彼の魂の行き着く先は──。

　ハードボイルドファンタジー登場!!

富士見ファンタジア文庫

ストレイト・ジャケット2

ツミビトのキオク

~THE ATTACHMENT~

榊　一郎

“人間のなれの果て”を狩る戦術魔法士レイオット・スタインバーグ。彼が偶然見つけたものは、“魔法”で殺されたヒトだった。

何らかの魔族犯罪組織の動きを感じ取るレイオット。だがしかし、その裏には、警察の対魔族戦闘部隊の影が!?

真に狩るべきは警察なのか？　レイオットの孤独な闘いは続く……。

ハードボイルドファンタジー第二弾!!

富士見ファンタジア文庫

ストレイト・ジャケット３

オモイデのスミカ

～THE REGRET／FIRST HALF～

榊　一郎

それは男にとってちょうど十番目の仕事だった。郊外にあるとても小さな村からの仕事依頼。

「いつ私を殺すのですか」――血の色の髪と瞳を持つ少女は、村に現れた男にそう言った。少女の紅い髪と瞳は、彼女がヒトでないことの証。そして、彼女の前に現れた男はヒトで無いモノを狩る戦術魔法士。レイオットとカペル、二人の残酷な出会いの物語。

富士見ファンタジア文庫

ストレイト・ジャケット4

オモイデのカナタ

~ THE REGRET／SECOND HALF ~

榊 一郎

時は北歴1951年。ところは郊外の寒村ケルビーニ。事件の発端は魔族の出現だった。生きることに倦んでいるレイオットは、いつものようにさしたる思いもなく仕事を受けた。魔族を退治すれば、それで終わるだけの取るに足りない仕事。しかし、彼はそこで出会ってしまった。深い絶望を瞳に湛えた少女・カペルテータに。どこか似ている二人の出会いがさらなる悲劇を呼ぶ!!

作品募集中!!

ファンタジア長編小説大賞

神坂一（第一回準入選）、冴木忍（第一回佳作）に続くのは誰だ!?

「ファンタジア長編小説大賞」は若い才能を発掘し、プロ作家への道をひらく新人の登竜門です。若い読者を対象とした、SF、ファンタジー、ホラー、伝奇など、夢に満ちた物語を大募集！　君のなかの“夢”を、そして才能を、花開かせるのは今だ！

大賞/正賞の盾ならびに副賞100万円

選考委員/神坂一・火浦功・ひかわ玲子・岬兄悟・安田均
月刊ドラゴンマガジン編集部

●内容

ドラゴンマガジンの読者を対象とした、未発表のオリジナル長編小説。

●規定枚数

400字詰原稿用紙　250〜350枚

＊詳しい応募要項につきましては、月刊ドラゴンマガジン（毎月30日発売）をご覧ください。（電話によるお問い合わせはご遠慮ください）

富士見書房